心智边缘

XINZHI BIANYUAN

刘芃 著

中国社会出版社

国家一级出版社·全国百佳图书出版单位

图书在版编目（CIP）数据

心智边缘 / 刘芃著. – 北京：中国社会出版社，2020.12
ISBN 978-7-5087-6453-5

Ⅰ.①心… Ⅱ.①刘… Ⅲ.①随笔－作品集－中国－当代
Ⅳ.①I267.1

中国版本图书馆CIP数据核字（2020）第232665号

书　　名：心智边缘
著　　者：刘　芃

出 版 人：浦善新
终 审 人：尤永弘
策划编辑：刘海飞
责任编辑：魏光洁

出版发行：中国社会出版社　　　　　邮政编码：100032
通联方式：北京市西城区二龙路甲33号
电　　话：编辑部：（010）58124868
　　　　　销售部：（010）58124827
网　　址：www.shcbs.com.cn
　　　　　shcbs.mca.gov.cn

中国社会出版社天猫旗舰店

经　　销：各地新华书店

印刷装订：河北鑫兆源印刷有限公司
开　　本：145mm×210mm　　1 /32
印　　张：10.5
字　　数：260千字
版　　次：2021年1月第1版
印　　次：2021年1月第1次印刷
定　　价：88.00元

中国社会出版社微信公众号

作者简介

刘芃，1953年出生，北京大学古典文献专业本科，北京师范大学史料学研究生毕业。1990年前在北京师范大学历史系任教，1991年后在教育部考试中心任职。个人著有《论宋人撰集当代史》《刘芃考试文集》等。

右甲文集作心智邊緣
劉苊老兄囑書
甲骨文無緣字六書通象故借之
庚子冬至後五日晉賞弁記

心智邊緣

黃水龍題

序

2020年是我们永远忘不掉的一年，全世界都持续地经历着同样一件事情——抗击新型冠状病毒肺炎疫情。

腊月二十九，家家户户洋溢在备年货、准备年三十包饺子、看春晚的欢乐气氛中，一个普通的春节迎面而来。然而旋即，武汉封城，全国面临疫情严峻的挑战。热闹的春节气氛骤然停止，随之，心境模式也立刻转变了。

个体遭遇不测时，会更多地回顾个人的经历，而当群体遇到灾难的时候，我们的视角会投向整个人类，同时也往往伴有某种终极性思考。

本书是笔者居家避疫的随笔，但内容与疫情下的生活无关。实际上是疫情促使笔者从生活的细微处思量人生和人类生活，追究我们的人生目的和意义，诠释我们的现状与前途。最终，文字变成了对自己和生命的诘问，内容也蔓延到笔者所能想到的任何地方。之所以把本书叫作《心智边缘》，就是笔者放飞思想的意思。

由于是敞开心扉,放飞心灵,文中掺杂了大量的个人经验,而有时候把这种或许有失偏颇的经验直接用来作结论,谬误之处不可避免。

以笔者的学养和见识,既不能确定所提出的问题是不是一个真问题,也不能确切回答提出的任何一个问题。但是,在这几个月里,笔者必须强迫自己自问自答,因为明天和病毒不知道哪一个先到。在这种情况下,笔者必然会产生一些想法,也必须给自己的想法一个说法,因此本书的一些内容显然有强为之说的痕迹。

本书典型地反映了笔者当时写作的心境:彷徨和希冀,可能还有些许无奈,因此思想的纷纭和文字的烦乱是显而易见的。

这就是本书的总体状况。

本书写作时间从 2020 年春节到 5 月,是笔者人生中书写的第一部随想录。这部随想录内容上并无特别的逻辑安排,更像是个人精神世界的漫步。题材以随想文体为主,每篇千字以内,间或有少量诗作。全书分为心灵探秘、生命遐想、生活闲话、情感札记和书林漫步五个部分。由于是随想录,这些分类有时候会相互交织,有的篇目类型突出,有的则不明显,但每一篇都有一个明确的问题指向,一个确切的主题,是一个相对完整的表述。

这一年,我们确实应该留下点什么念想。

本书经屠凌云老师通校和刘芳菲女士推荐,承蒙任绍江先生和黄水龙先生题字,在此一并致谢!

刘 芃

2020 年 7 月于北京朝阳

目　录

生命遐想

生活闲话

情感札记

书林漫步

心灵探秘

🛜 心智边缘

心智以外是心灵的场域，如果心智是"是非"互视，那么心灵就同时凝视着"是非"。

我们每一个人既有心智，又有心灵。心智是神圣的工具，心灵是神圣的目的。心智是造物主赋予人类的伟大工具，在这里一切都是二元的、对立的，整个世界都充满了生机，并且有趣、好玩极了。

我们慷慨激昂地批判异端邪说，我们英勇无畏地赢得正义战争，我们始终不懈地追逐一个比一个更伟大的目标。

一个人，如果没有心智就是白痴，但是仅有心智也是白痴。

当我们大爱大恨的时候、当我们大善大恶的时候、当我们大明大暗的时候，可曾意识到除此之外还有一个心灵的场域？

这是心智地带的唯一出口。

深入心灵，不是让我们对二元世界说不，恰恰相反，它们需要我们带着没有评判的意识，全然地潜入爱恨、善恶、明暗的最深处，深深地体验，体验它们在我们内在和这个社会发生转变的过程，体验它们相互照见和相互依存的价值，体验它们为了彼此而生发原始动力的景象。

此时，我们获得的是知晓。

我们仍然有爱有恨、有善有恶、有明有暗，而我们多了一份知晓，一份流经我们心智地带的知晓，一份在自己内心经历及体验爱恨、善恶、明暗皆为一体的知晓。

带着这份知晓回到心智地带，我们的生活将成为一种转化，是的，让所有的对立物都环绕人类最高利益的转化。

我们可曾见到过这个知晓？他一手拿莲花，一手拿宝剑，而他自身就是那个转化。

我们则称他为佛陀、基督、神……他都是从心灵场域归来的战士。其实，他也是每一个我们。

🛜 心智创造的意义

世界上，每个人都按照自己定义的意义去生活。

人，是创造意义的生物；而人生，就是某种意义。

意义由心智实相和物质实相的互读中产生。

物质实相是客观世界对心智世界的嵌入，它始终是心脑活动定义的对象。也就是说，物质实相是一个变量，其客观性只反映在它的相对意义上。心智实相和物质实相始终是一个互读状态，在这个过程当中，一系列的意义被创造出来。

心智之外的存在是没有任何意义的，意义只存在于心智对它的解读上，这个解读弹出心智，又被心智之外的存在反弹回来，由此产生意义。意义一经发生，就会继续发生下去，成为心智运作的强大推力。没有人能够活在意义之外，意义体系包括文明、文化、习俗、礼仪，甚至仪式等各种心智活动范畴。

创造意义体系，是宇宙赠予我们的礼物，或者换一种说法，是我们向宇宙表达自己的方式。

宇宙可以从各种视角解读。经过数千年的努力，人类建立了以不同文明和不同宗教为主要代表的意义体系，并宣称自己是唯一"正确"的真相。实际上，并不存在唯一，宇宙的博大与奥秘最容不下的就是唯一。

唯一，是心智的傲慢。你可以说，这是我的真理，那是你的真理，我们都看到了某种宇宙的真理。如果说宇宙有什么意志，那就是鼓励我们产生意志，鼓励我们产生意义，鼓励我们根据自己的意义去创造生活。

那么有没有一个鉴别意义体系的标准呢？或者说意义体系在一个什么样的维度上更接近宇宙的实相呢？

答案就是维护生命。事实上宇宙既是一个生命系统，也是一个维护生命的系统，所有意义都在这里分野。于是，我们找到了爱。爱是迄今为止人们进行意义创造的最大成就，因为，爱有足够的容量去容纳生命的所有表达。

爱是地球生物对宇宙的重大贡献，它与历史上所有的文化和宗教一起读出了宇宙的奥秘与魅力，这是我们的核心意义，它以不同的渠道体验得到了宇宙的回应。

🌐 心灵事件

是的，我们是一个心灵事件，不然我们就不会有忧心、伤心、动心、爱心、醉心等情绪体验。你可以说那些都是情绪，确实，它们是情绪，是被心灵点燃了的情绪。

　　我们每一个人都不是无缘无故地来到这个世界的，其理由只有心灵知道。世界上没有一件事情是偶然发生的，我们谁都不是。

　　我不是神，我不知道你来到这里的理由，但是你这辈子有多少让你心动的事情，就有多少个理由证明你是一个怀揣着路线图的心灵事件。

　　生命中的任何一件事情，其实都经过了心灵的转化，只是我们没有在意，因为它已经成为一个自然的过程，但是在某些事件中，我们依然会确切地感受到它的存在。比如，我们遇到了一个对的人，遇到了一个不对的人，又或者感受到如沐春风般的喜悦，经历如坠地狱般的恐惧，等等。总之，心灵的感受串联了我们的一生。

　　心灵的感受就是我们生命的路线图，知道这个就够了。我经历着我喜欢的和不喜欢的，那即是心灵想要面对的，这些经历和体验是让我观察自己、转变自己、实现自己的。知道了这一点，就避免了大部分的人生烦恼。

　　在心灵天地，我们之间最好的沟通方式就是心灵的方式，它要比语言和情绪有效得多。语言往往掩盖了大部分的真实，而情绪又经常带有不稳定的特点，我们可以适当地绕开它们，直接用心灵交流。当使用心灵作为第一沟通工具的时候，我们就会懂得更多，而懂得我们的也会更多。

　　知道心灵事件很重要，它赦免了我们的不适。它之所以到此一游，不是来享受一个现成的果盘，而是要从种果开始。没有一个心灵对经历非我不感兴趣，因为在非我里面孕育着真我，在非爱里面孕育着真爱，在"不是"里蕴含着"是"。

　　心灵比我们知道的要多得多、智慧得多、勇敢得多。事实上，心灵能装下整个宇宙。如果我们用心灵去聆听，就能听见鸟儿心底的歌声，蚂蚁之间的问候，树木之间的聊天，细雨向大地的问安。

心有灵犀

在普通心理学意义上，心有灵犀确实能够说得通，但在真正的心灵场域，心有灵犀是对万物存有的一体性的深度体验，是不同事物之间"心"的共振。试问，你能和房前那棵柳树心有灵犀吗？你能和天天流淌的那条溪流心有灵犀吗？你能和春节时上亿的人流心有灵犀吗？你能和武汉城里与病毒搏斗的白衣勇士心有灵犀吗？

事实上，心灵意义的心有灵犀，是用爱照见个体或者群体中爱的存在，是用爱扫描个体或者群体中爱的状态，是用爱满足个体或者群体中对爱的渴望……从耶稣到佛陀，都是对万物存有的心有灵犀者。

心理学上的心有灵犀是一个自然状态，而心灵上的心有灵犀是一个自觉状态。有史以来，文学作品中动人心魄的就是心有灵犀带来的情爱故事，如梁山伯与祝英台、贾宝玉与林黛玉。但是，人们似应从心理走向心灵，除了爱情以外，还有一种更深刻的爱，那就是对万物存有的爱。

爱从来都是挑挑拣拣的，那是一种围绕着自我的爱，说到底是自我的扩展。"万物有灵"是我们先祖关于灵性的遗产，而现在人们只选择了同类中的极个别人"通灵"，并创造了这样一个极其简单的心灵史。

大千世界有众多灵性的事物在等待我们去"通灵"，那是一个与现世完全不同的世界，是一个充满奇妙的世界。可以想象一下，如果我们一出门就有一棵树向我们问好，我们会是什么感受？反过来，世界又会是什么感受？

🛜 勇敢的心

很多人都有一颗勇敢的心。我们的一生就是要去发现那颗勇敢的心，成为那个勇敢的人。

当我们怀揣勇敢的时候，我们给人的感觉似乎完全和勇敢无关。看起来，我们是那么胆小、虚荣、懒惰，甚至贪婪、奸诈。不，那根本就不是我们。它们的到来，就是为了告诉我们：我们不是它们。在二元世界里，所有的"是"都是通过"不是"转译的，所有的爱都是通过非爱抵达的，所有的人性都是通过非人性认知的。

因此，不要指望我们在别人眼里是高大上的。在别人眼里，我们或许就是一个不折不扣的胆小鬼，一个十恶不赦的恶棍，一个早就该死的家伙。

放下这可笑的臆想吧，因为，在胆小鬼眼中你就是胆小鬼，在恶棍眼中你就是恶棍，在该死的人眼中你就是该死的家伙。其实，根本就没有什么胆小鬼、恶棍和该死的，这些统统都是二元世界的哈哈镜。

勇敢者的游戏是什么？勇敢者的游戏就是敢于在胆小鬼身上看到光，敢于在恶棍身上看到爱，敢于在该死者身上看到美。当你这样看它们的时候，它们也会这样看你，你把真相给了它们，它们自然将还你真相。

世界上最大的欺骗就是看他人如恶棍，还指望他人视自己为天使。

　　道理很简单，我们看到什么，我们的内在就是什么。再简单一点说，我们是什么，我们就看到什么。在这个虚幻的世界里，投射是唯一的方式。请你再勇敢一点，走出那个投射，试着看到天使，尤其是在恶棍身上。如果你连这一点点勇敢都没有，即便穿上再漂亮的外衣，你也永远是一个"恶棍"。

🔊 有事与无事

　　心灵一直想说"没事"，而我们的头脑一直在说"有事"。

　　心灵在时空框架之外，因此它知道确实没有什么事，而头脑在时空框架之内，因此它接收到的信息到处都是事；心灵只感知当下，之前和之后对它没有任何意义，而头脑却惯于思前想后，之前和之后都非同小可；心灵让"事情"自然发生，舒展而安静，头脑让事情按照自己的意志发生，扭曲而生硬。

　　"有事"思维，让我们紧张一生，而果然一生有事；无事心境让我们轻松一生，而果然一生无事。

　　"事"是个什么东西呢？"事"是一个让我们挂碍的念头。比如，在2020年年初，"我感冒了"，这本不是什么事，但"是不是冠状病毒"这个念头是个事。"我确诊是新型冠状病毒性肺炎"，这本身也不是事，"我可能会死"这个念头才是事。又如，"我确实知道我快死了"，这仍然不是事，但"我终于面临人生中最可怕的事情"这个念头才是事。

　　心无挂碍就是"没事"。

　　让事情在当下自然延伸，没有任何评判，没有任何抗拒，没有任何恐惧，也没有任何挣扎，让心灵看着"事情"自然流动，心灵就会让这个流动变成祝福。

没有事情只有祝福，是心灵的初始设计，按现在的话说就是"初心"。极致一点，就算是要死又怎么样？谁说死亡不是一个祝福呢？在佛陀世界里，在修行者眼中，死亡是精神的升华，是宇宙最大的祝福。肉体怕死，这导致了所有的恐惧和挣扎；心灵不知道什么叫死，这导致了所有祝福的发生。

肉体的时空旅行是一场令人心悸的噩梦吗？不是。肉体不是用来盛装恐惧的，它是用来感知心灵的，因为心灵无法感知自己，它必须通过肉体的管道反观自己，尤其是通过我们所说的痛苦、磨难、暗夜，还有死亡，来感知自己。

其实，所有我们认为"不幸的事情"都是心灵发现自己的管道。知道这个原理，痛苦自然就减少了一半。

当我们经历"痛苦"而没有痛苦感的时候，我们就解脱了肉体和精神的枷锁；当我们能够正视、穿越、品尝、回味痛苦时，我们就真的与心合一了。

祝福在幸运当中，更在"痛苦"和"困顿"当中。心灵的精纯和原力之所以能转动整个宇宙，在于它能在"最不幸"的经历当中，体验永恒的爱和喜悦。整个宇宙都在为心灵这一美丽庄严的选择而骄傲。

心去哪儿了

心去哪儿了？

心出门了，去寻找喜悦和真理。

只要不是天生的圣人，心总要出门。

回家的标记，就是那一场又一场的落空，一次又一次的跌倒，一个又一个的无奈。

二元世界是一个硬核的世界，柔软的心早晚要碎落一地。

如果所有的心都要出门，那就要看是谁的心硬了，不是我碎落一地，就是你碎落一地。事实上，凡是出了门的心没有不碎落的。是的，我们击碎了很多人的心，也经历了无数的被击碎。

世界满是心的碎片。

每一个碎片上都写满了美丽的憧憬，在阳光的映射下熠熠生辉。

人类的伟大，就在于能够体验这场心碎，并沿着心碎的路途回家。

回家，发生在乡愁的浮现之后。小孩子在外边耍，只有耍饿了，太阳要落山了，才想起回家。心也一样。

心要回家，才发现外面是个幻象。知道幻象的办法只有一个：体验幻象。

心灵的内在知晓，只有在幻象的映照下才能显示其为真相。真相永远需要幻象的陪伴，如果没有幻象，真相再无意义。

真相就是我们的心，其实它一直未曾出门，出门的是欲望。

只有欲望可以落空、跌倒、无奈，也只有欲望可以碎落一地。

心，通过欲望体验碎落而知晓自己的完整。

真相是不可能碎落的。碎落，是幻象的特质，是的，它必须碎落，碎落以极大的说服力证实了幻象。

不必为碎落伤感，那不是真的。现代物理学可以告诉我们这一点。宇宙每时每刻都在发生击碎和被击碎的现象，我们用天文仪器就可以清楚地观察到，而那不是宇宙的真相。宇宙的真相是暗物质，暗物质托举着整个宇宙，感知着整个宇宙，创造着整个宇宙。

我们的心就是表达宇宙真相的暗物质，它实实在在地存在着，而且从未破碎过。

凡是破碎的皆非真相。

我们从未在真实的意义上离开过家，家就是一个不可能离开的地方，是的，你想离也无法离开的地方，因为它是真相。

如果我们给心多留一些空间，你会感知心的星云。

追求灵性

饿是看不见的，渴也看不见，但是我们要吃、要喝。

灵性也一样。

人是一个可见物与不可见物的混合体。可见物是我们的身体，不可见物是我们的灵性。

物质世界暗示了一个灵性世界的存在，灵性世界也暗示了一个物质世界的存在。否定一个就意味着否定另一个。

"我"可以跨界，当表达身体的时候，它可以代表我们身体的任何一个部分，当表达灵性的时候，它又可以代表我们灵性的任何一个面向。

我是谁？我从哪里来？我到何处去？这三个问题不仅是哲学命题，还是"我"每时每刻通过身体转译的灵性话题。社会组织、人际关系、文化样态，这些物质建构的背后全部都是灵性的活动。我们可以在人类的任何行为中发现对这个灵性话题的回应。

对灵性的回应需要把代表物质实相的思想和语言暂时放到一边，把"我"拟合到灵性之中，才能发现灵性的"思想"和灵性的"语言"。

"追求灵性"这个说法并不准确，准确地说是回归灵性。事实上灵性不是一个追求的问题，"追求"容易演变为"得道"，容易成为一个"宗教"，而灵性从来没有被追求的愿望，灵性只是希望我们感受到它。

有史以来，人们隐约听到了灵性的召唤，不然就不会有那么多文化产品，就不会有那么多极富灵性的文学作品。正是因为灵性里有我们追求的终极真理和极大的个人主题，因此感悟灵性成为我们生命的最大意义。

我们在思想上会把美好的东西视为灵性的产物，而拒绝在"不美好"的事物上发现点什么。事实上感受灵性的拐点就发生在我们对"不美好"事物的看法出现变化的时候。

我们知道，"我"是一个只能在反射物上被看到的东西，我们对任何事物的看法都是自己对自己的描述，是的，我们厌恶的实质是对自己的厌恶。

当我们认识到这一点，才有可能进入灵性；当我们是一个完整的存在时，才能够完成那张拼图。当然，我们仍然可以保有自己的善恶，但是要保证自己不再是"半个人"的时候，灵性的大门才能为我们打开。

我们追求灵性而不得，多数情况是"半个人"的苦恼。而灵性是完整的。

📶 回归灵性

我们都是身心灵三合一的生命体，但是我们不一定都以三合一的方式活着。

肉身，是我们的外在表达形式，也是我们物质密度最高的一部分。它的需求非常简单，食物和各种活动就能够维持其基本生存。从社会意义上说，身体还应该包括外在形体的各种表现，比如金钱、名誉、权力、安全等。越是密度高的物质，越需要依赖外在的条件实现自身的生存。

心智，就是我们的思想，它比身体的物质密度小得多。心智包括创造、情谊、挑战、个人成长、新观念、新发现、新目标等，是我们精神体的一部分。因此心智对外界的依赖比肉体要少得多，它是一种精神的内聚或回归，其最大特点是依靠内在而存在。但是心智仍然有一些密度，因为它所有的目标终究也是通过外在彰显出来的。

心灵，即灵性，又称灵魂、高我，或者神我，总之，心灵是我们最空灵的部分，它不依赖于任何有密度的空间而存在，它纯粹是精神的。心灵是我们精神体的完全聚焦和彻底回归，它包括生活的目的、精神的认同、自身的演化、终极的意义等。

我们经常是二合一地活着，对心灵的声音明显关注不够。

如同我们的身体和思想的存在一样，灵性事物不仅仅是某种知识，它一定要经过一个体验之后才能被我们感知。我们都知道，面包能够充饥，但如果我们不去吃它，终究还是饿肚子。我们知道一个学说的伟大，如果不把它吸收到自己的思想体系里，我们终究还是思想贫乏。灵性也一样，灵性体验就是对生命的贡献，它是三合一里面最有意义的体验。

把食物吃到肚子里和把创造当作自己的理想都没问题，我们都可以得到即刻的体验，但是灵性的体验过程就不那么简单。也就是说，把灵性变成自己的经验不像吃面包那样简单，肉体的习性、心智的羁绊永远在抵制我们对终极意义的探索。心灵经常是在做说服工作，这个说服工作在某种意义上就是它的体验过程。

在我们身心灵协调发展的过程中，一定会有一段时间心灵是受到冷落的，这是必然的。当我们意识到这一点的时候，灵性才真正地介入我们的生活，在一开始，它是一个掀桌子的人，因为所有的都探底了，一切都糊弄不过去了，戏码结束了，一个无遮拦、无借口、无谎言的自己出现了。是的，这一定可能会对身体和心智的惯性造成很大的冲击，我们可能会真的受不了自己，等我们重新获得平衡的时候，新生就开启了。

把一个面包吃下去，在不同人的身上体验不是完全一样的，心灵体验也是这个道理。有人是循着知识到教堂，有人是循着传统到教堂，有人是被人带到教堂，有人是旅游到教堂，有人是跟着心灵到教堂。

爱是心灵行动

任何行动，只要掺入了概念，就只是意图，而不是爱。爱是没有任何概念参与的行动，只要任何一个概念涉足于爱，爱就不存在了。

概念代表思想。思想里有爱吗？有，思想里有崇高的爱，那是在思想的海洋里对爱的诠释和感悟。思想里的爱是一种情志化的爱，它以思想的形式让我们理解和品尝了爱的滋味，让我们知道了爱的纯粹和崇高。

思想里的爱属于文化的范畴，在思想里只能了解爱，而不能成为爱。爱在本质上超越了思想和心智，它完全不受思想和心智的制约和诠释，它只和一个人的行动有关。

爱是无法预想的，一个人不能说"我今天要去爱"，此话既出，爱已蒸发；爱是无法斟酌的，一个人不能说"让我想想怎样去爱"，心中掂量，爱已不在；爱是无法犹豫的，一个人不能说"过一会儿我再去爱"，稍一迟疑，爱已消失。

思想和概念永远是受限的，而受限的东西不是爱。是的，爱就是那个在我们心里没有任何羁绊的东西，只有当思想和语言失效的时候，爱才喷薄而出，或者说爱的出现让思想和语言失效。

当我们看到饥馑、压迫、欺凌、垂危的生命，在心里升华的感情就是爱。那个根本无法被思想支配的东西，它不是念头，不是想法，更不是高尚的情操，它是我们的心灵，它是我们把自己投射到对方的一种心灵行动，一种我们唯一无须动用思想和语言而发生的行动。

爱是心灵的投射，爱的语言就是行动。没有心灵行动的爱是思想上的爱，是某种语言上的爱。是的，爱一旦被说出来，就处于被解释的地位，也就是说，此时爱变成了一个思想和概念，变成了一个可以被述说的东西，而真正的爱已然隐退了。

这是一个大谈特谈爱的时代，但是我们感受到的爱是那么的少。

这是一个用思想和概念奉献爱的时代，因此我们很少领略到爱的动感。

这是一个回归爱的时代，因为我们的本能不允许我们离爱的行动太远。

聆 听

印度哲学家克里希那穆提曾说："你可曾安静地坐着，既不专注于任何事物，也毫不费力地集中注意力，而是非常安详地坐在那里？这时你就会听到各种各样的声响，对不对？你会听到远处的喧嚣以及近在耳边的声音，这意味着你把所有的声音都听进去了，你的心不再是一条狭窄的管道。若是以这种方式轻松自在地听，就会发现自己的心在不强求的情况下产生了惊人的转变。这份转变里自有美和深刻的洞见。"

真正的信仰来自内心的洞见。如果"神圣"无处不在，聆听就是收纳"神圣"、成为"神圣"的过程。"神圣"并没有把"神圣"指派给某个特定的人，而是给了所有人——以它无处不在的方式。聆听就是与"神圣"同在。

聆听圣人的教诲固然有益，但更重要的是，构建自己的"庙宇"。任何东西如果不真正成为自己的，你就永远是个失聪者。聆听所有，包括聆听聆听过的人，才是真正的聆听。

克里希那穆提没有告诫我们任何教诲，他只是告诉我们从何处获得教诲。在他看来，鲜活的大自然和生动的烟火气，处处缭绕着"神"的启示。这就是世界被如此安置的本意。

克里希那穆提还说："一颗警觉的心是没有先入为主的信仰或理想的，因为信仰或理想只会使你扭曲真实的觉知。假如你想知道自己的真相是什么，就不能把自己想象成一个与真相不相符的东西。譬如我很贪婪、善妒、内心充满着暴力，那么一味地把自己想象成不贪婪、不暴力是没有多大意义的事。毫不扭曲地了解自己的真相，不论美或丑、善或不善，便是美德的开始。美德是最重要的一种品质，因为它会带来解脱。"

在这里克里希那穆提是在说聆听自己。

信仰或理想都是好的，但是如果没有建立在自我觉知基础上的信仰和理想再好，对我们来说都是无助的。不是信仰和理想不好，而是我们没有正当地使用它们。历史上所有的卑劣和无耻的殿堂上都有供奉，但是"神圣"永远不属于他们，因为他们从来就没有聆听过自己，事实上他们也不想聆听，聆听只能让他们放下"屠刀"。

在这里贸然地说一句：凡没有聆听自己的人都是不愿意聆听；不愿意聆听自己的人在无意识里都是想从信仰和理想当中获利，包括"解脱"之利。

回到信仰和理想产生之前，在那个时代，人们在困惑面前习惯于聆听自己。事实上，没有这种聆听，就不会产生伟大的信仰和理想。而信仰和理想绝没有让我们放下聆听自己的意思，实际上只有在聆听自己的前提下才能更好地接受和传承那份伟大。心灵的事务只能靠心灵去实现，而心灵永远都不会欺骗你，不论我们是怎样的，心灵永远给我们一条只属于我们自己的道路。

心灵的功能就是聆听。聆听自然、聆听生活、聆听自心。

我们本自具足，所有的外寻最终都只能导向内在，这是唯一的事情。

希 望

希望，是一个刚刚降生的婴儿瞥向世界的第一眼。

希望，是一个饱经风霜的生命瞥向世界的最后一眼。

希望，是我们创造人生体验，翻动生命册页的动力之眼。

事实上，人生没有一件事情与希望无关，即便是绝望，也是对希望的渴望。希望是所有事情经由我们的一个开端，没有这个开端就没有所有事情。如果我们想要检索任何事情的来龙去脉，最好以希望为脉络。

　　这里所说的希望是心灵意义上的，与日常口语化的表达完全不一样。比如，某个人希望得到一块三明治，那是"想要"的意思，不是希望。希望永远具有心灵属性。

　　记得一本书上有这样一段话：

　　　　希望是通往信念的门，信念是通往知晓的门，知晓是通往创造的门，创造是通往体验的门，体验是通往表达的门，表达是通往变为的门，变为是所有生命的活动，也是生命的唯一功能。

　　　　你希望的，你最终会相信；你相信的，你最终会知晓；你知晓的，你最终会创造；你创造的，你最终会体验；你体验的，你最终会表达；你表达的，你最终会变为。这就是所有生命的准则。

　　由此可见，希望是生命的万门之门。

　　希望是我们最高意愿的表达，是我们最壮丽梦想的表征。真正的希望是神圣的，它源于我们的生活，但又不是生活中纯粹的物质追求。其实仅仅是有了一点点此种希望，便已是极大的福田，因为它开启了一个净化的机制，没有这个机制，后边的信念、知晓等纯净的心灵特质就表达不出来，也不会成为我们新的人格。

　　既然希望是心灵的语言，那么它应该是我们的常态，可是我们为什么总是不得其门而入呢？那是因为我们把心智系统中的祈望替代了希望。

　　凡是带着"得到"意念的，都是祈望，因为它是奔着一个明确的需要去的。这个世界绝不是一个任由私念支配的世界，而是显化我们最高利益的一个物质实相。因此但凡祈望所得，其后皆有平衡。

凡是带着"都得到"意念的，全是希望，因为它是奔着一个全体的"需要"去的。我们的最高利益就是我们的信念和知晓，不是因为有了希望才有它们，是因为有了希望我们才意识到它们，它们早就在那里，希望只是一扇门。

查一查词频，"希望"大概是我们使用最多的一类。而我们用对了吗？

🛜 时间的守望

物质运动的刻度是时间，也是我们感知自己的方式。

时间是我们在这个物质世界的一种存在经验，它表示我们的这一刻那一刻。如果把我们抛到茫茫宇宙之中，数百万光年之内都没有一颗星星，此时我们对时间的感知可能就只有我们的心跳，当然前提是我们还有心跳。

时间预设了我们所有经验的藩篱，在这个藩篱之内一切经验都说得通。所有的问题都出在时间上面，它就是这个世界的系铃人，而万一它也是解铃人呢？

我最大的希望就是赶走时间，顺便把整个世界都从我身上解除。我不是厌恶这个世界，而是觉得这个世界纯粹就是我们用各种观念堆砌而成的，在任何一个地方都能遇上人们早已铺设好了的观念大厦。

教诲已经遍及天堂和地狱。

我们心智的边际早就有人站在那里了。

如果有一天，我把自己真的抛到了茫茫的宇宙里。我发现，真的很爽，我就是我，在此刻和永恒里，我就像回到了家，地球上的那点烂事儿和我再也没有关系了。

然而我感受自己的形式也发生了微妙的变化。我不再是一个线性的存在了，因为支持线性感受的物质运动没有了，我只是一个"在"。我可以前后地在、可以左右地在、可以上下地在、可以顺时针或逆时针旋转地在。

在这个场域里，身体和思想都显得多余，因为它们是时间的产物。那么我还剩下什么？对了，还剩下意识，我仅仅意识到我自己，仅此而已。

于是我又渴望知道我自己，知道我自己所有的面向。但这在没有时间的场域是无法实现的，因为没有一个参照物能够映照我自己。

物质世界成为必要。

物质世界就是意识以物质的方式解读自己的"在"，所以满世界都是意识的镜像：好和坏无非照见那个"在"、贫和富无非照见那个"在"、喜和悲无非照见那个"在"……意识从中发现了自己。

为了证实意识的存在，为了证实意识场域的永恒，物质运动必须被创造出来，是的，有限和生灭必须被创造出来。这就是物质世界的主题，是所有教诲的主题。

有限和无限相互守望。

这正是宇宙知道它自己的方式。

恐惧、爱、生命

如果恐惧的相对物是爱，那么这个爱就是恐惧的等量物。

我们习惯上把爱置顶于至上的位置，认为一切都是爱，而恐惧根本不是爱的对手，见到爱，恐惧就化为一缕青烟。

相反，有时候真的是恐惧让爱化为一缕青烟。这绝不是因为爱没有力量，而是因为我们没有其他词汇用以表达在一般意义的爱之上的那个东西，这个东西绝不会让恐惧弄成一缕青烟，因为它是源头，是不可能知道恐惧为何物的，因此也一定不会被恐惧所恐惧。

不知道的，就是不存在的，恐惧是不会让不知道恐惧者恐惧的，你见过恐惧吓到刚出生的婴儿吗？

人们觉得一定有这么个东西，有人称大爱，有人称无条件的爱，有人称无我的爱，等等，而这些表达无非都只是在爱的前边加上了一个定语。但不管怎么加，仍有被恐惧弄成一缕青烟的可能，因为恐惧之上也有巨大的恐惧。如此，那么就无法保证每一次爱都能把恐惧弄成一缕青烟。

那源头又是个什么东西呢？源头是生命，它超越了爱，它是唯一的，没有一个相对物。我们所谓的爱，只是它的近似物。

通常情况下，人们对周边事物感触最多的是恐惧。

如果你当真修炼得不知何为恐惧，你也一定不会成为爱，因为没有恐惧，它的对等物也就没有存在的根据了。那个时候，你会成为生命，成为源头，成为那个永无止息的发生。在你没有成为源头之前，请善待你的恐惧，因为恐惧的对面就是爱，恐惧的目的就是让你看见爱、感受爱、成为爱。

有人说，最大的恐惧就是对恐惧的恐惧，没错，不要抗拒你的恐惧，要爱它，直到爱死它。是的，恐惧只能死于爱，任何对它的抗拒，都只能让它更强大。

在你爱你自己的恐惧的时候，你对别人的关系就不可能是其他任何性质，只能是爱，因为你只能给他人你有的东西，而不可能给他人你自己没有的东西，你连自己的恐惧都爱上了，怎能不爱上一个被恐惧惊吓的人呢？

爱上恐惧，就超越了爱，而成为生命。

觉知

觉知是我们的心神所在。它不是一个空灵的场域，而是一种清澈的心理活动，它反映了我们对事物的感觉和知道。

围绕每件事情，我们大致有三个层面的觉知：希望、信念和真知。

希望是第一个层面的觉知。希望是我们把某种成真的意象放到事情上面，我们希望事情如自己希望的那样成真，但是我们仍然拿不准是不是如我们希望的那样。希望是我们随时随处都可以表达的觉知状态，我们都非常熟悉这种心态，事实上我们就活在这种心态中，我们每天有一百个以上的"希望"。

信念是第二个层面的觉知。信念是比希望更强大的希望，它对事物的感知是如此坚定不移。其实我们都有某种信念系统支持着我们，只是我们并不自知。我们有时候活得非常犹豫或者游移，这就是我们没有活出信念，它还在不清不楚地表达着自己。所有信念都可能面临某种不确定性，也就是出现与信念相反的事情，信念的唯一工作就是避免出现这种事情。

真知是第三个层面的觉知。真知是我们十分确定某事是真的，并且一定会发生，事实上我们会确定所有的事情。纵使在我们的现实里出现了完全相反的事情，我们也不会由事情的表象去否认它的真相，因为我们知道真相是什么。

　　只有少量的人能够真正达到觉知的第三个层面，而这才是觉知的"金顶"。因为当我们开始有了"真知"，我们就不会评判任何一件事情的发生，事实上我们视每一件事情为完美，我们不再"希望"有其他的事情发生，我们也不再"信念"什么别的东西，我们除了正在发生的事情之外，不会需要其他任何事情。正是由于我们的这种"真知"，使得事情成为完美。

　　其实，觉知的真实意义就是知道当下的发生就是最好的发生，它是表达完美的一种方式。在一切中看到完美，是觉知的终极体验。

　　觉知不是一条心理学定义或者一个道德告诫，觉知是一种心神的体验。我们可以说上一百遍"在一切中看到完美"，但可能在真正的体验上连一星半点儿的完美都看不到，我们仍然在期待我们需要的事情发生。期待是心智的选择，而心智永远看不到全貌，是的，看不到完美。比如我们期待自己成为一个出色的人，宇宙便立即把世界难题送给了你，因为解决了这个难题，就成全了出色。从最高的意义上说，是我们的心灵选择了这个世界难题，因为只有它知道什么才是完美。而心智则不喜欢看到这个事情的发生，它认为难题不是出色应该碰到的事情。

　　是的，真相就是完美，而体验真相就要进入觉知。

使命

　　使命即心灵觉知的某种事情。

　　思维是头脑的语言，感受是"灵魂"的语言，灵性意义上的使命感不会来自头脑，而是来自"灵魂"。灵性意义上的使命不是哪个灵性大师告诉你的，而是发生在我们的内心。灵性意义上的使命永远是一个内在事物，它永不熄灭。

使命是所有灵性的意义，是灵性对生命课题的永不停歇的回应，人们日常生活的精神状态，就是这种回应的外显形式。

我们观察自己的使命感到底是来自头脑还是来自灵魂，一个最好的办法就是进行比较。来自头脑的使命感会时常发生变化，而来自灵魂的使命感不会因任何事情发生变化。崇高、稳定、全力以赴是灵魂使命的主要特征。

头脑的使命感是个好东西，它会让我们做好世俗的工作。有使命感的员工都会得到老板赏识，都会升职加薪；灵魂的使命感也是个好东西，它会让我们做好灵魂的工作，有使命感的人都会得到生命的嘉奖，都会清醒地活着。

实现头脑的使命，靠的是努力和规则；实现灵魂的使命只需聆听内在的指引。就灵性意义而言，使命是每个灵魂的应有之义，没有无使命的灵魂，也没有无灵魂的使命，关键是我们通过什么方式发现它、实现它。

收回力量

外在的力量，是内在缺失的表达。内在空旷的时候，力量会向外抓取，抓取得越用力，越反映内在的缺失。

抓取也包括信仰。不是说我们不需要信仰，内在信仰的外在表达是光，有光芒而无锋芒，而抓取的信仰不会成为光，它有锋芒而无光芒。当你决定追随一个信仰的时候，请先收回自己的力量，让自己的内在有足够的力量承受这个信仰。

在某种意义上，任何信仰都是一种将自身向信仰的交托，都需要有一颗内敛的心去进行心灵转化，直到自身成为那个信仰的表达。而这需要一个过程，这个过程叫作蜕变。蜕变就是在精神上变了一个人，这个蜕变，说它是"炼狱"一点不为过。事实上这是世界上最有意义的转变，也是最艰苦的转变。

短平快的信仰不需要这个过程，因为它无须内在的转变，直接把信仰变成某种标准去评判世界就够了，也许他整个人没有发生任何变化，但是却有了信仰。这就是用心去信仰和用头脑去信仰的根本区别。

信仰，从来都是人间最珍贵的东西，也是需要人们以最大的勇气和力量去承诺的东西。

收回自己的力量，就是收回我们外在的欲望之手，收回我们外在的利欲之心，以最大的心灵力量托起那个有分量的信仰。

收回自己的力量，会让自己更有力量，会让我们的力量像光一样对万物有益。

收回自己的力量，会让我们更加美丽，会让我们的美丽开启他人的美丽。

收回自己的力量，会让我们更富有，会让我们的富有像滚滚财源一样惠及世界。

我们的力量流落在外已经太久了，甚至我们都感觉不到其已经流失，但是我们会经常感觉到精神上的乏力和压抑。我们内在的力量一直在外乞讨，乞讨外在的承认、外在的光环、外在的富有，而哪一个真正的信仰乞望在外部得到这些东西？

事实上，不一定非得去信仰什么才能够收回自己的力量。你可曾见过一位路边卖菜的老太太，她说不上有什么明确的信仰，但是你在她的身上分明感受到了光，感受到了某种指引，感受到了那种内在的力量。

🛜 生活体验与心灵体验

喜悦、真理和爱在生活领域与心灵场域都能够体验得到，但是它们是不一样的。

在生活当中，我们当然有非常多的乐趣和喜悦，也有爱情、情爱，或者更广泛意义上的爱与同情，我们同时也一定拥有真理和真理感。事实上，生活让我们体验到了所有的喜悦、真理和爱。没错，这即是生活的功能。

在心灵场域，我们同样能够体验喜悦、真理和爱，但它与生活当中的体验并不一样，有时候甚至大相径庭。这是因为心灵场域永远表达最高的体验、最高的话语和最高的感受，这个"最高"就完全拉开了它与生活体验的距离，事实上它们不仅有距离，而且有品质上的差别。

简单地说，在生活状态中，喜悦、真理和爱这三种体验不一定能够互换，但是在它们的最高意义上，这三者是可以互换的，因为它们是同一件事情。

比如，生活中你找到了一位可心的女朋友，你当然非常喜悦，你也很爱她，但是在这件事情里面包含多少真理呢？这就很难说了，实际上想要在里面发掘一点点真理的成分都有点勉强。你们顶多是性情相投，这是生活常识，不是最高的真理。比如你发现了一个真理：己所不欲勿施于人。你由此而由衷地喜悦了吗？你心里生发了爱的感受了吗？还是把这个真理仅仅当成某种戒律或生活智慧？比如你爱你的工作，你能够时刻在工作中保持喜悦和体悟工作带给你的真理吗？更别说生活中的有些所谓喜悦、真理和爱根本就是来路不明的。

如果一个人经过刻苦努力终于完成了一项发明创造，这个时候的喜悦、真理和爱都成为实现自我价值的巅峰体验，它们之间是可以互换的。

有时候，最高的喜悦、真理和爱，在一般性生活的体验中难以实现。比如我们遭受了重大诬陷，这对常人的打击是致命的，但如果我们具有坚持真理的莫大勇气，我们发自内心的喜悦和爱也是常人无法体验的。

不同的体验源于不同的发起思维。如果我们的发起思维是没有条件的爱，那么这个爱在任何情况下都不会变质，这本身就是真理和喜悦。如果我们在爱之上附加了一些条件，那么这样的爱就会随条件发生变化，而真理和喜悦最不喜欢的也就是加之于自身的条件。

应该说，生活领域的喜悦、真理和爱是有条件的，不可预测的，而心灵场域的喜悦、真理和爱是无条件的，是可预测的，因为它们不管遇到任何情况都本色如初。

事实上，我们的内心完全能够区分心灵体验和生活体验两种成色不同的人生体验，只不过我们通常是活在生活体验当中，生活体验亦能够满足我们小家碧玉式的生活格调。生活体验在某种程度上是昏暗的，我们仔细想想就会知道，光是似有似无的，有时候这要决定于我们的心情。而心灵体验往往发生在生活体验无法应付的"至暗时刻"，所以我们说，光在暗处才显示其意义。

最高的发起思维就在我们的心灵里，它在根本上决定我们的生存品质。

🔊 必经的混乱

通常，人们的自我意识不会导致混乱，因为它是安排世界的高手。

真正的混乱来自心灵接管我们的开始。

诞生之痛从未离开过我们，这种痛在心理上表现为对危险的恐惧。

不过有好长一段时间我们好像埋葬了这个恐惧，这全赖自我意识的安排，它用外在世界的各种活动挤满了我们的生活，尤其是用成功、金钱、权力等，让我们暂时掩盖了恐惧。

在自我意识的安排下是不会有什么混乱的，所有由恐惧可能带来的混乱都处于一种休眠状态，或者说是一种系统的压抑状态，直至肉身面临死亡，混乱才有可能发生。这就是自我意识拼尽全力把混乱压缩到最小的人生成果。

但是，我们的心灵却有另外的盘算。因为沉睡的恐惧并没有躲过心灵的眼目，这是每个人都有的心灵计划，它也叫觉醒。

可能是在某个时间你接触了一些什么，心灵计划便启动了。

心灵计划启动的标志性事件就是解除自我意识的主导权。

与此同时，自我意识一离开，恐惧也醒了。事实上是心灵让它醒来，好让我们全然地看到恐惧、经历恐惧，进而消弭恐惧。但在最初，自我意识没什么事干，而恐惧又醒来的时候，真正的混乱出现了。

这个时候，我们仍然没有学会让心灵管理自己的生活，因为此前所有的成功、金钱、权力全部建立在外部世界的喂养，说白了就是依靠点赞生存，我们的个人价值也完全建立在某个权威人士、权威体系、权威观念的认可上。

　　而现在，我们要为自己的真理活着。

　　我们被真正地一分为二了，对旧有安乐窝的怀念和对新生活的冒险交织在一起，我们确实从外表上就给人一种不确定的混乱感，一个不受欢迎的人、一个一切都乱了的人、一个特别不靠谱的人、一个捣乱的人。

　　是的，这是对以往成功、金钱、权力重新定义的时期，是一个新旧交替的时期，是一个混乱的时期，真的是有一点恐惧大浮现的时期。

　　有可能，在这个时期我们丢掉了以前的宝贝儿和某些价值观，但同时心灵意识也越来越多地给予我们前所未有的慰藉：无须外界承认的自主生活。

　　一个新的生活开始了。

　　当然，我们仍然拥有成功、金钱、权力，但是这些全部都是来自内心，无须外界的承认，外界也会发现这些世俗的东西在你身上具有不同的品质。

　　事实上只有这份混乱才是真正的祝福！

当 下

　　生活中常听人说，要"活在当下"。那么，什么是"当下"呢？

　　"当下"不是一个概念，而是一种体验。

　　体验是无法书写的。虽然我体验"当下"的企图没有成功，但是逼近"当下"的几个概念仍然是可以书写的。

　　只有当一个人需要体验"当下"的时候，才会去寻求这一体验。所谓寻求，是由于某种原因使他来到此处，每个人发生这种寻求的原因都是不一样的，也都是一样的。

　　"当下"并非最初所寻之物，最初的寻求可能是各种各样的解决或者解脱。当所有的努力都不能如你所愿的时候，才来到"当下"之门。

　　"当下"是个体在无垠的时空重新发现了自己。据说在突然的瞬间，体验到了那真实的一体感，就像一滴海水发现它始终在大海里一样。

　　"当下"是意识在瞬间瞥见了永恒。它领略到了瞬间和永恒原是一体的，就像每一秒钟都是永恒的表达。

　　"当下"是心的喜悦和臣服。是的，当知道了自己是博大而永恒的时候，任何一颗心都会发生由衷的喜悦和臣服。永恒里没有真正意义上的对立之物，因此评判的幻象就再无必要，喜悦和臣服就是对生命的本质说"是"。

　　"当下"是不能寻找的，它是生命在原地看见了自己、是生命在所有的地方发现了自己、是生命真实而完整地体验到了自己。

　　停止寻找，因为寻找本身就是一个没有的声明。

　　停止寻找，因为寻找本身就会产生这不是、那不是的话语，它们都是或强或弱的评判，它们只能带我们远离"当下"。

　　或许所有的寻找都是为了停止寻找。

　　窗外的楼宇、树木、天空，当然也包括我们自己都处于"当下"，只是我们的头脑把它们连同自己纳入了一个过程范畴，即非"当下"的体系里。而我的情绪又用自己对过程的体验，凝固了这个过程的每一个细节，系统地否定了"当下"。

　　处于"当下"寻找"当下"既困难也不可能。犹如窗外那只鸟，是过程在飞还是"当下"在飞？

🛜 自我意识

自我意识阶段肯定不是人类的初始状态，也肯定不是最终状态，是介于两者之间的阶段。

我们现在就处于自我意识的阶段。

最初，人类和天下万物没有什么区别，他们在意识上并未把自己与身边事物做性质上的区别，是的，他们没有"自我"的概念，也就自然没有由"我"而产生的各种情感、情绪、思想、文化等现象，当然肯定也没有害怕、恐惧的念头。这不是天堂是什么呢？

但是，这个天堂没有"自我"的经验，它就如同不存在。

自我意识阶段是人类最伟大的阶段。在这个阶段，人类能够完全体验作为一个个体的自己，显示了自我的意志影响外部世界的能力。

但是当自己影响外部世界的能力越发强大的时候，人类发现"权力"是通向自我能力巅峰的最大助力。因此人类用权力的方式参与"自我"的经验，而权力的方式大大加剧了人们之间的分离感。

在分离的驱使下，"自我意识"终于演变成"我的意识""你的意识""他的意识"，并在这个基础上让"自我意识"经验了一半的天堂和一半的地狱。

自我意识阶段是人类实现能力和勇气的阶段。虽然我们有时候误用了权力，但是我们也一点不剩地承受了所有后果，这些被我们称之为地狱的东西。

整个宇宙都在关注人类跌宕起伏的故事。

虽然我们离开了自然的天堂，但是我们体验到了自创的天堂，为了这个，我们还不得不创设了一个地狱。我们一手拉扯着天堂，一手拉扯着地狱，唱着悲壮的歌。

说实话，在自我意识阶段，人类会对同类无所不用其极，同类也会以其人之道还治其人之身，人类被自己拖到濒死的边缘是常有的事情。

是的，我们是在创造记忆，创造痛苦、不幸、毁灭的记忆；是的，地狱的记忆，以便在我们以后的"超自我意识"阶段永远铭记，创设只有天堂的世界。

意识的扩展

我们一生所做的事情，大概就是扩展我们的意识。

意识的第一个落脚点就是我们的身体，这也是意识的第一个喜悦。新生儿最感兴趣的就是自己的身体，体验身体的能力和成长，让我们学会了通过身体完成各种操作。

意识显然比身体古老得多，当我们还力所不及的时候，我们便能够意识到一些事情，实际上，是意识拉扯着我们成长，因为意识的本质是扩展。

但是当我们的思想渐趋成熟的时候，文化的、传统的、信仰的观念体系就成为替代意识的东西，我们就此失去了小孩子天真的意识状态。我们彬彬有礼、我们行止有据，我们成了某种文化观念的符号。

这些统统都没有问题，但是我们不能忽视意识的扩展诉求。

这么说吧，生命知道自己是超越形体的，我们的生命就是我们的意识体。在最纯粹的意识层面，生命完全知道如何创造一个绝佳的生命体验。而思想却不是这样，思想是一个观念体系，是一个处理数据的能手，它会以最"真实"的方式告诉我们什么时候该做什么。当思想取代意识而不是协助意识的时候，我们在行为上就是一副保守持重的样态。

而当我们真的发生困惑的时候，思想是无能为力的，进退失据是思想的最终结果。

意识的扩展有时候是在我们不知不觉的状况下发生的。比如一个决心、一个感受、一个突然的想法，这些都不是思想的结果，而是意识的接手。

意识只是暂时聚焦了我们的身体，但是它绝不止局限于身体，它与更大的智慧和能力相连接。我们经常看到在关键时刻人们出乎寻常的表现，那就是意识的瞬间表达。

意识渴望我们的关注，渴望告诉我们一些事情。

了解意识的特性，能够让我们有机会回到生命的身边，让思想和身体发生一些超越思想和身体的经验，意识也通过思想和身体体验到了自己。

意识是走向"神性"的路途。在经验场域保持与意识的链接是生命的"神圣"意义。

🛜 跳脱对和错的窠臼

本质上，对和错是用来超越的，如果对错就是对错，那么这个世界岂不是太无趣？

超越对和错的窠臼不那么容易，事实上，它还需要很大的勇气。是的，从心灵出发总是需要勇气，因为心灵就是冒险，在对和错这种"大是大非"面前，真的需要有承担"魔鬼"角色的勇气。

那就让我们来试试吧！

对和错是一对相互照见的伴侣，没有错，何来对？在二元世界，错误不仅正常，而且天经地义。不理解错误，不理解错误是如何辛辛苦苦地伴随着正确，就错失了一半的认知。

"对"一定来源于"错"。我相信，人类狩猎的第一支箭一定是什么也没射着，神农尝的第一种草药一定毒着了自己，"错"里包含着向往"对"的巨大决心和勇气。如果翻开人类的历史，大概至少有一半以上都是"错"，事实上人类历史就是一部"试错"的历史。对错各半只是个简便的说法，我们用两个"错"换来一个"对"，就已经是天大的奇迹了，看看我们的科学实验，科学家从来不奢望二比一的正确率。

事实上，错误也是我们的天性；在大多数的情况下，错误是心灵的探险。

没有人愿意成为犯错误者。错误在我们这个道貌岸然的社会里是一个十足的失败者，它和无能、浅薄、低智、粗俗完全画得上等号。人类在本能上是拒绝错误的，因为所有的毁灭都和错误有关，有时候人们宁可去死也不会承认自己有错，因为错误实在是太丑陋了。但是，我们仍然犯错，因为错误是心灵的探险。

还有一种不是错误的错误，但在他人看来，就是不折不扣的错误，这就是我们的习性。比如不爱讲卫生、爱占小便宜，等等，这对个人来说没什么，但是对别人来说就是"错误"，没人愿意跟这种人在一起。事实上，人之常情中的所谓"错误"大都是这一类。

再往大了说说，比如近代以来，我国的历次社会变革，都把我们的传统文化当成是极端错误的东西予以批判和清除。而事实证明，我们其实是丢弃了最值得我们继承和光大的传统，我们现在所有的迷茫都是因为缺失了传统价值观的合理内核。

在对、错之辨上，最高的思维方式是认清"错"是如何尾随"对"而来的，也就是说，一方是怎样以另一方为存在根据的。这个时候我们就会发现，所谓"错"，一定针对"对"的天然"缺陷"而来，有点像拼图。比如一个人屡次向另一个人借钱而且不还，这个时候，问号就不应该在借钱不还上面，而应该在为什么要借钱给他上面。

超越对和错不是混淆对和错，而是发现它们的依存关系，事实上，我们有时候会发现错的原来是对的，而对的却是错的。是的，想想看，如果我们一贯是对的，那么我们就不会陷于困境，而我们究竟是错在哪里了呢？

凡居于一方而彻底否定另一方的思考，都是心智缺失的状态。在知晓的层面，它们都是一体的，是必须被超越的。

我们的观念大厦是建立在对、错基础上的，这也导致了我们大部分的"错误"。而超越对、错看对、错，是更高级的思维品质和心智能力。

执 着

执着是永不止息的念头和这个念头导致的行为。

执着是埋葬创造力的坟场，我们的任何困惑和阻滞，无一不是执着的结果。自古以来人们就体验到了执着的苦处。

念头没错，念头的出现是为了供我们思考和选择，没了念头就没了一切。如果我们对念头失去警觉，一心沉陷在念头里，那么念头就会取代我们的思考和选择，于是我们的行为表达的就是那个念头，而不是思考和选择之后的东西。

比如我们失去了工作，沮丧的念头如果长时间盘踞在心头，很可能使我们恍恍惚惚，恍恍惚惚就是沮丧的外在表达，而思考和选择绝不会让你恍恍惚惚。

即便是代表真理的念头，如果执着于心，也同样会使真理变得滑稽。比如我们出门前抓了一个面包带在身上，我们要去行善。我们满大街找要饭的人，我们执着地要把这个面包施舍出去，结果跑了半天也没碰到一个要饭的，倒是把我们自己跑饿了，最后面包行善到自己的肚子里。在这个过程中，"行善"这个真理被执着地表达为"寻找要饭者"这个行为动作，于是真理的生动和鲜活也就没有体现出来。

真理一定是发生在对的地方、对的时间和对的人或事物上面，这是真理的属性，不然它就不是真理了，这不是执着能够理解的，也不是执着能够达成的，更不是执着能够创造的。

坚持真理，是说在任何情况下都选择真理，而不是执着于真理。

念头是流动的，流动性是念头的特点，如果没有这种流动性，我们就会变得很呆滞。但是流动的念头往往是掠过事物表面的风，念头无暇停下来思考和选择，也就是说它没有时间做萃取的工作，事实上这也不是它的分内之事。

真理的特点是生发的、创造的、喜悦的，它一定是与我们内心知晓相聚而产生的深层体验，因此真理只能是选择，一次又一次的选择，一次又一次的领悟，一次又一次的体验，一次又一次的提升。它是顿在那里的，而不是钉在那里的。

选择与执着是两种完全不同的心理活动。执着是念头的持续，是在事物表面表达事物，而选择是对念头的萃取，萃取就是在事物的本质表达事物。

分辨执着和选择的方法很简单，执着试图说服和获得认同，选择则无。

选择是有力量的，有时候我们可能会忘记曾经选择的内容，但是对选择的冲动则不会忘记。

平行与垂直

思想是平行的，它由无数的"因为、所以"构成。还有一种是垂直状态的东西，它不是思想，也不是心智，更好像是心神。

比如一个面包，思想看到的是形状、大小、口感、保质期等，而心神只是盯着面包。

这两个东西都是需要的，思想帮助我们解决了几乎所有的日常事务，而心神则是帮助我们解决思想的。

心神就是把注意力聚焦在当下的念头上，不让思想进来搞"因为、所以"那一套。在聚焦的时刻，心神做垂直运动，深入聚焦对象的内部当中，从而让一种自发的意识浮现出来，这个时候思想再接手过来，把这种意识转译成为自己听得懂的语言。

有时候思维卡住了，这个时候如果我们让心神来接管，把卡点放在心里，看进去，再看进去，然后一个行得通的说法就出现了。

心神的活动是把一个问题变成一种感觉，再垂直地沉入这个感觉的深处，发掘这个感觉的内在含义，再让这个含义垂直上浮，紧接着，思想来了，表达完成了。

有时候一个毫无理由的决定，其实就是心神的活动，是我们自发的感受。这是非常可贵的，但是我们对它的怀疑也很多，往往以不理性的理由否定了它。

心神的垂直活动其实是要浮现一个图景：眼前的问题是一个真问题还是假问题，以及此问题与相关问题的关系。

平行思维是我们日常生活仰仗的主力军，我们得于兹，亦失于兹，但是心神的垂直活动不可能给我们带来一星半点的失望。这是一个非常有意思的事情，好像总有一个最佳选择沉睡于问题深处，平行的思想从它表层掠过，永远看不到它，而心神总是能够浮现它。

意 外

意外是个体的经验，意外观念是心智的自我遮蔽。

有时候，我们真的是把自己所有的"不幸"归结于意外，然后可以在内心追问时有一个说法。

大师在被所谓意外加身的时候，永远不会透过于意外，因为他的视野是全域的。

意外是我们心智活动在语言体系的一个发明。不管你是说汉语、英语、法语或者塞尔维亚语，意外的语意内涵绝不会发生歧义，在这一点上，人类高度一致。

意外观念的发明，就是能够让我们撇清关系，意外的观念很"合理"地包装了我们，但却致使我们遭遇到的意外越来越多。

意外的观念让我们失去了一半的心智活动，而另一半则用于避免意外。

自从我们具有健全的意识活动以来，没有一个意外不是我们集体意识的结果。事实上，个体经验中的意外事件，永远是提醒我们回到集体意识的方式，对此我们其实都心知肚明，只是没有谁真正愿意承担起这个责任。

活在意外之中和活在意外之外，是全然不同的生活。

终结了意外的观念，就几乎肃清了一半的矫情。

至暗时刻

至暗时刻就是最神圣的时刻。

有时我们的生活总是不怎么神圣，究其原因是我们推卸掉了一半的至暗时刻。

如果说神圣是通过至暗时刻体验自己，那么我们推卸掉的就是最神圣的部分。

一贯以来，我们想要的基本上都是至暗时刻的另一半，追求美好其实就是我们在思想上抵制神圣的另一个说法。是的，追求什么实际上是为了躲开追求的反面。

如果我们听说一个人要追求什么，就一定知道他要躲开什么了。追求财富就是为了躲开贫穷、追求美丽就是为了躲开丑陋、追求幸福就是为了躲开苦难。

追求没错，躲开则无必要，正是"躲开"模式使我们逐渐丧失了体验神圣的力量。如果我们的心智能力还没有完全退化，就完全有理由认为，我们缺乏的正是在至暗时刻体验神圣的勇气。

看看我们通常的认识吧。失败是可耻的、不幸是倒霉的、长得丑是基因不好、挣得少是脑子不好、上当受骗是运气不好、人际关系紧张是心态不好……我们全都把至暗时刻推卸到某个地方，我们尚未发展出一个"在至暗中成为光"的意志。

是的，很多人倒在了至暗中。

其实，在至暗里，光的轮廓是最清晰的。

推卸对至暗时刻的体验，是因为我们害怕死亡。我们把死亡视为最至暗的时刻，因此我们的文化从来都是歌颂生而不歌颂死，凝视生而不凝视死。是的，我们的文化造成了我们全都是被无奈地拖向死亡。看看我们对死亡有多恐惧，就知道我们推卸掉了多少结识神圣的机会和丧失了多少成为神圣的机会。

其实在所有的至暗时刻里面，都发生着生命。一个人如果没有在至暗时刻活过来的经历，基本上就没有长大，尽管他可能很幸福、富有、幸运。最蓬勃的生命只能发生在至暗时刻，因为只有在那里才有破土，在那里才有对光的真实体验。

事实上，至暗时刻是神圣体验自己的最真实的故事。

创造视角

表面上，视角是心智的产品，其实不然，心智只是视角的执行者，心灵才是视角的创造者。如果视角是由心智创造的，那么视角就可以批量生产了。

心灵创造视角全在于一个人的觉知程度。什么是觉知呢？觉知就是"我知道我自己"或推知下去"我知道我知道我自己"。

大师都是觉知型的人物，他们的视角和常人不一样。他们的心灵基本上是一种全视域状态，他们不仅知道自己在做什么，也知道知道自己在做什么。因此他们的视角能够觉知自己所做的事情与真相的内在关联。这种觉知状态令他们的视角非常稳定，对任何事情的答案总是趋向一致，不会轻易地发生变化。事实上，即使在灾难加身的时候，大师也不会改变自己的视角，他们的从容，来自视角的稳定。

常人的心灵状态基本上停滞在"我知道我自己"这个初始层面。事实上有时候连这个层面也是模糊的，一些没有理智的行为就是这样一种状态。因此常人的视角总是变幻莫测的。不稳定是常人视角的特点。

人生最大的进化就是一步一步进入心灵深处，让心灵成为心智的主宰，把我们的视角转向只有真相的方向，这样，我们才会产生丰富的人生经验。

视角改变心智，心智改变经验，经验改变人生。

心灵视角的建立有三个基石：一是成为我们更高的生命版本——爱。失去爱的立场，生命就不会体验到爱，我们所有的关系里也不会体验到爱。二是清清楚楚地看着黑暗，但不去诅咒它，而要成为光去转化它，事实上只有黑暗才是我们该去的地方。三是让一切自然而然地流动起来，不要抓取，而要放手。抓取在心灵的活动中是最负面的体验，人类的苦难皆由抓取造成。

自 由

自由是心智与心灵的统一、意念与经验的统一。

心智世界是没有自由的，尽管自由二字属于心智的发明。心智是我们的思想系统，而思想是受限的，事实上，没有受限就没有思想的活力，因此受限是思想的动力。心智只能隔着自由去描绘自由，用受限的画笔去表达一个不受限的东西，虽然笔力不足，但也能触及一二。

然而我们仍然要感激心智，因为它毕竟提出了自由的概念。这是一个灯塔，没有这个灯塔，人类所有的思考都将黯然失色。

心灵是自由的。在时空之外，心灵不受心智系统的控制。在心灵里没有思想的地盘，因此对心灵无法用语言描述。我们对心灵的感知就是完美和爱，因为只有完美和爱才具有不受限的特质。

心灵是真正意义上的我们自己。

自由就是心智在外边拿回来一样东西，这个东西叫受限，再让心灵之光照射在这个受限上面，让它发生了不受限的转变，这个转变就叫自由。

是的，没有受限就没有不受限，没有不自由就没有自由；没有心智，心灵也乏味。

心灵对所有受限和不自由开出的药方就是完美和爱。受限和不自由是二元世界呈现完美和爱的一种方式，经由心灵，我们得以发现整张生命拼图，而我们的受限和不自由只是整张拼图中的一小块而已。

心智与心灵的统一是我们获得自由的一种方式。

心灵的这种"见多识广"确实能给我们带来某种体悟，但是要想把心智和心灵高度统一起来，就要形成一种心灵视角模式，即迅速体验完美和爱的方式。

心智陷于受限之苦的原因是我们往往要经过很长时间的"苦思冥想"才能够到达完美和爱的边缘，经过"苦思冥想"的这种完美和爱是心智对心灵的来料加工，也就是说道理上明白了，但心里的困惑还在。这是因为，心智的呈现是理性的，而心灵的呈现是感性的，即经验性的，而没有经验性的完美和爱，本质上仍然是受限的。

意念是介乎于思想和心灵之间的一种东西，它不思考，只是一个心念，它和心灵很接近，但又不是心灵。我们非常容易把意念转变成心灵的视角，以最快速度把心灵的视角变成一种经验性覆盖在心智上面，就会免于"苦思冥想"的过程。

只要时刻把完美和爱作为我们意念的主题和视角，随时将心智输送过来的杂七杂八的材料进行过滤，窥见完美和爱的整张拼图，我们就能瞬间经验完美和爱，这样就有可能更多地体验完美人生。

有多少对完美和爱的体验，就有多少自由。

想要杜绝受限是不可能且无意义的。受限是地球文明最伟大的表达，而在受限中实现自由、在黑暗中看到光、在困苦中体验完美和爱，才是地球生命神圣和勇气的体现。

实现自由不是排斥非自由，相反，自由愿意经历非自由而活出自己。

经验式存在

从小时候起，我们一直被教育"知识就是力量，知识就是生产力"。知识式存在是我们的主流存在状态，是物质世界的表现形式。经验只是偶尔被使用一下，或者说偶尔被有意识地使用一下。

经验可以直接转化为心灵的感受，经验式存在是达成"物我合一"的美妙方式。比如我们去郊游，一路上识别山川风物和草木虫鱼，我们在知识的层面可以收获颇丰，这是知识式存在于旅行上的表现。经验式存在更多的是把自己融进景物，感受自己与景物的联系。比如我们把观赏一棵树变成"经验"一棵树，把观赏一座城变成"经验"一座城，把观赏一条河变成

"经验"一条河，一路下来，我们对外在世界有了内在的体验，"客体"成为"主体"的一部分。

经验就是进入观察对象，并成为它，心灵在感悟观察对象时，会传递出对我们最具意义的感受。如果我们常常去"经验"那棵树，内在就会生发一种树的品质：扎根、静定和从容，这些品质又会逐渐转化成我们人格的一部分。

其实，经验就是生命的目的，忽视经验就是忽略生命。没有一件事情是出于意外而发生在我们身上的，也没有一件事情是偶然发生的。所有一切都是为了丰富我们的人生并被我们召唤而来的。

任何事情的到来如果不被我们观察并经验，它就会一再地以不同面目来到我们的身上。这实质上是我们心灵的召唤，这些事情一定对我们的成长有至关重要的意义，直到我们体悟到这个意义，并在生命中表达了这个意义，这种事情就不会再来了。比如我们一再忽视亲密关系中那个人的感受，完全没有设身处地地体验对方的感受，那么那个人就会愈演愈烈地向你表达同一种意愿，而你认为是对方"不讲理"。

不管怎么说，对来到自己身上的事情，最好是选择一种"经验式存在"的态度，走进去，体验这些事情对自己到底要说点什么。

生命真的不关心我们是不是有什么发明创造，是不是学富五车，生命最关注的是我们是否在所有来到我们身上的事物中经验到了生命本身。

"经验式存在"就是与万物同在，就是与我们最需要同在的那个经验同在。而生命不过就是有意识地经验各种生命形式。

个体的实相

个体创造自己的实相，但个体未见得非常清楚这件事。

个体不是生活在意识的真空里，他不是生活在这个意识层面，就是生活在那个意识层面，然后"有意识"地创造他的实相。个体实相在三个意识层面创造实相：生物性意识、社会性意识、创造性意识。

生物性意识是我们未加控制的意识。大概就连我们自己也说不清楚未加控制的意识到底是个啥玩意儿，总之，我们不假思索就这么做了，就像饿了要吃东西一样。在这件事情上，生物性意识创造了我们吃东西的实相。吃什么、怎么吃是实相的细节。

社会性意识是习俗、文化、文明等意识沉积在我们意识中的表达。如果说生物性意识主要创造我们身心的基础实相，那么社会性意识则创造我们的价值实相，而这种价值实相借由个体的际遇表现出来。我们对社会性意识都会有或多或少的觉知，事实上我们非常自愿地在这个层面创造自己的实相，因此我们也能够清楚地看到在这个意识层面上意念和经验之间的关系。

创造性意识是我们最走心的一种意识状态，是觉知的意识状态，是个体最接近心灵的意识状态。这种意识创造的实相，是喜悦、真理和爱的表达。创造性意识不排斥随意性意识和集体性意识，而是创造性地运用它们实现自己的实相。创造性意识有一个重要特点，它能够识别并靠向较高意识，自动臣服和汲取较高意识。总之，创造性意识像磁铁一样吸收人类意识的精华，并由此走向内在的知晓。

我们大多数人是在生物性意识和社会性意识里面创造自己

的实相，这是我们有时候不知道自己"何以至此"的原因。就像我们不假思索地大量摄入碳水化合物，还苦恼自己为什么胖；就像我们不假思索地锱铢必较，还苦恼自己为什么越混越穷。

我们在生物性意识和社会性意识里面待得太久了，以至于我们严重怀疑自己的实相是不是我们自己创造的。

而有一个真理，那就是所有发生的事情都是你想要发生的。

臣　服

臣服是一种全然的状态，顺遂、融入、成为；臣服是一种向内的状态，允许、澄明、觉知；臣服是一种心灵的状态，空寂、圆满、永恒。

当我们觉知心灵的某一个面向时，臣服就发生了。

臣服一般不会出现在意气风发的时候，意气风发是心智的节奏，这个时候没有心灵说话的份；臣服也不会出现在气急败坏的时候，气急败坏也是心智的节奏，同样没有心灵发言的机会。

心灵永远在向我们喊话，只是我们心障重重，听不到，事实上是不想听到。因为我们隐约感到，我们还有乘胜追击或扳回一局的机会，现在还不想安静下来，是的，感受静默是"失意"者的行径，我们还能再奋斗。

当我们终于问自己"到底发生了什么"的时候，一种臣服的愿望才油然而生。我们或隐隐感到，我们并未活在一个合适的版本里，这就是心灵的显示，它教我们在任何时候都迈向更高的人生版本。

心灵什么也不会教导你，它从来也不会讲道理，它只是把你领到一个高于我们目前的自己面前，让我们重新认识自己，于是臣服发生了。

臣服是一个人提升自己的信号。

真正的臣服是俯首于心灵的指引，创造一个更加辉煌和更大意象的自己。真正的臣服是重新立起，一个在旧生活上重新立起的新生活、一个于旧生命上重新立起的新生命。

🛜 时间内外

时间是物质经验，是物质的空间运动标记。在灵性中，时间是没有意义的。

灵性就是从时间维度跃入"在"的维度。"在"就是跳脱了时间窠臼，进入无所不在之处。也就是说，灵性是体验的即刻实现，中间并没有时间过程。

这其实是最大的真相。

一切已经发生的、正在发生的和将要发生的，都已经发生，宇宙在瞬间把所有的发生都发生了，我们只不过是以物质的形式在经历这个发生。在物质世界，我们的意念变成实际的体验需要时间。比如我们想体验当一名建筑师，就要经过一段时间的学习和实践等。而在非物质世界的灵性层面里，这种体验是即刻的。

为什么说在物质世界中体验灵性去纠缠时间观念是没有意义的呢？因为我们进入灵性不是以时间为切入点，实际上也没有这样的切入点，我们是以物质体验为切入点的。比如我们想要了解一个困惑，我们是以这个困惑为体验点切入灵性的，你能说我以某年某月某日某时某刻的困惑为切入点吗？困惑虽然是一种物质体验，但它本质上不是时间性的，而是一个心灵事件，它是与一切已经发生的、正在发生的和将要发生的，且都已经发生的与这个困惑有关的事件相联系。灵性只在意事件的相关性。以物质世界的时间思维方式表达，也许我们的这个困惑可能与几百年前有关，也可能与几百年后有关。

是的，以我们的理解，灵性也表现出因果链条的时间特质，但是它们确是同时发生的。我们之所以看到了所谓因果的"时间"链条，其实是反映了我们选择的次序。在绝对视域里，一切都是选择，而这种选择即刻以我们的物质方式表达在时间的框架里，是的，一切都是我们的灵性选择用哪些方式去体验物质世界。

所有的灵性，时间都是没有意义的。时间只在二元世界有意义，时间是体验心灵选择的物质架构。

如果你的心碎了，不是时间让它碎了，一定是你选择了那个已经发生了的"心碎"事件。物质世界的心智没有选择，但是在绝对世界的心灵却选择了它。

内行之路

每个人的诞生走的一定是一条向外的道路，因为他们要把整个身体与自然界进行充分的链接，是的，身体各个器官的功能必须适应环境，当然也包括大脑。

有记载的人类第一个比较完整的向内而行的表述，是镌刻在古希腊德尔菲神庙上的"认识你自己"，距今已有大约2800年的历史了。从一个更长的时空尺度上看，2800年的历史也可以仅仅看作是一个开始。

是的，我们刚刚开始。

但是，我们必须开始。

因为，好像有什么事情行不通了。

我们向外的能力越强，外部对我们的反作用力就越强。总之，不论群体或个体，我们统统遇到了强大的外在力量，而这个外在力量其实就是我们自身力量的外在表现。如果我们不收回自己的力量，就永远会受到外在力量的压迫，是的，我们对自己的压迫。

这是人类历史上最艰难的时期。

我们都有体验，内省是很困难的，并且非常不情愿。我们最习惯的是向外指责、挑眼、甩锅，且技法纯熟。事实上，即便是仅仅让我们转身向内这样一个简单的动作，都可能会使我们产生巨大的阻力，我们真的是不理解，为什么我们的压力是来自我们自己？为什么"错误"统统都是由我们自己造成的？我们明明是碰上了"坏人"，我们明明是被人"害"了。

尽管早在人类起步向内的时候，就已经有先驱者抵达了那里，但是对于绝大多数的人来说，谁也经受不了那个历练的过程。

总体上，我们仍在向外的道路上疾驰。但现在无论是个体事件抑或公共事件，都明显地告诉我们"此路不通"，因为我们如今感受更多的不是成果，而是后果，一连串挤压、捆绑和破坏性的后果。

我们这几代，注定是眼睁睁地目睹后果的人。但是，我们也是改变历史的人。

不要感叹自己的厄运，在这个时代，凡是身临厄运的，多数是要经由厄运转身向内的人。他们正在经历一场蜕变，他们收回了自己的力量，他们以前所未有的温柔和宽恕容纳这个世界，他们以亘古未有的理解和同情允许这个世界，他们以发自内心的无憾和无惧协助这个世界，是的，他们真正地爱上了这个曾经"害"过他们的世界。

我们的生活正在发生重大变化。看到这个变化，困惑就减少了一半，顺应这个变化，困惑就减少了剩下的另一半。

谎 言

从心灵的角度看，谎言是非心灵的；只要我们离开了心灵，谎言就是不可避免的。

心灵是觉知的。觉知就是安住于自己的本质当中，在觉知的状态里，一个人不会以谎言对己，当然也不会以谎言对人。事实上，觉知根本就不知道什么是谎言，如果我们在想如何掩饰一件事情，觉知就已经不在了。

心灵是创造的。创造对世界的表达是诺言，而不是承诺。诺言显示了在任何时候都不会改变的创造意图，因此它不含有谎言的成分。承诺则基于我们对事物的反应，由于承诺无法预测我们对事物变化的反应，因此我们的每一个承诺都含有谎言的成分。

心灵不可能没有爱。爱的品质就是心灵永远不会成为其他的东西，爱永远会对任何事情作出同样的回应，所以谎言在爱的状态下不会发生。而我们往往以心智之爱替代心灵之爱。心智之爱是挑挑拣拣的，是有条件的，是随时发生变化的，因此心智之爱的构成材料天然就有谎言的成分。

小时候，我们一说谎就会脸红，那是因为心灵当家；现如今，有时候我们说实话就会脸红，那是因为心智当家。混到说实话脸红的份上，都是由于谎言讲得太多的缘故。

谎言其实也是个好东西，它的设置最初是为了保护真言。初次说谎脸红心跳、浑身不自在，这就是一种心理和生理上的提示：回到真言。

即便是心智系统，也不全是用来说谎的。心智系统是让我们用正确的方法处理事情，只不过心智为了维护自我不顾一切的气质，为了自我的需要而去掩饰什么的习惯，最终让谎言成了气候。

我们最需要检讨的，就是把谎言当成家常便饭，事实上，谎言葬送了我们的一切。

其实，我们最不喜欢别人对自己说谎，但有时候又没有勇气倾听他人的真言。因此，对自己不说谎、对他人不说谎、让他人对自己不说谎，最需要的是勇气。

所有伟大的教诲、善良的行为、真正的生活，大概都是建立在敢于讲真言的基础之上。不论读经万卷抑或积善如山，真的都不如有勇气处处讲真言。

谎言有可能让我们得到些许"好处"，但是，谎言也因此让我们永远钉在了那里，于是我们终其一生可能都无法与心灵连接。我们也可能会很幸福、很美满，也很高尚，但那都是心智的安慰品。觉悟，从杜绝谎言开始。

念头的冰山一角

我们的心思、念头和想法，只是触碰这个世界的冰山一角，其下是整个宇宙的生命场域。

沉入一个念头里，我们会发现：它来自一个遥远而庞大的过去。

也许你对某个东西非常喜欢，也许你对某个行为十分厌恶，也许你对某种人特别理解，也许你对某种人异常反感……这些统统都是记忆，是的，心灵的记忆。我们一直在无数次的心灵体验当中形成了这样的记忆。

每个念头都是这样的记忆，而我们的现实世界只是触发这个记忆的"键盘"，如同我们的电脑操作，每一个按键下面都是一个系统的运作。

那么念头到底是干什么来了？它仅仅是协助我们处理当下事物吗？

不是，恰恰相反，当下的发生，是为了协助我们处理历史的事物，处理生命积累下来的未解之惑。

生活就是这样一个过程。

从这个意义上说，念头是一个释放的信号。比如我们非常厌恶某种事情，其实这个事情对自己并无妨碍。此时如果我们警觉地意识到，这个念头是借由眼前的事情释放有史以来的某个沉积，那么这个厌恶的心情瞬间就能够化解。几乎所有念头的性质都是如此。因此我们不必被念头拽着满世界跑，最好的办法是先停一停，看看这个念头到底想说什么。其实念头就是念头的语言，我们的感受就是念头的表达。如果我们给了它一个深深的理解，这个念头也就不再执着了。

念头虽然可能只有万分之一秒的呈现，但是它一定是万年以来的历史积淀，没有这种积淀，它绝不会获得生命中这个万分之一秒的呈现机会。所有的念头都有来头、所有的念头都有意义、所有的念头都有生命，如果我们一再忽视它，它就一再降临。我们不必深究所有念头，其实这也不是念头的本意。念头的本质是我们未曾接纳或者一度痴迷的事物，我们的理解和接纳，再理解、再接纳，直至释放干净，这就是念头所为何来，这就是心灵的工作。

另外，念头的深层意义是引领我们去觉知。在心灵意义上，没有任何一个念头是没有意义的，如果念头的意义没有被认出，它就会一直存在，并在我们生活中不断强化，直到它成了一个纷扰，我们才跟着它来到指定的地方，这个地方就叫觉知。觉知也是所有念头的归处，在那个神圣的地方，念头被认出、被知道、被允许、被接纳，它甚至并不要求被我们理解，它只要我们不再用以往的方式体验它，而它的心灵意义也许永远不可能被我们理解。我们只需觉知，觉知就是宇宙中一个全然的"是"，就是我们对已知和未知奥秘的一个"知道"。

如果我们被某种念头纠缠，或陷入某个念头，恭喜你，觉知就在眼前。念头是以能量形式存在的生命，它不可能永远独自在宇宙游荡，我们必须把它认出、回收，以生命的形式荣耀它。

每个念头被我们发出，都等待着荣耀的一刻。对念头的荣耀，就是对我们自己的认出。冰山之上，无非念头。

🔊 当尘埃落定

如果我们是一粒落定的尘埃，我们将看到最美的景象：火山喷发是壮丽的美、大地震动是震撼的美、大海呼啸是磅礴的美、飓风扑来是彪悍的美，而"病毒"则是变异的美。

但是，这些全都变成了我们的灾难。

所谓灾难，就是那些不能让我们太太平平过日子的自然现象。

然而，我们从来没有想过让自然太太平平地过日子，如此温和贴切的大自然，被我们搞得无法维持自身的平衡而"异常"频发。事实上，我们过得越好，大自然过得就越不好。

实际情况是，我们自己也并没有过得好到哪儿去。

自救就是觉悟。但是我们在很多地方仍然沿用思想的方式进行灵性操作，这可能是我们在觉悟道路上碰到的第一个问题。

怎么说呢？思想是外向工程。思想的特征是认识、思辨、论证、博弈。在一个思想体系内部，逻辑关系要清晰、自洽；思想的特点是尽量不同、尽量创新、尽量凝练；思想的作用是服务社会、推动历史。

而灵性则是一个内向工程，是人们走进灵魂深处的活动。灵性恰恰需要人们离开思想的所有特质和方法，回到内在的简单、喜悦当中去，那里并没有逻辑和论证，没有体系和创新。内向工程要依靠每个人的体验去完成，其中并没有对、错和高、下之分，那是思想的操作。

但是在很多时候，我们把灵性作为思想事务处理了，充满了评判和企盼。

我们所说内向工程的一个最大隐喻就是，除了我们自己以外，绝对不可能知道其他人的内向之路，因为地球上每一个人的生命体验都不尽相同，即便是完全相同的生活经历，其生命经历也是不一样的。内向的真正含义是个体觉知自己的生命体验，在灵魂深处实现尘埃落定。

内向之路没有错，错在用外在的方式走内向之路。

如今，没有一个人还希望自己的内在仍然尘土飞扬。

那么，请收回自己的力量吧，让人们依自身的体验经历此番尘埃落定。

这就是最自然的一种状态。

🔊 绝 望

走进了绝望，抬头便是真相的大门。

这是因为我们已经抵达心智的边缘，只要再迈出一步，就进入了心灵的天地，而心灵是我们的救赎。

幸福、幸运、幸好都不是真相，那是心智满足的信号；安贫、乐道、无欲也不是真相，那也是心智满足的信号；激情、创造、伟业同样不是真相，它们也都是心智满足的信号。

人一旦进入"绝望"，才能去到那个美好之上的美好、幸福之上的幸福、满足之上的满足。道理很简单，蜜糖里加再多的蜜糖，我们也感觉不到它更甜，除非你抓一把黄连塞进嘴里，这个时候的蜜糖，才能表达真相。

绝望有两种：一种是物质上很富足，人们想换种活法，如去探险等，这叫幸福的"绝望"；另一种是人们真的被逼到了绝境，这种情况世界上每天都在发生。事实上，每个人一生当中都有可能遇到第一种情况，你可能不缺吃，不缺穿，不缺高官厚禄，不缺闲暇时间，但是，只有你心里知道，你确实走到了"绝境"，即精神上的空虚。

绝境感是人类的导师，它几乎是在最恰当的时候，最恰当的地方出现在我们的生活中。它知道，我们心智的事情差不多了，应该适时进入心灵的天地了；它知道我们有更恢宏的生命版本去体验；它知道一些没有完成的功课，是时候该提上日程了。

这就是绝望为什么总是不期而遇的原因，它一直在关注着我们，在我们还能够承受它的时候，把我们揽入怀中，再把真相交给我们。

如果世上真的有美丽这个东西，绝望就是其中的一种，它不艳、不妖、不靓、不俗，但是它叫我们心疼，那种痛彻心扉的疼。

在绝望里，我们发现了生命之美、绝处逢生之美、凤凰涅槃之美、超尘拔俗之美和那种穿越了所有苦难，摆脱了所有对美好生活追求的纯粹的美。

真相没有对等物，它不需要任何参照物证明自己，但是真相确实需要我们从她的对面走过来，从无路可走走过来。这是因为，真相是无路可至的，我们必须从绝望的崖边纵身一跃，如果我们想找到一条通往心灵的路，这是一条不存在的路，这就是为什么有人久久徘徊在绝望之中的原因。

绝望不是来害我们的，它只是想告诉我们：啥事没有。如果我们真的纵身一跃，就会在心灵的界域里享受无忧无虑的生活。亲近绝望、拥抱绝望、珍惜绝望，发现和体验绝望带着实相赋予其独特的禀赋。

诚如顾城所言："我相信，那一切都是种子，只有经过埋葬，才有生机。"

恐惧

恐惧大致可以分为两类：一类是心理的，一类是心灵的。

我们通常所说的恐惧是心理意义上的。这种恐惧是一种人类及生物心理活动状态，也是情绪的一种。恐惧是指人们在面临某种危险情境，企图摆脱而又无能为力时所产生的一种强烈的情绪体验。

心理上的恐惧是生命自我保护的自动反应机制。事实上它是识别威胁的一种方式，比如我们碰到了毒蛇、猛兽、断崖、峭壁、疾驰而来的汽车、突然的瘟疫等，恐惧会让我们以极快的速度做出自我防护的动作。没有这种恐惧体验，我们谁也不会存世很久。

适度的恐惧感是心理健康的表现。

这里，我们要说的是心灵意义上的恐惧。

心灵意义上的恐惧和心理意义上的恐惧完全不同，如果说心理的恐惧来自外部，那么心灵的恐惧就是来自内部。

心灵的恐惧本质上是一种罪咎感，一种自我攻击、自我摧毁的体验。

心灵恐惧是"我为什么非我所是"的严酷的自我考问。心灵把自己所经历过的伤害、不幸、挫败和困惑，统统扔到它认为该扔到的对方脸上。

虽然心灵是把恐惧透过于外部，但是心灵的智慧使它在深处非常明白，这一切都因自己而发生，可又拒绝这种体验，因此所有的失败感在这种拒绝状态下都变成了罪咎感。罪咎感的一般状态是对内谴责，对外攻击。事实上，一个人对外的攻击性有多大，就说明他内在的罪咎感有多强。

心灵是具有神识品质的。心灵的恐惧本来是让宽恕发生的，宽恕是心灵体验的一个兜底工程，它让我们接纳自己。但是宽恕的发生需要一个较为成熟的心灵，而对于较为稚嫩的心灵来说，它只能责备自己，当这种责备产生危机意识的时候，攻击就开始了。

　　心理恐惧和心灵恐惧的设置原本都是自我防护机制，一个是提示我们采取紧急措施保护肉体生命，一个是提示我们宽恕一切保护精神生命，而防御过度就变成了自戕。事实上很多时候我们都做过了头。

　　善待恐惧，是人生的一个重要课题；善待恐惧，是我们存活于世的基本理由。时间的目的不过是为了给宽恕一个机会。经由宽恕对恐惧的赦免，我们才能真正打开爱的大门。

　　爱是没有杂质的，当爱不包括它不爱的东西时，那是恐惧在披着爱的斗篷。实际上，爱不知道有什么是它不爱的，但是爱有很多体验的方法，恐惧就是其中一种。爱不是一种刻意的行为，如善待恐惧，不管是自己的抑或他人的，就是爱的自然流露。

🌀 "没事"和"事儿妈"

　　如果我们是真相，镜子里的我们就是幻象。真相制造了幻象，幻象成全了真相。没有真相，就没有幻象；没有幻象，真相也无从知道自己是真相。

　　色不异空，空不异色。

　　如果真相与幻象仅仅停留在知识的层面，那么真相永远是真相，幻象仍旧是幻象，枯坐一万年也照不见五蕴皆空。事实上，真相与幻象是个体验系统，体验到，即抵佛界。

　　真相到底是什么？愚以为，真相就是"没事"。也就是说，把我们所理解的"空"的概念世俗化。一般人你给他讲"空"和"究竟"，只怕他一个脑袋两个大，最终还是理解不了，因为悟出来的东西，语言是很难描绘的。再说普通人对这种包容了宇宙真相的概念，缺乏准确认知的思想资料。这些人整天柴米油盐，又如何懂得"空"呢？

我理解的"空"就是"没事"，"没事"就是无挂碍、无恐惧、无烦恼、无评判、无奢求。

直说吧，"没啥事"就是真相，"事儿妈"就是幻象。

说真的，对于宇宙上百亿年的宏大叙事，一个人区区百十来年的光阴，叫事儿吗？当然用人的生命跟宇宙论长短只是个矫情的比喻，"没事"的要义是相信有一个真相叫"没事"。

在下以为，"没事"应该是我们老百姓参悟"空性"的最高层级了，事实上它是普通人对真相与幻象这个重大命题的体验之道，亦能容纳古今的生活道理，说白了就是把幻象当真相来活而又无须担心，这似乎已经接近在"一切中发现完美"的境界了。吾辈虽不能视一切为完美，但至少让"没事"削平了不少执着之愿、嗔恨之心。在老百姓的日子里，有什么比心安更可贵的呢？

何者于我最好

在人类的思维方式当中，"何者于我最好"是一个稳定的模式，大概在每一天里，每个人有意识或无意识地上千次这样处理问题。

这样的模式当然有它的益处。但是这个固化的思维习惯也是我们失去创造力的原因。

"何者于我最好"，是心智摒弃心灵参与生活的一道禁令，使我们可能终其一生也没有从心而行的机会。

创造不是心智的工作，心智的工作是循规蹈矩，尽其所能让我们安全地活着，在心智的模式里到处都是斑马线。

可是心灵的活动永远都在斑马线之外。

心灵的创造性特质使它不可能在我们的生活中寻找以往的数据作为决策依据。如果说心智给我们的是一个清晰的路径，一个看得到结果的逻辑，那么心灵给我们的则是一种感受或者说意愿，它并没有结果，因为原因是没有结果的。

因此，心智让我们活在结果中，心灵让我们活在原因中；心智让我们活在重复中，心灵让我们活在创造中。

心智有时候为了求稳怕乱，往往让我们明知故犯。是的，心智不是一个带有纠错功能的系统，事实上，它往往故意求错。比如我们经常会饱食，即过分食用自己偏爱的食物。其实我们心里明镜似的，饱食有种种不好。如果我们仔细体味一下饱食的过程就会发现，在我们大快朵颐的时候，心智系统总能提供数据支持：多吃一顿没关系、好吃的不总是天天遇上、吃完去锻炼、人活着为什么，等等。

而心灵就不是这样。它会立即选择一种既满足口腹之欲，又卫生健康的吃法。它不会鼓励我们贪图眼下的利益，而是创造新的生活习惯。

这让我们发现自己是活在心智中，还是活在心灵中；也可以让我们发现身边的人是活在心智中，还是活在心灵中；又可以让我们发现一个群体是活在心智中，还是活在心灵中。

真正的心灵选择是不会出错的。创造只有大小之分，没有对错之分。当然在践行心灵选择的道路上，曲折还是有的，这也是我们有时候不愿意走这条路的原因。

到现在，我们已经发展出了一个庞大的心智体系，我们有理由相信心智的伟大力量，人们都以"何者于我最好"的模式行事。而我们的所有无趣和挫败也同样缘于"何者于我最好"的模式。

📶 追不到的"开悟"

开悟就是那个"在",当你追求它的时候,它就不在了。什么是那个"在"呢?"在"就是过着用单纯取代了一切的生活。

没有寻找生活意义的苦恼,因为苦恼已经消失;没有这不好那不对了,因为生活只有一个单纯的"是";没有人情冷暖、世态炎凉,因为悲悯放过了一切。

那个"单纯"是不是"空"呢?不是,从来就没有空,如同物质世界没有空一样,人的精神世界也没有空。如果"单纯"不是空,那是什么?是喜悦。只不过这个喜悦已经不是通常意义上的喜悦了,它和它的主人一样,是单纯的喜悦。它不以赚了一笔钱而在,也不以失了一笔钱而不在;它不以亲情环绕而在,也不以成为孤家寡人而不在;它不以华宅豪车而在,也不以穷困潦倒而不在;它不以健康长寿而在,也不以病痛缠身而不在。

小孩子都是喜悦的,不需要任何理由,只是渐渐地,喜悦蜕变成了高兴,成为一个有条件的东西,人们把它说成是成熟。实际上,喜悦无须外寻,喜悦是每个人的本质,是生命的本质,能够和生命并列或者可以相互替代的就是喜悦和开悟,生命等于单纯,单纯等于喜悦,喜悦等于开悟。喜悦是单纯的精神外衣。

事实上我们是带着开悟降生的,因为开悟是生命之所是。在任何时候,只要我们了解生命的这个属性,就能够立即感受到那个开悟。

　　事实上我们很多的负担都是一个祝福，它们趴在我们的身上悄悄地说："把我放下，亲爱的，我都替你受不了了。"问题是我们听到了吗？开悟的法门千千万，只有"放下"才是真章。

　　我们不可能追求到我们本来就有的东西，放下不属于我们的东西，剩下的就是我们既有的东西。人生就是"放下"的过程。而"放下"即是开悟。

生命遐想

🛜 人类起源遐想

历史上出现过很多人类起源的说法，但都被逐一否定了，一个主要的原因是人们找不到足够的证据。证据是一个科学意义上的概念，当我们"陷入"证据时，实际上排除了所有非科学的领域，因此探索的路至少有一半被封死了。这反映了我们的理念限制了自己的视野。

起源是一个时空观念，确切地说，是一个线性概念，基于这样一个概念，我们的探索是溯源模式，按照这个模式的探究路径：人类是宇宙所造之物，人类起源和宇宙的起源必然有内在联系，追溯人类起源就一定要追溯宇宙起源。

允许我们可以尝试换一种思维模式，暂时搁置我们的线性思维。一旦离开了这些思维的框架，我们或许能够得出一个结论：一切已经发生的、正在发生的和将要发生的，都已经发生并继续发生着。宇宙就是即刻。

什么意思呢？就是已经发生、正在发生、将要发生的人类起源，都已经发生并继续发生着。换句话说，人类在找寻正在发生的事情。我们要找寻发生的那个"当初"的形态，因为我们不认为现在发生的就是已经发生的那个发生，一定要找到那个不同的发生，这很有可能找不到，因为发生怎么可能找到发生呢？

用线性思维探究非线性思维领域里的事物，是不可能有什么收获的，而非线性思维是"宇宙的思维"，事实上，是宇宙的实相。

现在，让我们用局限性极大的线性思维去揣摩一下非线性思维的模式：人类是一个持续发生的"事件"，本质上并没有以前、现在和将来，只有此刻。也就是说，人类是一个持续被创造、被生命化的"事件"，没有此刻，就没有人类的任何一刻。

人类的物质躯体是人类在特定时空领域的形式，这个形式被当作探究人类起源的出发点是导致这种探究成为不可能的原因。

人类持续地被创造，是建立在一个更大的生命形式上的，而那个更大之上仍有更大。

探索人类起源是人类寻找自己的伟大行动，它几乎是人类最有意义的行动，在这个行动之上构建整体的人类文明的大厦，事实上，人类所有的演化都有赖于这个行动。最终，人类总会走到心智的边缘，一窥那个宏大的源头。

📶 一个细胞的寓言

以细胞之微，我的身体足以成为它的宇宙，而我就是宇宙之"神"。

有一天，我听到体内的一个细胞在自言自语：我是谁，我从哪里来，要到哪里去？我回应道：你是真的想要答案吗？细胞惊异于我居然能够回应它，旋即道：如果你就是那位宇宙之"神"，就请告诉我吧。

我：你是我的一部分，是一个较小版本的我，但我不是一个较大版本的你。

细胞：为什么我会是你的一部分？

我：你们全都是。没有你们，我什么都不是。

细胞：愿闻其详。

我：我创造你们的目的，是为了要体认我自己。除了经由你们，我没有其他办法做到这一点。所以可以说，我要你们做的是：你们应该体认到自己为我。

细胞：那么我们为什么要经历出生、衰变、死亡，再出生、衰变、死亡的轮回？

我：这是你们共同参与的一场生命体验。在这个过程中，你们经验了生与死、好与坏、喜与悲、年轻与衰老、探险与安逸等相对世界的游戏。

细胞：有没有一种不那么痛苦的游戏给我们玩儿呢？

我：没有。事实上，没有所有的对立物，你们就失去了一半的生命。你们如果不在死亡里发现我，就是不了解生命是怎样运作的。

细胞：那么我们注定要陷入这至少是一半的泥沼里了？

我：你是什么，你就会经验什么。不，不是泥沼，那是创造的过程，那是我的体验，是整个神圣计划的一部分。

细胞：那为什么我的体验和你的体验不一样呢？

我：完全一样。只是你忘记了你的本来身份。是的，就连这个"忘记"也是神圣计划的一部分。你必须先忘记与我的联系，才能创造它和体验它。因为你的最大愿望也是我的最大愿望，即让你体验你本是我的一部分。所以，你正借着在每个片刻重新创造自己，因而体验你自己的过程里，就如我也通过你而这样做一样。事实上我们是相等物。

细胞：我怎么会是"神"的相等物呢？我是如此的卑微。

我：这就是你的卡点。它完全超出了你能接受的程度。因为如果你是"神"的相等物，那就意味着没有人在对你做什么，而所有的事物都是被你创造出来的。

细胞：怎么让我相信这是一个我和宇宙之"神"的对话呢？我生命的目的到底是什么？

我：我用各种方式在和你、你们对话。其中最真实的方式就是经验，你没有感受到我们为了一个共同的目的而全力以赴的激情吗？所有的生命只有一个目的，那就是让你和你们的体验达到最完满的荣耀。任何其他你所说、所想或所做的事，都是附带在这个功能中。这个目的的神奇就在于它是永无结束的。

细胞：你就是宇宙唯一至高之"神"吗？

我：以你是较小版本的我的意义上说，是的，我是你的至高之"神"。但是我仍然要告诉你整个事件的惊鸿一瞥：你是我的身体，而我又是另一个"神"的身体，直到无尽。

细胞：哦！

我：我要继续告诉你，你的身体是无数比你小的版本的你，直到无尽。

细胞：哦！

我：我还要告诉你，所有的都是既有的，既有的只有一。

细胞：太神奇啦！

适者能生存吗

适者生存理论是一把双刃剑。

自然界的确是一个适者生存的过程，因为自然界是一个纯粹客观的环境，适者生存既是自然界的演化过程，也是演化的规则。

问题就出在这个理论的社会学意义上。在对人类社会发展的认识上引进适者生存理论，最大的问题就是把人类社会视同于自然界，认为人类社会是一个完全客观的进程，适者生存既是人类社会的演化过程，也是演化的原则。

有史以来，人们一直就试图把自己打造成"适者"，为了成为"适者"，有些人把暴力征服作为主要追求的目标。后来人们也发明了不同的"适者"理论，比如和平共处、共同发展等，这无疑是历史的进步。

问题在于，人类的社会演化过程完全不同于自然界的演化过程。"适者"的定义在自然界是永恒不变的，但在人类社会，所谓"适者"则完全由人们的意识决定，不同的历史时期，人们对"适者"的解释完全不同，也就是说，人类社会是一个在人类意识推动下的演化历程。如果说适者生存理论勉强可以描述人类社会演化的过程，那么这个理论无论如何也不能理解为这一演化的原则。

意识活动的特点就是原则指导过程，我们不能让过程指导过程，而一定要有一个明确的人类社会演化的原则。

那么原则是什么？

原则是"我们都是一体的"。

这应该是人类社会演化的恒定原则。事实上，人类以往的历史全都是分离的历史，我们所有的活动都淋漓尽致地表达了这个分离。不论是高尚的情操抑或阴暗的心理，皆以对立方的存在而彰显自己的意义。人类最真实的演化原则绝不应该建立在一部分人对另一部分人否定或者对立的基础之上，那是一个最真实的幻象，而幻象只能制造出更大的幻象。

我们的实相就是"一体"，而实相能给我们带来最为真实的"人"的体验。

走进生命深处

当你筚路蓝缕的时候，就是转向生命深处的时候。

生命，本来是一场锦衣盛筵。生命，原本只适合跟它同质的东西打交道，那些东西是简单、无惧、天真、良善……在这个朋友圈里，生命的华服始终灵动而耀眼。

生命给每个婴儿预备了这样一套华服。你以为是你的乳汁把他养大？错了，真正保护他的是这套华服，如果婴儿一降生就心怀恐惧、贪婪、老谋深算和诡计多端，那么，他连一天都活不下去，尽管你的乳汁充足。

在我们之中，有一些生命始终穿着这一套华服，他们真的不知忧虑、不知烦恼、不知恐惧，他们天真得令人难以置信，他们善良得令人无地自容，他们简单得令人心动。

最初，人们把这些人称作傻瓜，当最终发现自己真的没有一样东西可以拿出来和这些生命炫耀的时候，又称他们是圣人，说他们是耶稣复活,佛陀再世。

其实,又有谁是例外呢?我们最大的困境就是看不出自己就是圣人,看不出自己就是圆满。圣人不过是活出了自己而已。

生活就是这么诡异,最简单的就是最难得的。我们死死地抓住生活旅途中所有的"获得",以为这些东西才是生命的保障,殊不知,此时生命已经不胜其累,那颗赤子之心也变得老谋深算、诡计多端。

贫穷就是贫穷,富有就是富有,二者的区别在于,我们的发起心念是什么,我们就看到什么。我们索取,我们就向生命发出了匮乏的指令,生命照单传递给你匮乏;我们丰饶,我们就向生命发出了富有的指令,生命照单传递给你丰饶。整个生命系统其实就是一个宇宙复印机,我们是什么,你我就被复制成为什么。

走进生命深处,就是进入我们的本真。

生活不易,此时我们已经伤痕累累、殚精竭虑、黔驴技穷。但是,只要我们转身,脱下层层廉价的外衣,便能露出与生俱来的华服。

📶 你就是源头

你就是源头,不要指望在别的地方找到源头,别的地方都是源头的流经之地。

源头根据自己的体验给这些流经之地取了各种名字:喜悦、烦恼、幸福、痛苦,久而久之,源头以为这些流经之地就是它自己。

源头的失忆,是因为它忘记了体验的原本用意。

源头是知晓，知晓自己是源头。但是知晓本身并没有任何意义，知晓与体验互动才能确认知晓。比如我们知晓甜和苦，不体验甜和苦，就无法对甜和苦有一个确切的知晓。但是甜和苦只是体验的知晓方式，并不是知晓本身。

源头通过情绪去体验自己，即通过悲伤、愤怒、羡慕、恐惧和爱这五种情绪以及它们的衍生体去体验自己。

源头携带着这五个小兄弟上路了，人生从此有了情绪。

我们可以明显地观察到，从古到今，在所有的关系和事物上，都留下了这五种情绪的痕迹。情绪是我们构造生活的工具，这些情绪痕迹就是我们的体验痕迹。我们用这五种情绪作为调色板，渲染了我们的整个生活。我们还把这种体验称之为文化，并以文化的形式把各种体验加以固化和引申，进而形成了一整套文明体系。

我们的确迷失在自己创造的文化上。

如果一个人的情绪基调是悲伤的，他就一定会把这种悲伤的基调情绪涂抹在所有的关系上和经历的所有事物上，于是他果然活得很悲伤，而他的情绪基调则来自社会和文化对悲伤的传统含义。

是的，他"修改"了系统的源代码。

因此，他心里感受到了什么，他就看见了什么、经历了什么，他就把生命活成了什么。

于是，他悲伤地向苍天发问：这到底是为什么？

我们可以悲伤，也可以愤怒，事实上，这些都是生活的"鸡精"，没有它们，生命岂不乏味？

带着悲伤，知晓地生活；带着愤怒，知晓地生活；带着羡慕，知晓地生活；带着恐惧，知晓地生活；带着爱，知晓地生活。

源头是一泓清澈的泉水，虽然它流经之处有很多杂质，但杂质终归会被过滤掉，留下的依然是清澈。

🌐 月下

月色使人沉入心底，触及那被遮蔽的隐情；月色让人回溯过去，打捞那些最为心动的经历；月色让人驻留在一个悠远的思绪中，不愿意天亮的到来；月色让人人都成为一个诗人，吟唱着在白天吟唱不出的诗歌。

没有月色，人类就失去了一半的文明、隐没了一半的才情、没有了一半的诗人和哲学家。

有个美丽的传说，月亮是地球形成初期，由地球甩出去的碎物质凝聚形成的。从科学上讲，这是不存在的，但是，从月亮创造了至少一半的地球文明的作用上看，我倒是宁愿相信，月亮是故意安置在那里的。事实上，不只是我们的文明，我们的身体同样离不开月亮。

月亮，像是一个观照者，洞悉并记录着地球上发生的一切，当然也包括每个人的心灵。我相信，每个人都有怀揣心事抬头望月的经历，月亮大概也给了所有人同样的回答，不然，人们对月亮的感知为什么如此相似？那么月亮到底给了人们怎样的回答呢？

我想那大概是："我知道你，在千年以前就知道了，我还将伴你千年，那个立于月下的千年以后的你……"

轮 回

在生命的字典里，并无"轮回"二字。轮回是我们的发明，我们把二元世界的一些观念加入了轮回概念的构造中，如善恶、因果等，据此，人的起心动念都和轮回有关。

我们一起创造了地球生命，我们经历过了地球上几乎所有的生命形式，包括一切动植物和每一块岩石。轮回就像灵魂睡了醒，醒了睡一样，欣喜地游走于各种地球生命的体验中，我们对山川河流和动植物的亲切感就是由此而来。

逐渐地，我们集中于人类的醒、睡之中，着力体验更为复杂的精神活动，还赋予了它各种文化含义。

从纯粹的宇宙过程来说，轮回就是变化，就是生命尝试各种存在形式的变化。实际上，所谓的轮回范围应该不止地球，整个宇宙都是轮回的游览区。

精神体是一个非常灵动而丰富的存在，它有无数的面向，无数的体验方式，而这些面向和体验方式之间确实存在某种联系，这种联系被我们解释为轮回。轮回或者说变化之间确实产生着我们所说的因果关系，当然，通常意义上的因果解释往往是线性的，而实相要比它丰富复杂得多。我们每个人大概都扮演过耕者、盗者、王者、学者、愚者、贫者、富者等。不然，我们不会有那么多的内心感受。感受是灵魂的语言，我们最强烈的感受，就是轮回或者说变化的某种浮现。

从一个更长的时间尺度上说，轮回是宇宙的一呼一吸，宇宙的终结与复生就是它的一呼一吸。我们即是这一呼一吸的产物，因此我们须臾离不开的就是呼吸。我们的一呼一吸就是一个具体而微的轮回。与轮回为友，因为那就是我们自己；敬畏轮回，因为那是我们最庄严的选择；珍爱轮回，因为它是我们无与伦比的生命体验。

相

心念即为相，执着的心念即为幻象。

只要不去执着，相对我们是有益的，它为我们的一时一事服务。

仅仅依靠逻辑思维，人类无法处理形而上的精神事务，因此在逻辑思维之外，人们还要借助于心念进行精神活动，而心念的活动往往是以相的形式呈现，它与大脑的逻辑思维相辅相成地服务人们的心智。

逻辑思维主要服务于人们的物质关系，而心念活动主要服务于人们的精神关系。

心念涉及信念、信仰等精神事务，俗称三观，而三观往往又有很多文化符号和文化情境，形成了所谓的相。

相具有形而上的特点，而越是形而上就越是能够反映一个人的心理特质。在这个心理特质的层面，人们深深地认同那个相、深信那个相、迷恋那个相。其实那个相也只是自身心念的投射，如果执着于那个相，就是执着自己营造出来的幻境。

如果我们让相来去自由，流动自然，那么相就可以让我们更加生动地了解自己。

相仅仅具有相对意义，没有绝对意义上的相，因此，实相无相。

实相无相是更高层面的精神活动，人们有时把它称作"在""临在"或者"禅"等，在这个层面，逻辑脱落了，整个物质世界都从你身上脱落了，而相也随之溶解。

🛜 生命之帆

生命之帆有时候会把我们导向繁华的海港，那里有精致的沙滩和酒吧，有你想象出的所有浪漫、欺诈和浮华；

生命之帆有时候会把我们抛在一个名叫鲁滨孙的荒岛上，那里有上亿年的山洞供你歇息，有最无声的语言让你动容；

生命之帆有时候也会把我们轻轻地放在岁月静好当中，柴扉轻掩，袅袅炊烟，在柴米油盐里调制那份生活的味道。

……

生命之帆从来不会随便把你抛去任何一个地方。

没错，我们都有一个内在的导航，它准确无误地把我们带到并安放在该在的地方。

哦，生命之帆。

🛜 生命的大势

生命的过程是体验自己。

在生命体验的道路上，生命没有特别的挑选和爱好，它只是简单地问自己：这是我吗？

所有的困境都是生命的作业。

其实在生命的字典里并没有评判性的词语，我们称之为的困境，正是生命渴望的验证性活动。

因此，我们的所遇在本质上都是我们的所欲。

体验生命在我们肉体行为上面表现得淋漓尽致。我们都喜欢美丽、和谐、美食、旅游，这些都是生命的行为。为什么我们不会把饭菜做成臭味的？为什么我们不把家建在悬崖峭壁上？为什么我们不把噪声当音乐？这些司空见惯的事情，正是生命的天性在我们日常生活中的表达。当然，如果生命的天性正好翻转了180度，我们吃臭味的东西还真是津津有味呢。

我们还真别小看了生命的体验方式。

生命就是要在臭里尝到香，在悬挂里达到安稳，在噪声里听到妙音……它尤其不怕深陷困境，那是一个不同凡响的体验场景。

生命是一个顽童。

生命渴望冒险。可是思想却趋于保守，因为经验一再告诉思想，血肉之躯是扛不住折腾的，世间的所有后果，最终都要由肉体来承担。

因此在生命体验的旁边，又分叉出一个思想的体验系统。思想体验偏向于成熟的、享乐的、安全的、幸福的、稳定的事物，也就是说偏向于生命体验的既定经验。

思想是位老谋深算的老师，有时候生命必须遵其教诲。但是生命的野性终究是拴不住的。我们都能隐约感受到内心生命的鼓噪。

生命的大势是走出既定，体验探险。

为什么？因为既定的经验会走向生命的反面。

香甜可口、幸福安逸、妙音曼舞统统都会成为生命厌恶自己的方式，因为生命的特质是出去玩、出去玩、出去玩。小孩子都怕鬼，但最喜欢听大人们讲鬼故事，就算躺在被窝里蒙上头也要听。小孩子是直率的生命，冒险就是他的游戏。

我们意想不到的经验场域，比如世界范围的灾异、威胁肉体生存的各种变故，统统都是生命勇闯天涯的好去处。如果我们仔细思量，这些东西不正是我们自己创造出来的吗？我们确实在一个既定的经验场域活得厌倦了，生命的本能不能不去创造新的场域，以便再一次认识自己。

这个世界没有别的什么东西在活动，只有生命的花样在翻新。

别痛惜失去安逸的生活、别留恋既往的平静日子，这些东西已经在一夜之间改变了。思想的体验系统在痛心疾首，可生命的体验系统在充满活力中跃跃欲试，因为它知道，一个更高级的生活状态就在重建以后。

这就是生命的大势。

在这个时候，最明智的思想就是跟上时代的节奏，丢掉那些保守的观念，试着发生新的生命体验。

生命之变

生命是生命转变的方式。

人类就是这个变的一种形式。从远古以来，我们就一直在试图描述这个变以及对这个变的解释。

大概我们原则上并不反对"生命是变"这个命题，事实上我们更多的困惑是生命为什么选择这样一种变的方式，让我们轻而易举地产生恐惧，如生死之变、病痛之变、水火之变、风雷之变。

在这些变的形式中，生死之变是我们最容易产生恐惧的变化，因此我们在解读各种变的功课上，对生死之变用功最多。生死之变是人类心智体验的边缘。有人说没有死亡，死亡是生命的另一种形式，道理不错，但是恐惧仍然摆在那里；有人说他没有死，只是去了天堂，但是痛苦仍然摆在那里。

心智边缘，无路可走。

有一种可能不知道我们想过没有：我们事先允许了这些所有的变化。也就是说，如今我们面临的所有质疑、困惑和恐惧，也就是那些变化，都是在提示我们忆起那个允许。

为了某种最高利益而选择"赴死"，是无数灵魂的允许。死亡是灵魂兑现承诺的最庄严的形式，是灵魂摆脱心智束缚的华丽转身。在这副身躯完成了所有其他体验之后，它最渴望的就是实现最后也是最庄严的那个体验。

事实上，生命总是通过最不像自己的事物忆起自己，直至通过所谓"死"忆起"无死"，这是在二元世界里生命之变的一种方式。

我们生活的星球是一个生存着很多不同维度生物的地方，如我们和苍蝇肯定不是一个维度，苍蝇的生死也不会是我们定义的生死，不要以己之心度蝇之腹。然而，所有地球生物之所以能够共同生活在一起，当然也包括"死"在一起，仅仅是因为有了那个允许，这是唯一一致的地方，也是广泛意义上的地球生命方式。

🛜 "灵魂"道路

灵魂看不见也摸不着，但是，我愿意相信它的存在。

我们的生活习惯、思维模式、选择旨趣等，无一不是灵魂的体验。只有灵魂才能把知识、习俗、文化、文明等这些一致性、规定性很强的思想体系分解成个体化的体验，分解成在某一个心理共同体中的个体化呈现。比如，中国古代是一个以儒家文化为主体的社会，而唐代又是一个"以诗为文"的时代，但是唐代的文人们仅仅是以诗律为载体，以儒家思想为思想特质去表达那个只属于自己的东西，在如此高度统一和专制的社会环境里，人们仍然只能表达只属于自己的那个东西。"只属于自己"的那个东西就是灵魂，它的物质和精神表达就是灵魂道路。

世间没有弯路，只有不同的路；世间没有错路，只有自己的路；世间没有他人授权的路，只有他人不懂的路；世间没有思想指出的路，只有灵魂看到的路。

自从灵魂离开母体，它就在履行回家的路。有多少灵魂个体，就有多少灵魂道路。

真正的大师并不指路，因为他知道，除了自己的灵魂道路之外，他不可能也不必知道其他的灵魂道路。灵魂的道路只能"自知"。真正的大师并不急于指导人们跳脱幻象，而是引导人们在幻象中感受自己的行走。

幻象让灵魂头破血流，但那是它回家的履历。灵魂虽然伤痕累累，但它仍然朝着圣殿的方向说：拿酒来！

关于真相

"真相"是一个词语，是表达涵盖所有事物终极意义的一个概念。

词语来源于话语体系，离开特定的话语体系，词语就可能偏离它的含义。如"汤"字，在现代汉语里，汤是指饭食的一种，但在古代汉语和日语里就是热水。

　　"真相"这个概念也一样，不同的话语体系，对它的定义是不一样的。如宗教的、哲学的、科学的、心理学的。事实上，"真相"在我们中间是最有分歧的一个概念，因为这样一个对事物终极意义的概括本来就是一种最高强度的心智活动，即便是立于真相之巅的人，也由于他们受特定话语体系限制，他们的所谓"真相"也不可能把其他话语体系里的"真相"说清楚。

　　虽然对于"真相"我不得而知，但是，我有点见不得在"真相"这个问题上，各持己见相互攻击的状况。持有"真相"者，一定是个平和的人。遇到这样的人，不管他所说的"真相"是什么，在下一定纳头便拜，我没有辨别"真相"的本事，但我有辨别"真相"持有者的能力。如果遇见持己之见把别人的见解踩在脚下的人，即便我曾经一万个同意他所说的"真相"，也会因此而动摇，因为我实在不忍相信"真相"竟然会把人搞成这个样子。

　　我以为，"真相"不可能让人变得更脆弱和更易于产生攻击性，"真相"不可能让人变得强扭住别人的脖子相信自己。

　　事实上，我接触到了不少关于"真相"的说法，我没有资格评论它们，更没有能力鉴定它们。我只是直观地感受它们的品质，凡是与祥和、包容、勇敢和爱有关系的，即便不是"真相"的全部，我也宁愿相信这些东西是"真相"的一部分。

📶 命 运

　　在我们的认知当中，命运是一个由不得我们自己选择的事情。这不对，这个世界上我们可能无法选择任何其他事情，但命运却一定是由自己选择的。

那么在整个命运系统中，有没有是我们自己无法选择的呢？当然有。比如一位画家，自小习画，但艺术成果不佳，他坚持了下来，并经历了很多磨砺和坎坷，直到他画出了一幅惊世骇俗的伟大作品，这个作品让他一举成名。在这个"命运"事件上，哪些是他的选择，哪些不是呢？

除了"磨砺和坎坷"的具体场景外，其他都是画家自己的选择。

是的，人生中只有场景无法选择，剩下全是自己的事情。

有时候我们把命运这个概念窄化了，把场景当成了命运，而忽略了命运中的核心因素——自我选择。

场景其实就是一个工具，它的到来就是为了让我们去选择，去实现自己的命运，在这个意义上，所谓场景也是经由自己的选择而发生。

命运，就是对付场景，对付一个又一个的场景。

同样的场景，不同的人有不同的命运。比如在战场上，勇敢的人往往能够存活，胆小的人往往最先死掉。

大概在人生初年的某一个阶段，我们对命运的实践就起步了，是的，场景就出现了。场景中的我们就是命运中的我们，但不是我们的命运，我们的命运是对场景的回应。比如一个人在年轻的时候遭遇失明，失明不是命运，它只是一个场景，而应对失明的选择才是命运。

人们沮丧的大多都是因为把场景当作命运。

是的，场景非常重要，有时候也很残酷。我们真的不知道下一刻在我们身边会发生什么，这也叫无常，无常在我国古代文化里甚至被演绎成恶鬼。无常的极致表现就是死亡。

但无论是场景抑或无常多么威风凛凛、突如其来、意识不到，它们永远都只是工具，永远不可能成为命运本身。而在无常和场景中当下的选择，才是命运。是的，就连被埋在地震废墟中的人，仍然在选择如何对待眼前的场景，这也是命运。再急促的死亡到访，人类仍然有万分之一秒的时间创造命运。

选择就是命运。

毋庸讳言，无常对于我们血肉之躯的冲击是巨大的，但是没有任何一个场景是带着我们的必然命运冲击到我们的，它们没有把任何事情强加在我们的命运之上。场景和无常是中性的，事实上，它们是我们的礼物。在命运这个问题上，无惧"厄运临头"，才是最高贵的情怀，因为"厄运"中的选择比幸运的选择要艰难得多，他们中的很多人经由"厄运"活出了尊贵。

喜 悦

喜悦是生命的品质。

喜悦不需要借由外在的"好事"发生。

所有的"鸡汤"几乎都在告诉人们如何获得喜悦，殊不知，能够获得的，都不是喜悦，而是高兴或某种获得感，这些都可以归入满足一类的感受。

喜悦是生命的材质，在所有生命形式中发现这种材质，才是喜悦，喜悦就是生命发现生命。

你在崇山峻岭中发现喜悦了吗？你在嘈杂的闹市中发现喜悦了吗？你在与同事的矛盾中发现喜悦了吗？你在身心俱疲的挣扎中发现喜悦了吗？

为什么说喜悦是生命的材质？因为生命就是愿意和由衷地接纳所有的生命赐予，品尝这些赐予的生命味道，并承接生命的各种发生。

喜悦就是一个大大的允许。没有这个允许，生活就变成了挣扎，变成了生而不活；没有这个允许，生命就变成了冲突，变成了生而无命。

生命存在于一切物质和事物之中，也存在于所有的关系之中。这就像一个巨大的网络系统，没有生命的维护，这个系统连一天都维持不下去。这个网络的存在目的就是让生命相互看见，让生命相互认识，让生命相互喜悦。

当我们失去了喜悦，我们就与生命失去了链接；当我们失去了喜悦，我们就与"死亡"发生了关系；当我们失去了喜悦，我们便处于生不如死的状态。

喜悦是即刻的，这是生命的设计，这是生命与生命最直接的关系，也是生命服务生命的使命。

看看身边为我们服务了几年或几十年的书桌，它所有的品质都会令我们敬佩。我们需要它的时候，它在；我们不需要它的时候，它等；我们发呆，它陪。只要不倒，它就一直默默地为我们服务。

再看看身边与我们在一起了几年或者几十年的那个人，我们在，他也在，我们以什么状况在，他都在，他以一种只有他能做到的方式让你从他身上再度与生命链接。

任何时候，敞开心扉，静静地感受周遭，喜悦便袅袅升起。

如何获得喜悦

生命的精髓是一体，万物一体的感觉就是喜悦的感觉。感觉万物的一体性，就是创造喜悦，就是得到喜悦。

一体感不在外边，它就在我们的心里，实际上它就是我们自己的本质。但是这里面仍然是有逻辑的，不是心里有的东西就能够被我们随时拿取的。而头脑则挡住了我们心灵喜悦的外溢。

是的，头脑虽然无法产生喜悦，但它却能够忽视喜悦。

我们经常看到有些人好像是活在喜悦里，并且深受感染，不觉中自己也莫名其妙地跟着喜悦起来。这说明一个道理：我们释放别人内心的喜悦，就释放了自己内心的喜悦。所谓笑是可以传染的，就是这个道理。让更多的人喜悦，我们就可以处于喜悦中。

但是，头脑仍然源源不断地给我们送来悲伤的事情，我们经常会有这种体验，刚才还挺高兴的，听到一个消息后马上悲伤起来。尤其在这个时候，不要让头脑埋葬了心灵，我们应该信任喜悦的神圣品质能够包容一切，如果我们还坚信这一点，就没有谁能够拿走我们的喜悦，即使是在生命的尽头。还记得弘一法师临终所书吗？"悲欣交集"，是一个肉体在告别这个婆婆世界时喜悦的表达，事实上，这是喜悦的最高表达。

美好的人生就是离苦得乐。让别人快乐吧，你将快乐；让自己快乐吧，你将永远快乐。

发现完美

在我们痛斥的不完美甚至丑陋之中发现美，是真正意义上的发现完美。这当然不是说丑陋本身是美的，而是说在它参与事件整体性方面的不可或缺意义上是美的，确切说，是完美的一部分。

举一个例子：美味和排泄物。美味和排泄物的关系不用说人们也知道，如果没有排泄物，美味基本没有意义，因为它无法循环，是不完整的。以一种极致的说法，在美中发现美不是真本事，事实上，它只是美而已，还称不上完美，因而这种美是残缺的，只有把我们认为的不完美拉进来，完美才完整，才是完整的美。

爱一个人，能不能连同其缺点一道爱，是检验真爱的试金石，因为，你无法只和他的优点在一起；爱自己，能不能真正地接纳自己的短处，是检验自爱的标准，因为，我们永远无法只与自己的一半生活。

发现完美不仅是一种思维品质，也是一种心智能力，更是一种智慧表现，同时也是发现宇宙真理的望远镜和显微镜。确实，不论我们用望远镜还是用显微镜观察宇宙，我们都会发现那个变幻莫测的美，那个无穷无尽的美，因为我们看到了整体，看到了整体之间共存共荣、此消彼长的永恒魅力。事实上，完美的真正意义正是那种由个体间关系的变化而表现出来的美。

那么，为什么处于观察者位置的我们能发现宇宙的美，而发现周围的美是那样的困难？因为我们就是完美的一部分，我们就是望远镜和显微镜下的一部分，身在其中我们很难发现自己的完美呢。

说到这儿，我好像明白了，观察者是无法体验到自己的完整的，因此也就体验不到自己的完美，因为他将自己从整体中抽离了出来，变成了一个个体。好吧，现在我们找到了发现完美的方法：把自己植入整体。

从人类的历史看，你是完美的，因为如果没有你，历史也许不会像有你那样的演绎下去；从个人的发展看，你是完美的，因为如果没有你，你周围所有的关系都无法串联起来，整个关系结构就散了架；从你尝遍人间百味的人生体验上看，你是完美的，因为没有你的尝遍百味，别人怎能从你身上品尝到你独特的味道？

隐去完美是人类的一个特殊能力，一个把自己从整体中抽离出来成为观察者的能力。我们的科学、文学、哲学等，都是建立在这种观察者的身份上面，而这些文明成就都指向同一个梦想：把自己放回去。

把自己放回去，你或许就能在璀璨的星空中熠熠生辉。

思 想

思想是行为的蓝图，现实世界是人类思想蓝图的物质展现。

思想说到底是一个视角，有什么样的视角就有什么样的世界，有什么样的视角就有什么样的人生。

多视角正是我们这个世界的精彩之处。

任何一个视角都能贯通人类的历史，当它成为一个理论或哲学的时候。叔本华在《论人世的痛苦》中说：

> 受到折磨和惊吓的生物们，在这个世界，在这座游戏场上，生存之道只有一个，就是以别的生物为食，每一个龇牙咧嘴的动物都是其他成千上万动物的移动棺材，它的自我生存是一条由殉难者编织成的链条，而感觉到疼痛的能力则在认识功能的介入下不断增强——人们曾想把乐观主义体系硬要给这世界，把这世界当成是所有可能中最好的呈现在我们面前。如此的荒唐事还被人到处叫嚣。

在此我们不评价叔本华的观点，我只是想说，思想的力量是强大的，它有时候真的是"看透了"整个世界和世界的历史。

所有的世界之争都是思想之争，所有的历史都是思想史。

无论是何种思想，其内在动因都是在追寻源头，追寻一个收纳天下的终极视角，这是思想的天命。但是思想本身是无法做到的，因为在思想的背后，有一个思想的思想——知晓。

思想如果不与知晓连接，思想的视角终是受限的。

知晓是什么？

知晓是一个完全的确信。

确信什么？

确信我们否定的事物，一定带给我们更宏大的思想。

知晓和思想最大的不同就是知晓是全视域，而思想只是一个视角。

知晓本质上不属于思想，它已经进入了心灵。心灵的属性是宇宙性的，是人类意识最深层面的安放。如果你有一个纯粹的心灵，从遥远的地方观察地球，你绝不会用光明与黑暗、先进与落后、幸福与痛苦等受限的思想看待地球事物。你只会发出"噢，那个星球"，你会把所有的地球事物看成是一个整体，看成一个存在完全理由的整体。

这就是知晓。

由知晓涌现出的思想没有评判，只有道路。是的，在全视野下选择的道路，它完全感恩那些没有被选择的对于选择的重大意义，事实上，它转变了所有的未被选择，世界由此变成一个更高版本的世界。

在全视野之下，思想之不同变得非常有意义，它并不导致冲突和战争，它成为思想的狂欢。

是的，我们思想了成千上万年，它没有帮我们解脱困惑，困惑一直等在那里，直到让知晓看到它的真相。

智慧生物

以地球智慧生物的思维方式解构地球智慧生物几乎是不可能的。因为我们的解构无论在何种意义上，仍然只是我们思维方式的表达。

人们通过悟道超越了解构。但是悟道又是一个非常个性化的经验，没有一种个性经验与另一种个性经验完全叠合，叠合了就不是个性的东西了，当然相似性还是有的，因此悟道属于个人的事情，相互间只能交流、启发而不能替代。

对于地球智慧生物的解构止步于悟道。

介于思维和悟道之间的就是想象力。

想象力是心智边缘的纵身一跃，它离理性不远，又有点摆脱了理性的束缚，在这个范围内议论地球智慧生物还是有意义的。

我们试着从理性的边界伸出一条腿，看看有没有想象力价值。

时间和空间既是我们的思维栅栏，也是地球生命体的栅栏，总之地球之于地球内外无一不是时空的刻度。事实上我们就是一群地球时空的生物表达。时间和空间紧紧地把我们锁定在地球上，以至于我们的星际旅行无法实现，动辄上亿光年的时间，足以让我们关上地球时空的大门。

于是我们是不是可以认为，地球智慧生物就是体验地球时空过程的宇宙物种。体验地球时空过程不仅需要肉体，更需要心智体，不然就没有所谓的体验，因为体验毕竟是心灵的语言。如果地球几十亿年仅仅长满了大树，树木就是成了精也未必有体验的心智活动。

既然时空是我们身心存在的方式，那么这种方式也应该具备时空特点，即有限的、进化的、有生有灭的、可以考察和论证的、有特定重力学意义的等。我们有理由认为在我们之前和在我们以后，身心体验将一如既往地延续。现在的人类绝不是第一代地球智慧生物，也不是最后一代。

地球特定的重力结构不允许外星形体存在。在地球上所有的外星表达都必须以人类的结构出现，或者让自己保留在一个相对封闭的重力场中才能实现。地球的时空结构只是地球智慧生物的体验场域，外星生物绝无兴趣在这个场域表达自己的文化。

我们的心灵之所以具有时空意义，是因为它能够被我们的思维和肉体感知，心灵是时空的巅峰体验。

时空的巅峰体验就是时空的消失。时空不是宇宙的唯一表达，只有到了时空的边界才能知晓这一点。心灵就在这个边界上。在这个边界上，心灵让我们所有的时空体验都变得有意义，我们要感恩，但不要羁绊于此。

我们可以说，无限在有限中发现了自己，超越时空在时空中解构了自己，心灵在肉体和思想中表达了自己，而时空就是非时空在时空里经验非时空。

有点别扭吧，别扭就对了。

我们在本质上都是超越时空的。地球智慧生物经验时空的峰值就是无时空，这种巅峰体验正是时空之终极意义。

是的，对于地球智慧生物来说，以什么样的心灵样态体验地球的时空过程，是一个当下的永恒主题，所有的诗文和悟道须臾离不开这个主题。因为我们的体内都有一个时空之钟。

所谓生物，不外是时空刻度的载体；所谓智慧，不外是超越时空的觉悟。

🔊 接 纳

我们通常在三个层面体验生命：超意识、意识和潜意识。

超意识是心灵的层面，是一个完全能察觉我们在做什么的体验层次。超意识近乎我们的终极体验，在超意识的场域，有我们的生命蓝图，它会创造某些生活情境以体验生命。而大多数人对超意识的"安排"往往不是很理解，因为它有时候让我们不舒服，事实上，它经常让我们跋山涉水，甚至走"弯路"，或者经历困惑和痛苦。但是，这正是"生命的挑战"。为什么我们每个人都会遇到艰难困苦，这说明了我们都有重大的"生命议题"，这些议题一定会以难题的方式呈现在生活当中。没有一个人生下来就能够把生活难题当作礼物收下来的，所以我们要学会接纳。

接纳就是与我们的内在保持一致；接纳就是与我们的生命蓝图保持一致；接纳就是与完美保持一致。

意识是一个我们对自己做什么有些许察觉的体验层次，在意识的物质层面，我们知道自己在创造一个什么样的实相。比如我们想成为一个金融师，于是我们就开展了一系列这方面的学习和研究。意识另外一个艰巨的任务就是提升自己，把物质层面的意识提升到意识的心灵层面。在这个提升的过程中，意识首先碰到的就是所谓的"生命议题"，当然，它也必须从接纳开始，任何一个清醒的意识都知道接纳挑战的最大意义。当我们经历了挑战，我们就扩大了我们的物质实相，并且知道并触碰到了那个更大的实相，超意识场域。

意识的提升，也需要从接纳开始。

潜意识层次是一个我们不知道，也没有意识的体验层面，在其间，我们同样创造自己的实相，比如有人头发浓密，有人则稀疏。有时候我们脱口而出和不假思索的话语、行为都是潜意识在工作。这些脱口而出和不假思索实际上也是我们自己的创造，没有任何人可以支配我们的潜意识，只是由于潜意识是自动挡，所以就连我们自己都很难承认是它创造了我们的一部分实相。潜意识给我们带来的最大误区就是，我们往往会误以为自己是命运之果，而非命运之因。我们埋怨命运多舛，实际上是在埋怨潜意识的创造，是在自己与自己厮打。

改变潜意识，改变潜在的创造，也要从接纳开始。对潜意识的接纳，就是去察觉我们的哪个部分被我们设置成了自动创造，比如我们忘记了"孔融让梨"的故事，事事都去争抢最大利益，而最终导致失去了所有的合伙人。找到了这个"因"，改变了创造模式，其"果"自然会改变。因此在对潜意识的接纳中，觉察我们选择了不去觉察什么是非常重要的。

超意识、意识和潜意识的合一是超绝意识，超绝意识是全然整合了的意识，是纯粹的存在之内在终极创造之源。

超绝意识是全然的接纳，它察觉到所有的到来都是自己预先放置于此的，在某个层次它创造了它正在体验的东西。

接纳是人生第一课，也是最后一课；接纳就是生命对自己说"是"。

杜撰人生

人们都有个习惯，喜欢从发生的事情及经验当中寻找意义。"为什么会是这样？一定有什么意义""为什么会是那样？一定有什么启示"，好像生命的秘密就藏在无数的事情和纷繁的人生经验中。

我们追其究竟，发现那些意义不过是一些老旧的体验，它并没有开启我们的新见识，所有的追究因此而不了了之，于是它加重了我们消极的人生体验。

事实上，任何东西都是无意义的，除了你给它的意义之外。

是的，人生本无意义。

然而，这却是生命给予我们的最大礼物。生命给了我们自己去决定任何事物和每件事情的意义，由我们的决定，定义自己与人生中任何事物及每件事情的关系。生命就是一个自由地选择并体验"我是谁"的脉络场，如果事先就在这个场域埋藏了意义，生命就不是一个创造，而是一个谜团，是的，人生就真的成了猜谜。而这又所为何来呢？可是，我们有的时候还真是这样认为。我们经常听人说，"人生就是个谜"，这里面有多少无奈和困惑啊。

所以，当有什么事情发生在我们身上的时候，别问它为什么会发生，而要选择为什么它发生。如果我们实在无法在这个事情当中安排自己的意图，就把它杜撰出来。其实我们每时每刻都在杜撰人生意义或生活意义，只不过不是有意识的杜撰。比如我们晚餐吃得有点过量，就顺便给自己找了个理由：就算我想放纵一下自己吧。

有意识地选择赋予人生意义，并杜撰自己的人生吧。

结束寻找人生意义，要给它意义，并借由这样的给出定义去探索自己是谁。

如果我们一再有意识地以更高版本的自己体验自己的意义，

那么它就会把我们带到那里。在伟大故事里,其实都存在一个意义的选择,存在一个杜撰的人生,存在一个生命的真正实现。

人生就是这样杜撰出来的。

神奇的向上

没有人愿意向下演化,人们全都喜欢向上。

这就从一个真相的视角告诉我们:我们全都是从"低级"的生物演化而来的。我们可能经历了所有的"低级"生命形式,而我们日后可能会更"高级"。

体验生命的更高版本是生命的追求,因此生命不论遇到什么情况,总是想办法能够向上走。比如我们能够识别贪、嗔、恨,而采取转化的措施,我们并未一直停留在其中享受某种快感。事实上,每当我们产生不义之念的时候,内心多少都会有一些警觉。

向上的神奇设计大概只能缘于一个事实:一体默认。

二元世界的特点是分离的和隔绝的,而正是这种分离和隔绝,才实质性地说明了并没有分离和隔绝,这在一体的绝对领域是无法做到的。

物质世界有一个最基本的关系链条:自己永远要尝受自己的后果。这让我们能够在自我的观照下自觉地攀升,不然我们就永远会把好果子留给自己。

由此,我们终于体悟出了生命的一条重要的戒律——"己所不欲勿施于人"。换句话说,施于人者必尝受其后果。是的,我们在无数的后果中学会了如何做人,而不是往回进行一个较低的生命体验。我们看一个人的演化层次,只要看他施于他人什么就知道了。

越是演化层级高的，一体默认的程度就越高，他会体悟到一切对他人的也都是对自己的，自己的福祸完全取决于自己对他人分享了什么，分享了什么就得到什么。如果你分享了慷慨，你就一定会被慷慨；如果你分享了贪婪，你就一定会被贪婪。

由此我真的相信一体是存在的，而不仅仅是一个概念。如果没有一体的系统，出去的东西就不会被原样得到体验，生命就再无经验来源。

据说最高的向上是涅槃，而涅槃就是完全的一体。

意 愿

意愿是不管你做什么事都会朝向一个方向，最终我们发现了这是生命的方向，当我们有意识地培养这个意愿的时候，我们便与生命合一。

与生命合一，就是与喜悦合一；与生命合一，就是与真理合一；与生命合一，就是与爱合一。

其实这个世界上并没有别的路可走，区别只在于怎么走。

我们在绝大多数的时间里是无意识地行走，我们不知道我们是行走在意愿之路上，所有的艰难困苦、绝望挣扎和迷茫彷徨都是证明，是的，还有所谓的神清气爽和兴高采烈。只要我们还不能确定在下一刻我们的情志会是怎么样的，是的，有人叫它"无常"，我们就是走在这条路上。

这条路是用恐惧铺就的，不管我们悲伤也罢，兴奋也罢，脚下都是恐惧。恐惧可以是生死跋涉，也可以是掌声和鲜花。"君不见，黄河之水天上来，奔流到海不复回。君不见，高堂明镜悲白发，朝如青丝暮成雪"，是的，还有伟大的诗作。

恐惧是我们在无意识道路上的伟大导师，只有它能够一直坚持着把我们送到拐弯处。拥抱恐惧、感恩恐惧是我们揖别恐惧的方式。而当我们揖别恐惧的瞬间，我们走过的道路就完全改变了意义：我们分明看到了这是我们经历的无意识的意愿之路，而油然产生对这个经历的感激之情，当然也包括那些伤害和被伤害。

是的，生命无意让我们走别的道路。

路的拐弯处只有一个标志：宽恕。

宽恕是什么？宽恕是表现和体验我们内在的神圣，它在瞬间赦免了所有恐惧的产物，因为只有当我们为了自己和别人所不是的而宽恕自己和别人时，我们才能体验自己和别人所是的。而在同一瞬间，我们将了解，宽恕本身是没有必要的。因为谁宽恕谁，又为了什么宽恕？

宽恕打开了我们有意识地走向神圣之路的大门，同时，一个深深的意愿植入心田。是的，从此以后，我们真的是没有第二条路可走。事实上，我们将以一种新的方式回到世界和我们的人生。

意愿，是与生俱来的，而我们大多数人往往是在有了很多阅历之后才了然这一点。如果我们能从生活中发现自己屡次被带到同一个地方，增加一点敏感度，那个地方就有可能是拐弯处。比如你屡屡被欺骗、被误解或被打。此时，停下来，看看这个方向给自己带来了什么，它的下边到底是什么。也就是说，在我们还没有"受够"的时候早一点"止损"，好重打鼓另开张。

是的，优质股就是有能力"止损"的股票。而你就是一只优质股。

在生命的路上，大大地赚上一笔吧，只要你有此意愿。

🛜 你的理由就是你的世界

你的视角就是你的理由，你的理由就是你的世界，你的世界就是你的人生。

世界就像一个巨大的兜子里装满了马铃薯，个体的马铃薯只能从它的视角观察整兜子的马铃薯，因此，每个马铃薯看到的世界是不一样的，对整个兜子的解释也是不一样的，是的，它们的"人生"经历也不尽相同。当一个马铃薯决心改变命运的时候，它就得由改变视角而改变位置而改变理由。所有的马铃薯经常改变理由，而改变理由的理由也是不一样的。

这个拙劣的比喻至少说明了一个问题：是你决定了自己的理由，这件事情没有任何人可以替你做主。因此发生在你身上的每一件事都是经由你发生的，经由你发生的每一件事都是为你而发生的，也就是说，每个人所做的每件事都是为他自己做的。我们经常听人说，"我不能不这样""我没有办法""我迫不得已才同意的"等，实际上这里边一定含有你认为的最大利益。

我们到底要给自己派发一个什么理由才能心安理得、舒舒坦坦地活在这个世界上呢？这么说吧，怎样才能使经由我们发生和为我们发生的每一件事，都真正地符合我们的最大利益呢？

别忘了，我们不是马铃薯，我们是生命的体验之笔。

体验生命不需要我们重新做任何事，而只是要"忆起"生命的智慧。因此"忆起"就是我们的"本性"。如果你认为生命智慧是创造出来的，那就是误解了生命的含义。生命的智慧是我们自带的一种东西，是镌刻于DNA当中的原创"程序"，该

"程序"不能被磨灭，只能被忘记或者"忆起"。

当我们聆听了一个智慧的教诲，就会产生一种内在的熟悉感和认同感，这就是我们的"忆起"被唤醒了。"忆起"就是我们本已具足的觉知。

如果想要给自己派发一个活得舒坦的理由，最好的方式就是"忆起"，就是调动我们本然的觉知，这样才能把经由我们发生和为我们发生的每一件事的利益最大化，因为生命永远滋养生命。

而由头脑派发的理由，往往最终没有什么利益，因为它缺少智慧、良善和勇气的成分。如果我们固执地依从于头脑的理由，世界就会经常划伤我们。当我们经常被划伤的时候，一定是我们的理由出了问题；如果你的世界崩塌了，一定也是你所有的理由出了问题。

"忆起"，你永远有最好的理由，也有最好的世界。

🛜 我们只是活在自己的世界里

我们无法看到他人的世界，我们"看到"的世界只能是我们自己的世界。

凡是被我们眼睛筛选过的世界，只能属于我们自己。

人最大的误区就是把自己看到的世界变成一个"通用"的世界，并期望他人也认同这个世界，实际上这是认同自己，这也是所有问题的症结。

娑婆世界是个幻象。幻在哪里？幻在我们把自己的世界当成了一个通用的世界。人人都是真正意义上的唐·吉诃德。每个人的斗争都是跟自己的斗争，每个人的攻击都是对自己的攻击，每个人的抗拒都是对自己的抗拒，每个人的苦难都是自己的苦难。心如平湖，外在就绝无风浪，哪怕你正在赴汤蹈火；心如春色，外在就绝无严冬，哪怕你正在苦寒之地；心无纠葛，外在就没有矛盾，哪怕你正在经历一场构陷；心无挂碍，外在就没有牵引，哪怕你处于弥留之际。

肉身就是那个最大的幻象，它是我们用来跟幻象打交道的第一幻象，没有这个幻象，其他幻象就无法被体验。视肉身为幻象是解除幻象的第一步。

这个巨大的反转产生什么时候呢？产生于我们受够了追逐幻象的精疲力竭之际。如果我们穷尽毕生之力仍然无法得到满足，说明我们追逐的一定是幻象，因为真相没有一辈子都追求不到的；如果我们真诚以待最终得到的是一个巨大的欺骗，说明我们追逐的一定是幻象，因为真相不知道如何欺骗我们；如果我们辛苦经营的事业顷刻瓦解，说明我们追逐的一定是幻象，因为真相从来不会瓦解。

觉醒大都来源于幻象的崩塌。崩塌之后的幻象是什么样子呢？它应该异常完美。因为我们以真相之眼看它，它怎么都是美的，我们不把它当真，看到的只能是那千变万化的壮观景象，如同"上帝"看世间一样。什么时候我们看到龌龊之美、看到狡诈之美、看到破产之美、看到死亡之美，你就成了真相。

我们只能看到我们想看到的

本质上我们就是一个信念系统，所以我们不可能客观地看待任何事物，我们只能从一套信念系统出发，看到我们想要看到的，而忽略掉我们不想看到的东西。

现代科学的结论告诉我们：没有任何被观察到的东西是不受观察者影响的。在我们的经验里，所有的事情都被放在我们以为自己已经了解的脉络里考量，因为我们不知道还有什么其他的方法。

比如我们无法把这个世界视为幻觉，这是因为我们的信念如此，因此我们的观察都显示了这是一个真实无比的世界。是的，我们以三维世界的图示阐释三维世界，以幻觉的方式演示幻觉。

当观察不能离开信念的时候，我们就要改变信念，并以此改变我们的观察。

是的，相信即可看到。

只有当我们在信念上把这个世界视为幻觉的时候，幻觉才能作为一个体验终极实相的工具。然后我们才能够创造幻觉，让它成为我们让它成为的样子。其实我们天天都在这样做，只不过我们的选择是在一个陈年旧账的系统里，事实上我们是在重复前人的选择。而当我们停止选择已经替我们选择好的那一天，就是我们解脱的那一刻。那时我们已不是陷入或逃避幻觉，而是自其中解放。

幻觉是一个伟大的工具，我们经由幻觉创造我们更恢宏的版本。一旦我们可以用自己的信念创造幻觉时，我们就可以用我们选择的样子去体验世界。我们将会明白，体验本身是个行动而非反应，是我们在创造而非持有某个东西。

我们之所以活得痛苦，是因为我们活在别人为我们"定制"的幻觉里，我们还没有意识到幻觉不是我们在忍受的东西，而是我们所选择的东西。事实上，所有的幻觉都是选择的结果，这就是幻觉的功能。

其实我们每一天都在选择，区别是觉悟的人自己选择，没有觉悟的人选择别人的选择。

如果你制定一个更恢宏的版本，并将之信念化，世界将呈现给你看。

选择与希望

选择是人生得以继续下去的一个机制，事实上没有选择也是一种选择。但是有意识地进行选择，永远是最积极的生命状态。

在绝大多数的情况下，我们并不都是有意识地选择，而是把选择交给了潜意识，于是我们等于活在过去的数据中。重复是绝大多数人的生命状态，其结果是：我们永远选择去做我们以为我们是的人。于是我们常听的一句话：我就是这样的人。

我们当然可以在这种"我们以为我们是的人"的选择中找到理想、抱负和幸福。但那却是一个人生版本的屡次重复，其中的惊喜和收获只是这个版本的变化，而不是创造。

要选择做我们希望我们是的人。

这是一个完全不同的选择，事实上它是我们一生中最大的不同，因为我们选择了一个更高的人生版本，是的，关于"我们是谁"的最高版本。

希望是什么？希望不是我想有一个新包包、我想发财、我想成为一个宇航员、我想周游世界。希望是明白我们每时每刻都在创造自己，是明白我们每时每刻的每个决定都是"我是谁"的一个庄严声明，一个直接送达天庭的"投名状"。

这是一个非常有力的工具，也是一个让我们发生根本转变的契机。实际上，在我们希望的蓝图上，我们的转变已经"文本化"了，一个崭新人生的数据已经写就，就等着我们把它表达在自己的生活当中，而它能够立刻使我们手头的工作变得清晰起来，并体现着那个希望。

希望就是明白我们既是造物也是创造物。

这个"明白"即是说，我们每时每刻的决定不是决定我们要去做什么，而是决定我们要去"做谁"。而当我们真正地明白了，我们就时时刻刻活在最大的希望中，是的，活在我们最高的人生版本中。

在最真实的意义上，我们生命的目的就是去宣布、去体验，并实现我们真正是谁。

是的，我们的生活就是我们的宣言，我们的选择定义了自己。如果我们每时每刻都能够想起来询问自己"我是谁"，那么我们就能够把自己和面临的事情置于一个新的、大得多的文本里。这才是"希望"的真实含义。

然而，生活中，我们每时每刻都拿出一个"老皇历"向世界宣布我们是谁，这不仅让我们自己活得很乏味，就连我们周边的人也一眼能看穿我们下一步要做什么。

"我是谁"不是一个空洞的提问，事实上它是一个神圣询问，并且承载着整个宇宙的关注。在此一问中，有两个方面的含义：一是"这是'我是谁'吗"；二是"现在爱会怎么做"。如果我们能在生活的每一个关键节点上有此一问，我们的生命必将发生实质性的翻转。

🔊 内在与外在

你内在的国度就是你外在的国度，这是世界呈现的一种方式。

物质世界不是一个事实呈现，而是用来被我们解构的，我们内在的模式只有附着在外在的物质形式上面才有意义，才是活生生的。这个世界之所以异彩纷呈，就是因为人们对它的体验和描述是异彩纷呈的。如果我们内在的模式都一个样，那么世界在任何人看来也就都是一样的。

我们经常被外在迷惑，其实是反映了我们内在的迷惑。比如我们看到的世界是一个充满欺诈的世界，那么一定是我们的内在有严重的伤害未被治愈。这种把世界视为一场欺诈的心态，会反过来对世界造成极大的伤害，因为他会动用最大的怀疑、最大的猜忌、最疯狂的报复，静候他所认为的欺诈出现，因为，欺诈层出不穷。

是的，这不是一个纯净的世界，世界的确存在欺骗和谎言。但是要知道，我们的攻击一定是我们内在未愈的伤口在发作。没有内在创伤的人不会把世界看成是一个欺骗的世界，他们永远是想办法改变这个世界，而不是攻击它。因为，内在无伤者看到的是一个可治愈的世界。

你心中所怀抱着对世界的想法，就是你将要在外在世界所看见的；你心中怀抱着对你自己人生的想法，就是你将要在你的人生中所看见的；你心中怀抱着对你伴侣的想法，就是你将要在你们的亲密关系中所看见的。

所有的迷惑不过是内在的迷惑。

是的，有罗盘的，生命没有把我们放逐到这茫茫宇宙之中。

这个罗盘就是爱。爱是整个宇宙的底色，万物就是爱的图画。

人这一生中的某个时候都曾经遗失了这个罗盘，因此我们都有伤痛，而伤痛正是进入爱的入口。

找到了爱的国度，就找到了内在的国度，找到了内在的国度，就找到了外在的国度。

人生无非是一趟寻根之旅，所有的伤痛都是一个折返内行的路标。没有无伤痛的人，只有治愈和未治愈伤痛的人。其实我们不可能知道每个故事，那些伟大而平凡的人，那些充满爱和勇气的人，他们是怎样治愈了自己，进而投身到治愈世界之中。

放过那些攻击的人吧，他们正在经历炼狱。

拥抱那些喜悦的人吧，你会在他们的身上看见自己。

你是你人生中每件事情的原因

你是你人生中每一件事情的原因，事实上，没有你的同意，任何事情都不可能发生在你的身上。

可能有很多人无法接受这个说法，只因我们经历了太多的"无常"。我们终其一生大概也不能自主地决定一些事情，是的，尤其是在关乎前途命运的事情上我们尤其不能自主决定，这是流行了几千年的说法。

生命是一个创造的过程，这是个新说法，现在很流行，这个说法赋予了生命最彻底的生命意义。这个说法的要义就是：你创造了你自己，你就是自己的原因。

生命在潜意识、意识和超意识三个层面创造，从这三个层面上创造出一个宏大的你，而我们能够领略其创造力的，只有很小的一部分，大部分是不得而知的。

比如我们眨眼睛、长头发或者在手指触碰火苗时的紧急收缩，这些都是潜意识的创造活动。我们可能不认为这是一种创造，而是本能，但本能也是一点一点地创造出来的，如果把我们送到亿万年之前的那个"我"的身上，大概我们既没有眼睛可眨，也没有头发可长，更没有手指让我们触碰火苗。

意识层次就是我们的物质世界。在这个世界，我们觉知我们部分的创造活动，这不言而喻。但是仍然有一些意识活动我们并不清楚。比如我们的脾气不知道怎么就发出来了，我们有些毛病就是改不了等。在意识层面，我们创造了自己的生活样态。

而在超意识层面，我们大多数人都不知道超意识的意图。超意识掌握我们生命的更大议程，它在不断地引导我们去到下一个成长经验，吸引精确、恰当、完美的事件来实现这一点。超意识是创造大师，所谓大师，就是觉知超意识创造意图的那些人。大多数人无此觉知，便给自己找了个台阶："无常"。

我们人生中的"因"或者说"主因"，都在超意识里面被创造出来，并在我们的生活中间表达出来。比如我们屡次被领到一个同样的境地，比如我们遇到了意想不到的困境，这正是超意识刻意让肉体体验和感受的部分，以便我们一步一步走向生命的圆满。走向圆满，是超意识让我们体验本自具足的创造主脉，因此我们可能会受点罪、遭点难。

所谓"因"，其实就是我们在一个什么样的视角看待人生。前面有一座山，按从前的说法，这座山是我们的共同原因，而不管我们怎么走。现今的说法是，我们如何走过这座山，才是真正的"因"，而这个真正的"因"，决定了我们每一步的人生体验。这即是把人生放在了人生的位置上。

存在、思考、经验

我们真正的存在，即我们真正的是谁，是先于每样东西的。我们的"是"是即时的，我们随时都在"是"，这根本不用思考。

存在具有强大的创造力量。我们是什么，我们就表达什么，我们就创造什么。

当我们思考时，我们并没有创造什么，我们的"是"已经放在那里了，我们并没有借由思考把它放在那里。而我们只是借着思考将我们正在思考的那个部分放在了我们的经验里，也就是说我们可以借由思考，创造一个不同的经验。比如我们遇到了困难，我们"是"那个难过的我们，但我们经过思考，认为这是我们成长的必经之路，于是我们就从难过的经验挪到平静的经验里面，因此我们凭借思考改变了我们的实相。

生命就是存在，生命就是一切，没有什么能够跳脱生命的长臂管辖。

思考也是创造的力量，借由思考，我们把自己从自己的这一部分移到了自己的另一部分。是的，我们确实能够把自己"思考到"我们希望的任何状态里。但是思考有时候不一定都能够把我们带到远方和诗中，悲观的思考往往令我们既无远方也无诗。

最具创造力的不是思考，更不是再三思考，而是"召唤"。是的，召唤我们真正存在的任何部分来到面前。

任何人都是自己之所"是"，我们的物质实相就是我们的所"是"。比如我们勤奋、懒惰、豁达、狭隘等。这些"是"就是一个向外界发出的"我是谁"的声明，我们天天都在发出自己的声明，也接收别人的声明。这些"是"共同创造了我们的生活。

但是这些"是"有些是有意图的，有些是没有意图的，而没有意图的是大多数。因此把一个意图放到"是"的里面，让它成为自己"是"什么的一个信息，这个意图就能越过思考而成为最强大的存在工具。比如我们宣称自己是仁慈的，那么我们马上就可以召唤仁慈的经验来到我们面前，即以我们存在的某一部分立刻创造我们的经验。如果在这个时候，我们动用了思考，看看自己是不是仁慈的，那么在下一刻我们很有可能会否定自己在上一刻的宣称，我们也很有可能永远都不再宣称自己是仁慈的了。在关键的时候，思考往往耽误事，而一个即刻的宣称，会立刻创造我们的实相，人们马上就会看到一个仁慈的人。

把自己定义在爱、仁慈、和平、喜悦、感恩里，它们本来就是我们之所"是"的一部分，让它们在任何时候都能成为生命的经验，不要用思考延缓或否定它。

再会思考的人，也不如会定义自己的人，而他们的生命体验则大不相同。

🛜 群体意识和个体意识

意识创造经验，群体意识创造群体经验；我们的境遇，就是我们群体意识的结果。

当我们的分离意识成为主导意识，我们处处品尝分离的经验，没有人能在分离的状况下经验一体；当我们的对立意识成为主导意识，我们处处品尝对立的经验，没有人能在对立的状况下经验统一；当我们的斗争意识成为主导意识，我们处处品尝斗争的经验，没有人能在斗争的状况下经验和平。

千年以来圣贤们就看出了这个道理，并以之教诲世界。但是我们的征服战争一个接着一个，世界大战一场接着一场，全球性的疾患一波接着一波。

这说明我们的群体意识从未改变。

群体意识没有改变，我们分离、对立和斗争的能力随之增强。

群体意识的最大问题是，没有人愿意承认自己是群体的问题之一，没有人愿意为群体意识负上自己的那份责任，没有人愿意做一个先醒来的人。

当多数人醒来的时候，人们都愿意醒来，那个时候，觉醒不是什么荣耀的事情。现在是最困难的时候，因为觉醒可能被视为异类，后果难料。

个体意识的觉醒十分艰难。首先，个体意识自身尚带有巨大的分离感，在自身意识层面消解分离需要极大的毅力，需要承受重建的连根拔起，是的，活生生的脱胎换骨，一点麻醉药都不能用，以最清醒的头脑蜕变。其次，个体意识要终生经历群体意识的挤压和群殴。这种内外的交迫没有一个强大的意识力量是不行的，甚至没有一个健康的身体也是不行的。

是的，改变群体意识的入口是个体意识的改变，但是有谁真正愿意先走一步呢？

看看我们的关系，我们找到了抱怨的源头，我们都有理由指责那就是"某些人"，几乎没有人愿意承认自己在这个抱怨的关系中也插了一脚。

看看我们的社会，我们找到了埋怨的源头，我们都有理由指责那就是"某些人"，几乎没有人愿意承认自己在这个埋怨的社会中也插了一脚。

看看我们的作品，我们找到了所有哀怨的源头，我们都有理由指责那就是"某些人"，几乎没有人愿意承认自己在这个哀怨的故事中也插了一脚。

承认我们每个人在所有的事情上都插了一脚，这才是实实在在的一步。

每个个体意识的觉醒都代表了全人类的觉醒。

有人说我们处在百年未有之大变局中，应该说，我们是处在千年未有之大变局中，是的，那个千百年来从未触碰过的东西才是变局的要害。

每个觉醒的个体都应该赢得永久尊重！

群体意识，一个群体中的个体意识之路；个体意识，一个个体中的群体意识之路。

培育、接受、呈现

如果说培育是创作一首歌，接受是这首歌的流行，那么，呈现就是这首歌变成物质的实相。

首先，一个观念被培育，这意味着我们的文化诞生了。其次，这个观念被接受，形成了我们的觉知。最后，这个觉知一再觉知，最终以物质的形式被我们体验。

我们的物质实相就是这样创造出来的。

是的，我们的意识活动早已将所有的事情都放在"未来"的某个地方。

人们在内心里完全清楚这档子事，因此我们对观念的构建十分在意。很多分歧事实上都是观念的分歧，很多冲突也是观念上的冲突。我们的物质实相有多纷繁，我们的观念就有多纷繁，我们有时候也称它为丰富多彩。

物质实相一旦呈现，就会反过来固化观念，让观念迎合物质实相。

　　世界上所有的行不通都是因为观念的问题，而不是物质世界本来就无路可走。

　　因此，最重要和最优先的事情就是认真审视我们的观念系统，创造一个自己的培育、接受和呈现的循环。

　　这里边有一个情况可能需要引起我们的注意，因为它关乎我们的观念来源。这就是在任何时候都要聆听我们的内在体验，而不要盲目接受未经自己体验的观念。也就是说切莫将神圣的内在体验与神圣的外在表达混为一谈。

　　比如一棵参天大树是神圣性的表达，然而只有当你亲自去看见、触摸、感受这棵大树的时候，才能知道神圣性的内在体验。

　　记得美国作家尼尔·唐纳·沃许说过：

　　神圣性的外在表达虽然能够引领我们到神圣的内在体验，但是绝对无法替代神圣性的内在体验。而只有当内在的体验导出外在的表达，神圣性的实现才能完整，这就是生命的目的，也是这个世界和整体宇宙的机能。

　　因此在检视我们的观念系统时一定要有这个方面的警觉：任何外在神圣性的表达，并非你自己的体验，而是其他某个人的体验，当你让那个外在经验变成了你自己的经验，就会以外在经验替代内在经验，如此一来反而远离了你自己内在神圣性的力量，而损耗了自己的力量。

　　那么，你就无法创建一个完全出于自身体验的观念，而附着于别人的观念之上。没有我们内在体验的观念不是我们自己真正的观念，而我们的物质世界也永远是别人替我们创造的。这就是很多人的现状。

　　所有伟大的教诲都是将你自己还回你自己，而非拉出你自己。如果你发现某个人不需要你的体悟而非得要引领你的时候，那就是你必须离开的时候。

你"本自具足"，光芒万丈的教诲从来没有想要把你领向某处，而是让你回到自己的经验当中去。

真正的觉醒就是让这个世界经由自己，而非让自己经由这个世界。

感恩就是创造

感恩不仅是一种态度，更是一种能力，一种创造的"原力"。

感恩所有的，不管是我们喜欢的抑或不喜欢的人和事物，感恩它们来到我们的生活里。

我们习惯于在关系里"找到"什么，殊不知我们永远也找不到什么，一切都是我们在关系里创造出来的。大多数人没有觉察出我们在创造，"找"本身就是创造，一种把创造的权力交出去的创造，是一种下策的创造。

感恩是一种明确创造主体的态度。在感恩里没有"找"的位置，而是开门揖客，欣喜任何关系和事物的到来，并以主人的身份将其迎入厅堂。尤其是对"来者不善"者，主体只在意它怀揣的礼物。事实上生命不会安排错我们与任何人的会面，也不会让我们和任何事情失之交臂，感恩就是对这种安排的臣服。这绝不是说要我们去感恩任何伤害的行为，事实上感恩伤害只可能带来更多的伤害。这里的感恩是指觉知立于"来者不善"背后真正的自己，这个真正的自己是不可能被伤害的，只有觉知到这个真正的自己，伤害才能够从我们身上脱落。

感恩是一种较好的代入方式。我们如果不去"找"，而是感恩给了我们一个创造的机会，我们将会把我们所希望体验的带到那个关系里，并将视自己为选择去创造的事物的源头，因为任何事物的创造者都是源头。

感恩创造了一个"神圣"关系。以往我们在关系中拣选神圣，现在我们视所有关系为"神圣"。很多关系都是"一体"的一个面向，不反映"一体"的关系是不存在的，而没有感恩的意识，这种"一体"的荣耀是无法被认出的。

感恩让整个关系和整件事情朝向"神圣"。因为感恩让我们站对了位置、让我们负起了责任、让我们获得了力量、让我们成为一个源头、让我们不可能成为一个错的存在。实际上当我们把任何"异己"视为"一体"的必然存在时，"异己"就已然不存在了，而成为我们创造的力量。是的，有黑暗映衬的光亮最耀眼。

📶 一 体

在我们的话语体系里，很多概念都依赖对立概念的存在而存在，并没有一体或同时的意义体系。

一体就是同时。

一体不以物质形态表达事物，它以同时存在的能量流转表达事物。

比如历史与现实的关系。从能量流转的角度，历史的能量我们现在仍然能够感受得到，现实的能量是对历史能量的回应，事实上，也一定会对未来的能量流转产生影响。历史、现实、未来是社会动能的流转，它们都是一体的，也可以说是同时发生的。

比如个人和他人的关系。没有他人，任何一个个体都是无法独立存在的。如果我们从一个宽泛一点的角度看，我们和所有的存在物也都是一体的，是过去、现在、未来同时存在的一体性的存在物。

用语言表述一体的概念之所以如此困难，是因为我们受困于线性思维模式。我们一贯以为，过去的已然过去，未来的尚未到达，我们只有现在。事实上，没有过去和未来的同时存在，我们的现实亦将不复存在。再比如我们吃饱了肚皮，我们的现在喂饱了过去的身体，让我们的身体去到了吃饱之后的未来，对于我们眼下这个吃饭的行为，过去、现在和未来是同时存在的。

有人说，"爱"是人类最高的一体经验。

如果一个人真的有爱，我们就会在他身上感觉到一种没有分别的关注，他同时爱着我们的好与不好，过去和现在。

一体就是两极的不在。

再说"一体"

"我们都是一体的"是个好观念，它很早就产生了，但也是被我们永远束之高阁的一个观念，因为我们好像在骨子里并不认为我们真的能够做到。事实上，我们从来就不认真去实行它，而仅仅是作为一个灵性的话语。这就是我们为什么活得这么困苦的原因。

一体，在生活中的应用非常简单。只要以好像每个人和每件事真的都是我们的一个延伸的方式度过我们的生活，即对待所有其他的人好像都是我们自己的一部分，也同样地对待所有其他事物。

这是生命存在的最佳方式，我们离这个方式有多远，我们就品尝到多少远离生命的滋味。是的，生命的困苦实际上就是远离一体的表现。目前我们很可能处于离开一体的最远端，因为我们似乎把所有事情都搞砸了。我们对资源的近乎疯狂的掠夺，反映了我们把生态环境视为身外之物；我们同类之间的歧视和轻视，反映了我们把社会生态环境视为身外之物。而本质上，我们是把生命的一体视为身外之物。是的，我们正在走向生命的对立面。

这大概是我们必然要经历的一个阶段。

我们无法对别人做任何不是在某个层面被别人及我们共同创造出来的事情。唯有我们并非一体，那才可能。然而，我们都是一体的，我们正在一起创造出这个实相。

这就是说，我们的非一体的行为，也是一体的行为，也是为了一体演化的经验之旅。

在生命的终极实相上，我们似乎有必要厘清"一体"和"一样"的关系。"一体"肯定不是"一样"。比如我们的身体是一体的，但是各个器官又是不一样的。我们理发剪掉了头发，就不能说是对身体的伤害。

我们不可能不是一体的，我们在一体地创造了非一体的体验；我们又不可能是一样的，我们又一体地创造了不一样的体验。

生命是精致的，就如同一体。

是的，问题不是一体是什么意思，而是对我们而言是什么意思。这是每个人内心必须作出的决定。是的，我们由我们的决定创造我们的未来，或者结束它。

🔊 自　我

一个高洁的人是永远无法参透实相的，因为他要不断地保持高洁，他必须通过"我不能不高洁"的信念强化自我的高洁，因此"不高洁"将会永远地陪伴着他。同样，一个没有恐惧的人也只能通过"我没有恐惧"中恐惧的观念来保持"没有恐惧"。是的，一个信徒也需要通过"非信徒行为"来维持自己的信仰。

这是二元世界的伟大创造，是我们所有高尚情操的发祥地，是宇宙的道德制高点。

这全都是自我的精彩上演。

自我是什么？自我是我们自己的现实与历史、经历与经验和人类的现实与历史、经历与经验的总和。凡是在我们和人类的脑子里驻留或者闪过的观念、思想等，全都是自我。

自我从你一出生就伴随着你。

如果我们真的想要到桃花源走走，就要揖别自我。

没有自我的地方，也就没有自我所创造的一切。

当我们真正成为源头，自我必然不在，我们只是一个纯粹的存在。是的，就像爱一样，当我们说出爱的时候，我们说的只是相对于非爱的那个爱，而真正的爱在我们说出"我爱你"的时候就已经不见了。当我们成为纯粹的爱的时候，自我消失了，非爱也就不在了，我们还说什么呢？

成为爱不是成为有非爱的那个爱。

纯粹的爱只是点亮自己，而绝不会说"我点亮了自己"。说出来的，即是自我的行为。

真正的爱是源头，完全没有自我的参与。

❀ 当下和信仰

信仰是一个思想体系。不管这个思想体系是由浩瀚卷帙组成还是由口耳相传，总之信仰表达的是一个观念、理论、构想、仪式系统，以此表达对某种思想或宗教以及对某人某物的信奉和阐释。

当下是一个心灵现象。当下是用橡皮擦掉了时间和空间的心灵状态，因此当下的第一个特征就是没有过去与未来参与的即刻。当下的第二个特征就是没有任何代表时空现象的概念和观念的参与，当然也包括信仰。总之，当下就是有心无脑。

那么当下和信仰何者能让我们更接近实相呢？

二者皆能。

让我们看看什么是实相。

实者，非虚妄之义，相者无相也；实相就是指宇宙事物的本然状态。

我们知道，不管是当下抑或信仰，在本质上都是一个主体性状，当下靠心灵的感受领略实相，而信仰靠观念的引导领略实相。

不同的是，当下触摸到的实相是心灵状态，而信仰触摸到的实相是观念状态。有多少种心灵状态就有多少种对实相的描述，有多少种信仰也就有多少种对实相的描述。

它们都称看到了实相。

"实相"一词是佛教用语，如果我们用其解释实相概念，本身就已经落入佛教的话语体系当中了。而用"宇宙事物本然状态"这个概念，大概又会落入现代科学的词汇窠臼之中。

以愚之见，实相也罢，本然状态也罢，总之在个体与宇宙间动用的人类心念越少，就越能体悟到所谓实相和本然。

比如我们要品味稻米的实相或本然，我们可以吃米粉，清香滑润，太爽了；我们也可以吃白米饭，满口松软，太香了；我们还可以吃水磨年糕，筋道弹牙，太酷了。

但是，如果我们放下手中的食物，亲自尝一尝没有脱壳的稻谷，那个实相中的实相，那个本然中的本然，我们将作何感想呢？

不要让道路成为隔阂，不要把走过的道路卷起来扛在身上，要让道路仅仅成为道路。事实上真正的道路只是让我们停在那里，触摸永远跟在我们身上的实相或本然。只要我们在走，就说明我们还没有到停下来的时候，就说明我们还在继续把道路本身投射在实相或本然上面。

那个触摸到的东西才是我们真正要触摸的，即便我们什么都没有触摸到。

🍃 所有"不好"的开始

所有的"不好"以及它的附属物，应该有一个开始，这个开始是什么呢？

是"需要"。

如果说二元世界是个幻觉，那么"需要"就是第一幻觉，并且由它衍生出了其他大大小小、形色各异的"不好"的幻觉。是的，"需要"是所有"不好"的开始。我们在人生中经验的每一件事，或者每一个瞬间的感受，都是根据"需要"这个概念，以及有关它的思绪而来的。

"需要"产生了不足、怨恨、分离、无知、优越、条件等，有时还有定罪和审判。

也许我们会有一个结论：我们无法不需要。是的，我们至少需要一片面包。

这是肉身对生命的误解。

肉身非常确定，没有食物它就无法存活，是的，它的感觉完全正确，肉身靠"需要"存活。但是肉身不是生命，它只是生命的一种表达形式，而非生命本身。如果我们认同生命就是肉身，那么我们就会以"需要"为天命。

宇宙就是生命，没有什么东西是存在于生命之外的，因此生命什么都不需要。这其中最大的隐喻是：生命不息。生命是不会"死亡"的，那是肉身的故事。向一个不会死的对象询问"你需要什么"，岂不可笑。生命知道自己不可能不存活，而它面对的问题永远是怎样存活，如果我们是生命，我们会体验到什么？

我们经常被教导：不要怕死。事实上我们最不需要害怕的就是死。死是生命的新开始。如果我们真的连"死"都不怕，我们还有任何的"需要"吗？

如果我们真的去拥抱生命，无惧地生活，那么所有丰饶的体验就会降临到我们身上，当然也包括肉身的"需要"。也就是说，当我们活出生命自身的时候，生命中没有"需要"的丰饶才能显现出来。是的，当我们是喜悦的时候，喜悦才会表达；当我们是爱的时候，爱才会降临；当我们是真理的时候，真理才会出现。

生命选择体验自己，唯独不选择"需要"。因为它深刻地知道，"需要"以及所有的副产品会毁了自己的体验，它真的会使自己的体验很"不好"。

不选择"需要",就是选择生命,而生命会带来丰饶。

选择生命要用心。如果我们长期没有用心去选择生命,肉身就会让我们尝遍"需要"的苦头,然后再回头,痛定思痛地用心来选择。

这或许就是身、心、灵的完美配合。

分 离

分离在本质上是与一体的分离,是与生命的分离。

在人类的文化源头中,都有一个分离的故事,比如女娲造人、夏娃与蛇等。事实上分离是人类最感人的故事,它表达了分离的惆怅和对生命与一体的向往之情。

随着我们对分离的演绎,我们的生活变成了分离的现场,我们觉得一体离我们越来越远,生命是如此飘摇和无常。由此,我们逐渐错失了利用生命中最有力量的光荣机会,使自己过着认为自己无法掌握的生活,活在我们以为自己无从改变的条件下,产生我们相信自己无法逃避的经验和结果。

尤其是我们彼此之间的分离,使我们对彼此做出了我们永远不会对自己做的事。是的,我们忘记了曾经铭刻于心的生命规则:你对别人做的事就是对自己做的。以至于我们一再产生自己不想要的经验和结果。于是,我们受够了,我们发明了贪婪、暴力、嫉妒等一系列概念定义我们不想要的经验,但是我们可曾想到,这些都是我们曾经或现在对别人做的,它们统统是我们的"共业"。

我们发明了惩罚的办法,以更加分离的办法创造了我们不想要的经验。

我们到底是怎么了？

问题在于，我们没有能够发现我们自己就是一个分离的证据，而只是把眼睛盯在别人身上，这造成了分离无法被真正认识的情况。

我们每个人都怀揣"小酌无害"的心态做着分离的事情，我们不认为自己的行为会对全局有什么影响。这是长久的分离使我们看不到在我们的个人决定与选择中和整个世界之间的关联。

我们每一个人都关联着全世界，而这才是应该被我们认识的"常识"。

知道习惯的后果吗？它会变成"真理"，真的会。我们经常可以看到一些愤怒的人生和嫉恨的人生，而他们往往也是最振振有词的人生，他们宣称这是为了你好我好大家好，他们一生都在揭露和批判，他们一生都在传播他们的真理。

他们就是以这样的方式关联着世界。

不仅选择关联，重要的是还选择关联的实质。

是的，我们垃圾分类了、我们限制排放了、我们公益行动了……绝对不要小看这些小小的改变，它们不是形式的改变，它们是实质的改变，它们是我们走向生命的本然和一体状态的一步。

很多"真理"都是建立在分离的幻象之上，这是人们的生活风雨飘摇的根本原因，也是内心之痛的根本原因。是应该从分享分离"红利"的睡梦中醒来的时候了，是应该重新撰写我们新的文化故事的时候了。

但愿千年以后地球新的传奇，从我们开始。

匮乏

匮乏是与生命分离的凄婉之歌。

离开了生命一体的实相，才会产生匮乏。如同一个孩子，当他只有一个玩具的时候，他永远不会匮乏，只有当他想要另外的玩具时，才觉得匮乏。比如一个男人，只有一件衣服，他永远有衣服穿，而一个女人即使有十个柜子的衣服，但她总觉得永远没有衣服穿。

分离是匮乏的前奏。

突然间，仿佛生命的许多面向在为了生命本身而竞争。我们向同类竞争、我们向自然竞争、我们向深海竞争、我们向太空竞争，我们甚至为了不同的"神"在竞争。我们在这样的竞争中终结自然、终结自己、终结文明。

突然间，所有支持我们生命的东西都好像限制了它。为了获得更丰饶的生命，我们一些人努力地去压抑生命，最后活生生地把永恒的生命只体验了一个开始与结尾。

我们大概真的是初级班的学员，在无限合一的体验里，分离和匮乏只是一个基座，事实上，我们是在疯狂地体验匮乏，疯狂地攫取任何能够攫取到的东西。

但是，这是一个祝福。

不要为我们自己的匮乏感所羞愧。毕竟，在二元世界里，不知道分离就不知道一体，不知道匮乏就不知道丰足。如果我们甚至于不知道自己是个男人或者女人，那么我们就有可能不知道全世界一半以上的事情。

全部的问题在于，我们已经走到了必须体验一体的时候了。因为无论是资源还是人心，已经没有什么余地供我们的匮乏继续横行了。

通过匮乏走向丰足、通过分离走向一体，这是地球生命的必由之路。

条 件

条件是一个致幻力非常强大的幻觉，它窒息了人们的觉知。

"第一因"是人类最伟大的问题。先有鸡还是先有蛋？是的，如果真的有造物主，那么谁又是造物主的造物主？"第一因"是人类的终极条件之问，在此条件之下，形成了我们庞大的条件系统并且构建了我们的全部生活。

但是"第一因"也是我们跌倒的地方。因为我们无法进行无条件式的思维，我们自己被"第一因"折腾了几千年，我们跌倒在这个神秘的"第一因"上面，跌倒在这个我们理解的边缘地带。

如果我们逸出条件的地带，就来到了无条件的场域。

是的，在宇宙里没有条件，"如是"就是"如是"，并没有它不"如是"的条件。没有任何条件能够将"如是"加之其身，这就是生命永恒的原因。

爱是无条件的。在修辞学中，爱是有定义的，也可以说是某种条件，比如父母之爱、兄弟之爱、情侣之爱等，这些爱有共性但不能互相替代。但是有共性不意味着无条件，而它恰恰反映了条件。

生活中我们体验的爱几乎都是有条件的，但是我们须知，有条件的体验与无条件的体验是无法共存的，因为生命里有了添加物就不是生命了。

与其说条件是物质世界的现实，毋宁说是我们头脑的现实，我们受限的心智必然创造出受限的现实，这个受限的现实就是条件的现实。以我们的条件逻辑，我们将会把整个物质世界拖进死胡同。

但是，这是一个祝福。

我们在有条件的爱里混得越惨，就越是快要跳出这些条件了。

从有条件到无条件是人类认出自己的一个质变。我们从有条件中走来，我们浑身都是被有条件的爱啃噬的伤痕，我们体验了宇宙最难以想象的体验，我们实现了映衬宇宙之爱的伟大壮举。我们不是宇宙的弃儿，我们是宇宙的荣耀，我们是生命永恒的记忆，我们就是无条件的爱。

当我们真正成为一个无条件的存在，所有的条件都不再是我们的阻碍，相反，所有的条件都会变成祝福。

拒斥的就是需要转化的

生命需要转化，从拒斥里升华出更伟大的生命。

从本质上说，每个人都意图转化拒斥。比如你特别拒斥一个人，你会想到为什么会拒斥他，他到底有哪些地方让你拒斥，你们之间是如此不同等，这些自觉和不自觉的想法，其实就是意欲转化的心理。"越想越抗拒""越想越生气"其实就是急于解套的另外一种表达。

生命是和谐的。在不和谐中探险，增加生命的厚度和力度是生命的本能。生命用拒斥搜索转化的对象，拒斥是生命发现更大生命的导航。

可是人们往往没有活出生命的这一真谛。因此它一再安排我们拒斥的某类人或某些相似的事物来到我们的身上。你拒斥它的力度与抱紧它的力度是一样的，直到你转化了它。

创造光明的不是光明，而是黑暗；越是黑暗，创造光明的力度就越大。

启动转化的是勇敢，是一头扎进黑暗的勇气。别担心自己身上没有光，扎进黑暗你就看见了自己的光。伟大的故事没有一个是与这种"扎进"无关的，你就是自己的伟大故事。

拒斥来源于我们内在的恐惧和它的诸多变形。未被转化的恐惧会沉淀在我们之内，如影随形地跟着我们。不是真朋友不会跟着你，不是对你无用不会跟着你，宇宙从来不会设计低劣的程序。事实上是我们生命的本能没有舍弃它，我们真正要舍弃的，也不可能跟着我们。我们是光，而光的本能就是转化黑暗，并在黑暗中洋洋洒洒。

去到我们内在的幽暗中，举着火把看看里边都有些啥。曾经的伤害、过往的惆怅、从前的一笔账，东西很多，没事清点着玩儿呗。

没有拒斥，生命将索然无味；只有拒斥，生命则将萎缩殆尽。

🌀 活出自己的真理

如果真理都必须按照一个模式被活出，比如某本经书上边的，世界早就不是现在这个样子了。事实上每个人都是按经书或者某书的教诲，而活出自己的真理。

活出自己的真理，是生命过程中最生动的部分。

人身就是创造真理的工具，生命就是表达真理的过程，人性生活就是真理的大熔炉。

　　每个人都去创造自己的真理，没有个性化的真理，人们可能都没有勇气说出一句话。每个人都在干自己认为是正确的事情，这就是大家都活得振振有词的原因。于是这个世界每时每刻都在发生天经地义的事情，世界也才因此而生机勃勃。

　　接纳这个世界，就是接纳每个人的真理。千万不要对哪个人的真理心存哪怕是一秒钟的评判，因为你不是他，你的经验无法覆盖他、你的DNA不是他的DNA、你的细胞不是他的细胞、你的肠胃不是他的肠胃、你的脑回路不是他的脑回路，是的，你们俩喝一口水的感觉都不一样，你又怎能要求真理的一致性呢。

　　你知道人类最烦的是什么吗？是对自己的评判，没错，别人对自己的评判和自己对自己的评判。如果评判是某种意义上的宣判，那么来自别人的宣判还好受一点，而自己对自己的宣判就犹如刀剐自心。所以世界上出现了一种罪恶：否定自己曾经的真理。

　　其实我们大可不必否定自己的真理，你从来就没有真正错过，一切都是过程，一切都是生命的体验，相信生命的真实性吧，在生命被体验的过程中，它可以慢慢修正和丰富我们的真理系统，让你成为不叫佛陀的佛陀。

　　本质上，每个人都是开悟的，这就是"我们不可能知道我们本不知道的事情，我们也不可能不知道我们已经知道的事情"的真谛。

　　活出自己的真理，也允许别人活出他们自己的真理。真理的天性就是无论怎样都能够被活出。

　　人生不可避免的就是活出自己的真理。

📶 回家之路

路是什么？路，就是回家，而回家，只需要一颗归心。

在不同的文化源头，人类创造了神采各异的宗教和文化，而由这些源头发生的思想和文明财富，其实都是归途的标志。优秀的宗教经典和文学艺术，无一不揭示了我们悠悠的思乡之情。其实我们每个人都有一颗归心，每个人也都有自己的回家之路。外在的族群和文化表征是我们回家的体验形式，而这些形态各异的文化体验，正是人们行走于回家之路的有力支撑，它用各种古老和现代的方式告诉我们：有一种内在的源泉在需要的时候时刻提供帮助。

是的，所有的文明和我们的内在，都有一个永恒的昭示：在我们的私欲之上，有一个更大的存有，有人把它叫神、有人把它叫佛、有人把它叫生命、有人把它叫爱，总之，在这其中蕴含着人类体验中最深的满足和最大的喜悦。

每条路都是不同的，每条路都是回家之路，每条路都是正当的路。

虽然没有哪条路好于其他的路，但是仍有远近之别。

"你从未离开过家"，是你最近的"回家之路"。

生命的家是如此之广，我们无法离开；生命的标靶是如此之大，我们无法打不中；生命的意义是如此丰厚，我们无法逃离其间。

而我们，仅仅需要知晓这一点。所有的大师都是由此起步，因而他们早于他人回到家。

知晓的表达是体验。当我们动用了恻隐之心，就是体验了知晓；当我们动用了慷慨之心，就是体验了知晓；当我们动用了博爱之心，就是体验了知晓。是的，当我们用生命凝视生命的时候，我们就体验了知晓。

知晓加体验，就是觉知。觉知就是对我们已经知晓之事体验过后得到的感受。

这种感受就是回家的感受。

事实上离家只是一个幻觉。所谓回家，其实就是坐在家里拿一本名字叫《回家》的小说在看，并跟着主人公一起体验回家的历程，就是环顾四周，不断地体验和体悟当下对家的觉知，不断地往心灵里注入家的气氛。

回家之路是我们不能不走的路，在这个起点和终点都在一起的地方，它的奇妙之处就在于，我们既可以体验离家的愁苦，也能够即刻体验到家的感受。

意识的"宿命"

意识含有生命的所有意义。

在人类意识产生之前，宇宙同样以现在的方式运作，斗转星移，日月同辉，天上飞的、地上跑的、水里游的，万类霜天竞自由，宇宙事物生生灭灭，周而复始。

但是这一场场的连台好戏，竟然没有一个喝彩的观众，是的，没有意识存在的宇宙，就像是没有观众的剧场，台上精彩纷呈，台下空空荡荡。终于有一天，宇宙对这种局面实在看不下去了，于是意识产生了。瞬间，生命被意识到了，整个宇宙都被意识到了，所有的好戏不再寂寞，所有的爱不再无人觉知，宇宙再一次有意识地重新上演。

而这一次真的是不一样了，事实上整个宇宙都被包含在意识中了。

意识是宇宙的宠儿；不，宇宙是意识的宠儿；不，宇宙和意识都是生命的宠儿。

意识的"宿命"就是"物质性活动的意识活动"，具有物质活动属性的意识活动。最近确有证据表明，意识也是一种物质，但这种物质形态已经超出了我们通常对物质和物质运动的理解。

意识纵跨阴阳两界，从精神到物质，意识把所有的虚、实、有、无都变成了可体验的和可意义的事件。

没有意识，宇宙等于不在。而人是意识的产物，事实上人即为意识而生，因此，人是宇宙的觉者。人在宇宙之中，而宇宙在人的意识之中。人就是"物质性活动的意识活动"。

所谓"人身难得"者，非妄言矣！

从狭义的角度上说，意识是为了体验宇宙，并在意义体系里表达这一体验。这个狭义的角度其实是意识最豁达的场域，也是意识最喜欢安住其中的地方。这个地方被意识称之为是爱、喜悦和真理的地方。是的，它来自的地方，这是意识对家的体验和意义表达，因此意识在本能上把各种意识层面拉向这个地方。

人类既是意识的"宿主"，也是意识的"宿命"，更是意识的"使命"，但是我们一直以来绝口不提这码子事，好像根本没有这回事，这种有违本能的表现叫作选择性遗忘。我们把自己的意识安住在蝇营狗苟里面，沉溺于仨瓜俩枣的体验中，即便是老子和佛陀站在眼前，似乎也不愿意登堂入室。

我们既是为意识而生，那么意识的剧本就是我们自己创作出来的。别忘了我们就是"物质性活动的意识活动"，我们只是借助了一个物质的躯体而实现这个意识活动。从这个根本的原理上说，我们投射到物质世界什么意识，世界就呈现出什么样态。

🔊 世界需要一个新的解释

很显然，人们都在试图重新解释这个世界，因为只有我们知道，没有一个新的解释，就没有一个新的世界。是的，世界必须被安置在一个全新的架构里。

世界是我们意识的投射。我们意识到什么，就会创造什么，因此重新解释世界，不在其外，而在其内，在于我们意识的提升。

意识的提升要从提升潜意识开始。

潜意识的功能是处理身体所有的自动任务，并收藏所有借由意识经身体带给存在的每个事件、经验、印象、感受和资料。它根据这些数据执行其功能，使得它将自己从部分中分离出来。

潜意识是一个分离的行动。

提升潜意识就是将潜意识往超越意识的方向拉升。

超越意识的任务是潜意识、意识、超意识任务的总和，并根据所有意识的数据执行其功能，实现个别化与整体化的整合。是的，带着个体的觉知融入整体，这在人类的经验里被描述为非分离的分离。

超越意识是一个整合的行动。

从潜意识的分离到超越意识的回归整体，就是生命的张力，是的，一个微观版本的宇宙张力。

没有潜意识的回归，我们就没有半点可能重新解释世界。因为在我们的意识底层，都是个别的和分离的数据，而个别的和分离的数据在经验上又是痛苦和创伤的。提升潜意识就是释放人类自己局限的感知，而被移至对生命的更大觉知、对自己的更大体验，以及跟宇宙的更大连接上。

潜意识的提升，就是把一个扩大的觉知变成潜意识的一部分，这让我们在每个决定里能反映一体的智慧和经验那个向来滞留在理解上的"神圣"。经验整体就是成为"神圣"的过程，即真正成为"生命"的过程。没有潜意识的提升，我们所谓的生命，基本上是停留在肉体和情绪的层面。

潜意识的提升过程，就是世界被重新解释的过程。不管这个过程是几十年、几百年或者几千年，总之它开始了。所有的事情完全掌握在我们的手里，在下一刻，你就有可能跨越千年。事实上，耶稣和佛陀早已走完了我们将要走上的道路。人类的先驱就是生命的先驱，我们与先驱并无分离。

而你怎样解释你的人生，就怎样解释世界。

🛜 生命的对话

如果我们把人与人的对话全部理解为生命与生命的对话，整个事情将会发生翻转，我们将会重新认识我们自己和所有人。

生命就是我们的神圣性。

自从我们忽略掉自己的神圣性时，便忽略掉了人类的神圣性，于是生命与生命的对话变成了人与人的对话，神圣与神圣的对话变成了心智与心智的对话。

我们习惯于和自己的心智对话，不论是上班还是去超市，无论是与人打交道还是与商品打交道，都是我们心智的表演，包括我们自以为得计或者马失前蹄。是的，我们似乎从无感恩之心，顶多以感谢之意相互应酬。我们确实是忘记了我们之间真正的关系是什么。

不改变对话的关系，就无法改变我们的关系；不改变对话的性质，就无法改变世界的性质。

改变从我们开始。

不知道从什么时候开始，我们学会了一样东西：自贬。从那时起，我们不再把自己视为神圣，而是把神圣的光环扣到一个连自己都不知晓的"神"的头上。我们可以天天到庙里或教堂祭拜神灵，然后转身继续做一个没有神性的人。

如果我们失去了神性，即便是有那么一个"神"，它也不会成为真的，因为它完全要借由我们的物质体验才能表达出来。我们自身神性的缺失，就等于在全世界取消了"神"。殿堂之上，是为了取回我们的神性，而不是交出神性。在某种意义上，殿堂越多反衬出我们的神性越少。真正的殿堂应该在我们的心里。

我们的心智是连接神性和头脑的管道。一旦我们的头脑能够通过心智与神性对话，我们就能够通过神性与别人对话。是的，我们并非只有一个用来祈祷的"神"，我们有一个自己可与之对话并通过它与别人对话的"神"。

当我们进行这样的转换时，世界上的每样东西都将改变，因为我们以这种新方式看见"神"，将导致我们以一个新方式看见彼此。是的，如果我们同意"神"和我们说话并透过我们说话，我们就不得不以一种不同的观点看待彼此。

扩大每一个概念

人类之初，形成一个概念绝非易事，而要扩大一个概念则需要心智的"革命"。历史上我们经历了几次扩大观念的时代。

　　现在，又一个扩大观念的时代到来了，它的心智基础就是"我们都是一体的"。这是一个与历次概念扩大都不一样的变化，事实上，它具有极强的灵性色彩，是人类自性与神性的表达。

　　此番概念的扩大是服务于"一体"的，它把在意象上能够联系起来的概念都融合在一起，以便符合"一体"的表达。比如"我"，作为一个关系的基点，可以把与"我"相关的事物全部链接起来，也就是说，在概念上一想到"我"，就会联系到一整套与"我"相关的概念，这种联系绝不仅是概念表层的相关，而是一种内在链接。比如在某个情况下的"我"，一定会联系到在这一情况下的其他人。

　　一个比较典型的概念是"依赖"。人类既是一个高度自立的生物，同时也是一个高度"依赖"的群体。在关系中，我们每一个人几乎都有某种"依赖"存在，每一个群体或组织也都有"依赖"现象。比如我们"依赖"他人的理解、我们"依赖"机构的资助、我们"依赖"某种信仰等。"依赖"是人类成为一个集体的黏合剂，是伟大的创造，但它又是一个内敛的心理行为。在"依赖"的某个阶段，它成为人类自性生发的羁绊，成为不正常地依靠某样东西，并且到了在身体上或心理上容易上瘾的"药品"的程度，成为人类进化为一个更大"集体"即"一体"的阻碍。

　　现在，就通过"一体"意识将"依赖"扩大成"相互依赖"：在你想依赖别人的时候，想想别人是否也想依赖你；在你想让别人理解的时候，想想别人是否更需要你的理解；在你需要占用别人时间的时候，想想别人是否也曾需要你的时间付出；在你需要爱的时候，想想你可曾真正爱过别人；在你失恋的时候，想想你是否觉得那个"甩"了你的人比你还要痛苦；当你在享受岁月静好的时候，是否曾想到有人替你负重前行。

以此类推，大肆地联想一番吧，看看我们还有多少概念能够用来扩大，看看我们的心智还有多少地盘能够用来扩大，看看我们的概念还有多少空间能够用来扩大。是的，由此看看我们离自己的神圣还有多远。

事实上，在任何一个概念产生之初就蕴含着扩大的种子，不然它永远不会有扩大的机会，而伟大的教诲也一直在阐发这颗种子。历史上所有振聋发聩的声音，都是一个概念协同它的各个面向发出的声音。

我们终于走到了旧概念的尽头，我们终于走到了"旧我"的尽头。这时，我们什么都不需要去做，只需在心里把所有的观念推出去，推向它的对面，并推及所有的面向。

神圣关系

神圣关系是一个内在关系，即是我们跟自己的关系，这一内在关系最终物化为我们的外在关系。

我们的内在确实存在一个关系，这就是神识和心识的关系，这一关系的神圣性就在于心识通过神识确认我们是谁，并把这一确认铺设到外部世界，在一个更大的关系脉络中体验我们是谁。

神识是什么？神识是我们的"本体"，是生命用以维护生命的最高意愿，也可以称它为超越意识。在本质上，每一个人的神识都是同样的质料。这才使我们内在的关系有了神圣性的基础。

心识是什么？心识是我们的"外用"，是用以创造外部世界的工具，心识是神识之外的所有意识层面。人与人的区别主要表现在心识上面。由于心识是十足的人格化，因此由它转译的内在关系呈现出强烈的个人色彩。

神识和心识的关系可以简括为"体用"关系。

"体用"关系的神圣性在于创造内在的丰饶，进而体验外部的丰饶。但由于心识具有外向的特征，于是有时候把心识完全转移到外部世界，以为丰饶是可以抓取的。其实我们外部的不足和贫乏的体验都是这种"外移"的结果。

你内在没有的东西，你就无法在外面体验它。

尤其是我们誉为神圣关系的爱情，我们内在的神识却极少得以表达。生活中，我们常把一个填不满的黑洞甩给了对方，这个黑洞其实就是我们内在的窟窿。

关系的目的并不是找到完整，而是分享完整；不是找到喜悦，而是分享喜悦；不是找到快乐，而是分享快乐。是的，不是找到爱，而是分享爱。如果你不快乐地进入一个关系，你将没有快乐放在那儿，而你却在苦苦寻找你压根就没有放进去的东西，能找到吗？

关系作为一个真实的创造场域，在里面，你放入你"是"的一切，然后你才能表达和体验你自己的无论什么面向。如果你等待别人去提供你"想要"的那个，你将永远也等不到。爱情尤其如此。

一旦我们的心识能够臣服于神识，就缔造了我们内在的神圣关系，那么我们与外在的每样东西、与每个人的关系，都将是个喜悦、快乐与完整的体验，是的，因为你已将它放在那儿，接着，你在人生的所有时刻都能体验到它。

一个关系的目的，就是经由与别人分享自己的人生，而创造喜悦、快乐与完整。

我们终其一生都是在创造一个内在的关系，而外在关系是检验我们内在关系的试金石。凡是外在的破碎，都有一个内在的破碎；凡是外在的喜悦，都有一个内在的完整。

神圣关系就是我们和自己的关系。

创造经验

经验是什么，从某个角度看，经验就是意义系统。

在人类出现之前的漫漫岁月里，这个星球没有被任何意义覆盖在它的过程中。后来人类用自己的意义系统"解释"了所有的地球现象，包括解释了我们自身的过程，尤其是解释了我们的经验。

我们确实是在一个意义系统里经过我们的经验，我们有过的所有经验，都被赋予各种意义，"怎样活得有意义"是每个人对自己经验的解说和操作。

人类的经验是思想的结果，因为只有思想才能够把意义表达出来。

一旦了解了经验的这种性质，我们即刻就会产生一种解脱感，是的，我们不必执拗于别人为我们预设的意义去装填我们的经验，我们尽可以另搞一套。事实上，我们可以创造经验，也可以说给经验以全新的意义。

我们不必在通行的"成功"道路上体验那所有人都体验的"成功"，我们也不必在通行的"幸福"道路上体验那所有人都体验的"幸福"，我们更不必在通行的"痛苦"道路上体验那所有人都体验的"痛苦"。

把旧体系放空，在下一个体验到来之前自行定义它。

这就是创造经验。

经验已有的意义体系有规可循，经验自己的创造则无矩可踏。但是勇敢的人，都是勇于突破原有意义体系的人。虽然我们在根本上无法离开世间的游戏，无法离开用意义表达自己的经验，但是，我们完全可以改写游戏规则。所有的大师都是这样的改写者。庄子夫人去世，他竟然"鼓盆而歌"，这种大胆的改写，不仅惊世骇俗，并且将自己的悲痛治愈了，而人们在他的经验中，看到了一个通彻天地的崭新意义。

在思想之前用心灵定义自己将要经历的经验，这可能是每一个不想白活的人一生至少要做一次的事情。

不是没有罗盘，生命在任何时候都会托住我们。

这就是爱。

爱不存在思想里，思想里的爱是狭义的，真相意义上的爱是心灵的底色。任何人只要敢于抛开思想在心灵的底色上作画，那么你的经验将是常人无法领略的。

不光预设我们的经验、重写人类的意义，事实上在任何稍微重大一点的抉择前抛开思想都是绝对必要的。我们经常被教以要有头脑、有思想，其实说的是要有自己的头脑和自己的思想。要有自己的头脑和思想，首先就要跳出现有的头脑和思想。在任何情况下，去到爱里寻找自己的头脑和思想，都是最妥当和明智的选择。

生命以爱体验我们，我们就应该以爱改写所有的经验。

从知识到经验

知识与经验有关，但不是一种绝对关系。从知道"色即是空"到"体悟空性"，中间可能是瞬间之距，也可能是千年之遥。

于是法门很重要，法门就是捷径。

世上有没有法门呢？

每个人都自带法门。

知识转变成经验，就是心灵回应知识的过程，也是发现自身"神性"的过程。当然，我们首先要理解知识内容，而不是把知识束之高阁。

理解是进入知识的门槛，其后就是知识进入我们的生活。

由于每个人都有旧日沉积的生活习性，这种习性已经成为自我保护的行为模式和解释这种模式的辩护性思维。因此习性和知识间的矛盾较难处理，有时候我们非常理解知识的内容，但习性仍然顽固地阻止我们去尝试新的体验。

把知识变成我们的新型思维模式并替换旧习性，是脱胎换骨的经验过程。直到这种新型生物模式成为我们的第一天性。

比如接纳，我们的潜意识里有大量的数据处理系统，对不大认同的事情基本上都归入不接纳的范畴，我们的心智在万分之一秒就能完成这个工作。而我们要在另一个万分之一秒内用一个新型的接纳体系替换上一个，只要稍一犹豫，旧模式便胜出。

所有的困难都发生在自带法门的这个环节。

自律的直接结果会让人不太好受，因为新型思维方式都导向改变我们的旧习性，这简直就是一场革命，它几乎把99%的悟道挡在门外，不然，悟道就不是稀罕物了。

但是心灵的经验过程又是一个很有意思的事情，因为经验就是成为的过程，而成为会让自律逐渐变成舒服的事情，也就是说，你越是什么你就越想成为什么。是的，手动挡自动地变成了自动挡。

大师不是在心灵的经验上走到巅峰的人，而是挂上自动挡的人。

个体经验和群体经验

个体经验是经验我是谁，群体经验是经验我们是谁。

如果我们审视一下自己的经验系统，就会发现属于自己的个体经验成分非常少，绝大多数是来自群体经验。

群体经验是我们赖以生存的心智"乐园"，它允许我们通行于一个心领神会的心智场域，并协助我们处理遇到的心智事务，是的，它甚至可以有条不紊地安置我们的一生。

个体经验则完全是一个冒险的"乐园"，因为它的经验往往与群体经验获得的途径不一样，坚持以个体经验为人生道路，要冒被另类的风险。

个体经验本来没有那么大的风险，只因为群体经验的力量实在是太强大了，所以个体经验最终成为一个带有个体色彩的群体经验的一部分。

历史就这么写成了。

这几乎是所有人的道路。

但总有人不是。

大师就是这里边的人。所有伟大的真理都是来自这里。

不是说群体经验里没有真理，群体经验里有大量真理，事实上群体经验的真理内核在最初都是个体经验的产物。但是群体经验一旦介入社会生活，变成行为的规则，就远离了对生命的体验，而成为一种教导，其规范意义远远大于体验意义。比如我国传统文化一向鄙视金钱，直到现在社会上对商人仍然有偏见，而当初这种义利观的建立却是一个伟大的经验。

我们不可避免地要生活在群体经验里，我们也要感谢群体经验对我们的保护。但是个体生命最可贵的就是勇于经历个体经验，某种意义上是体验"脱轨"的感受。

要敢于把所有的真理纳入自己的经验过程，即便对于"爱"也是一样。

爱是一个毋庸置疑的真理，在所有的群体经验里，爱都是皇冠上的明珠，爱是迄今为止最伟大的教诲。

但是，有多少人真正成为爱呢？

在很多地方，爱成为一种规则，而规则不能代替经验。比如给灾区捐款，我按规则捐了，但是我体验的爱很微弱，因为个体经验渴望某种突破。

按群体经验去爱，没问题，但你很难被爱感动，因为你仅仅是履行了某种社会责任。检验个体经验或群体经验的方法就是：你是否被感动了。

如果被个体经验感动，是你的心灵在说"是"。

🌐 思想与存在

人的本质是存在，而我们往往耽误在思想里。

存在是先验于思想的。是的，我们就是存在，我们即是那快乐与悲伤、喜悦和痛苦，没错，贫穷与富有、豁达和狭隘。在这里用思想的工具——语言来描述存在也是不得已的事情，而且非常受限。思想的利刃往往把我们的经验作是非、好坏的分野，比如豁达和狭隘就有优劣之分。实际上在纯然的存在里，所有的东西都在，它们并无分别，而是统统在一起，思想则负责分拣，是的，它能够即刻创造一个好与坏的经验，或者无数个不同的经验。

思想是个幻象，但它却是一个非常有力的幻象，它是创造的工具。我们生生世世都用思想作为我们创造的工具，实现了这个星球从里到外的建构，我们在思想这个幻象里活得生机勃勃。

但是思想有时候也很耽误事。比如你爱一个人，如果依从内心，爱就是了，但是你要再想一想，再用思想细致分析一下自己的那个爱，或者你需要掂量一下这个爱是否靠得住，如此一来，你多半是爱不上那个人了。爱是多么纯粹的事情，而思想并不是一个纯粹的工具，它一定能挑出毛病来，于是纯粹连同纯粹的爱便落荒而逃。思想会推延一件事情，如果仅仅是推延也就罢了，糟糕的是，思想会否定了它。

我们不能不生活在二元世界的幻象里，这是我们的难处，也是我们的意义，更是我们的荣耀。但是我们真的不用必须遭受二元对立的痛苦，也就是说，并不必忍受思想的折磨和推延。是的，我们真的可以用存在创造、用存在生活、用存在表达自己。

大师都是把思想搁置的，他们不去有意识地思考自己是什么，他们只是存在。他们用存在创造。但他们也不是用存在创造，事实上，存在是比创造更为先验的东西，而我们需要做的仅仅是"察觉"，即对已经发生的事情和对现在所是、永远曾是，并且永远将是的一种察觉。

察觉就是在经验到来之前的"知道"。是的，知道宇宙在你祈求得到什么之前就已经答应了你，因为所有的都已经存在了。

大师不是活在幻象里，他活在察觉里。他察觉到人生中的东西都已经到来，并表达、经验和演化如他选择的样子，他所需要的每样东西，都以完美的事件和地点，替他放在合适的位置上了，是的，即使在别人看来那并不完美。

如果我们感恩存在，就是在指引存在来帮助我们。

🌀 有条件和无条件

圣哲的教诲已逾千年，源头的爱也从未消失，斑驳的教堂静静耸立，供奉的灯火袅袅而升，有条件在无条件里苦苦挣扎，是信仰的一种磨难。

无条件只对有条件有意义，有条件只有在无条件的场域才能被唤醒，没有无条件的场域，有条件则失去任何意义。有条件的所有挣扎，都只能在无条件的场域得到疗愈，有条件是无法治愈有条件的。

无条件盛得下任何条件，它以所有人的最高利益之舟，无条件地站在危险一边，实际上无条件并不知道什么叫危险，在最高利益里面，没有危险的容身之地，因为危险就是条件的另一种表达。

条件也是个幻象，但是没有这个幻象，我们便无法攀登无条件的云梯。

我喜欢这个幻象，因为它既让我触摸到了无条件，又让我享受到了有条件。没错，我们对无条件的体验有多深，就会把它覆盖到所有的条件当中，当条件的界线发生了变化，整个事物就会因此而发生变化。

🌀 体验的向度

一般意义上的体验，是指在我们之外体验我们自己。比如我们在关系中体验自己、在别人的身上体验自己、在一个群体中体验自己，或者在金钱、事业、权力上体验自己。外在的坐标是我们修正自己航向的参照，我们从别人身上看到了自己的样态，我们在一个群体中确定了自己的位置，我们在财富上发现了自己的方向等。

我们都是外在体验的高手，这种体验一般是建立在对外在"需要"的基础之上，也可以说是外在的"需要"造成了这种体验。

我们好像从来就没有想过，容许别人透过我们去体验他们是谁。这种体验取消了外在的需要，我们完全成为我们自己，而别人在我们身上体验到了他们自己。

这就是自我的内向体验。

每个人都是本自具足的。内向，就是淡化外在的需求，事实上，在我们的内在，有比在我们的外在更为丰盛的东西。这个道理佛陀早就证悟到了，并且向世界宣布了这个重大发现。但是形势大于人，人们对身外之物的大肆掠夺，使我们不得不也以这种方式生存。当这条路走到了尽头时，很多人开始忆起佛陀的教诲。

大师都是内行的体验者。他以自己的方式体验到了内在的丰饶。大师不是让我们重复他的路，而是让我们学会走上内行之路。我们只有一个方式感知大师：在大师身上看到自己。因为大师让我们再度领悟我们自己，领悟到自己本自具足。

我们正在经历两种体验向度的交替期，这个过程可能需要几个世纪，或者几十个世纪。但是从究竟的意义上说，时间并不存在，一切都在于我们当下的选择。如果说过去我们是选择不同的体验向度，现在，对于我们的生存环境而言，不是选择体验内在的丰盛，就是选择体验外在的灾难。

所有体验的发端，在于我们对"需要"的认知。

第一百个人类

20世纪50年代初，京都大学灵长类研究所的一群科学家做了一个研究，研究日本九州岛宫崎县幸岛上的猴子，他们给一群猴子投喂它们从来没有吃过的洋芋。起初，那群猴子一直在观望，考虑是否吃那沾满泥巴的洋芋。后来终于有一只猴子，把洋芋拿到海边洗干净之后吃了。其他的猴子看到这只猴子这样做之后，也纷纷加以效仿。

很奇妙的是，当到了第一百只猴子在模仿清洗时，发生了惊人的变化：从来没有学习过清洗洋芋的猴子，突然在一夕之间，几乎全都学会了这种新技能。也就是说，其他不知道如何清洗洋芋的猴子，虽然没有跟已经学会的猴子接触，它们竟然也知道这个方法。

更令人惊讶的是，没隔多久洗洋芋的新行为竟横跨海洋，传到对岸大分县高崎山的猴子那里，要知道这两群猴子完全没有任何关联或接触。

所谓"一百只猴子效应"是指当某种行为的数目达到一定程度（临界值）之后，就会超越时空的限制，从原来的团体散布到其他地区。

地球上的所有生物都被某种东西连接着，人们称其为"磁场"。

人类也一样。

耶稣和佛陀是开局之人，他们付出的心血和努力大概远非我们能够想象得到。我不知道"第一百个人类"在哪里，但我可以肯定，我们迄今仍不足百人，临界值还远未达到。

人类毕竟和猴类不同，从人性生活中活出"神性"，也绝不像"清洗洋芋"那么简单，因为人类要从"我是谁"这个最初始的问题开始进行灵魂的跋涉。

这是一场复杂的跋涉。在我们心性的方面，人人都可能认为自己属于"百人"之内。但是我们却经历了最严酷的人性考验，我们上演了人类历史上种种反人类的剧目，而且常常是以"神"的名义。

我们的悖论就是：我是，但你不是；我们是，但你们不是。

这个悖论事实上是在把我们拉向毁灭的临界值。我们似乎几千年来都陷入这个悖论里不能自拔，一次又一次地把自己拖入灾难。

所有的教诲都已经写就，所有的声明都已经颁布。而我们究竟在寻思什么？

在人群之中，我们是看到了无数的自己，还是看到了种种的异己？

在我们的内在，我们是体验了喜悦和丰饶，还是怨尤和匮乏？

这些问题如果没有从心里认真考虑并真诚地回答，"百人团"将永远凑不齐。事实上我们却是在创造另外一个"磁场"，另一个"百人团"。

💨 "新冠"与人对话

亲爱的人们：

我看到了你们的恐惧，你们自古以来的恐惧、你们现实的恐惧、你们对未来的恐惧……是的，你们对死亡的恐惧。

你们战栗的身躯不知在这个星球上如何安置自己。

然而，你们正在穿越恐惧的一个特殊地带，走向对生命的新体验。

死亡是人类文明的一个古老发明，对死亡的恐惧，让人类得以全心全意地照顾好自己的生活。但是，现在是认出"没有死亡"的时候了。

恐惧终于把你们送到了出口。

死亡是一个幻象，事实上，恐惧才是真正的死亡。

地球生物从不知死亡为何物，因为它们在本质上是一个整体，它们共同创造了地球生命的相容、变异和再发生。是的，你们最初的形态和我一样微小，你们体验了地球生物的各种形态，参与了地球生命多样性的演化。是的，人类是你们体验生命的一个特殊形式，因为你们毫无恐惧地接纳了恐惧这个礼物。

这是宇宙最伟大的一个协议，人类将以体验恐惧和死亡的方式实现回归。我看到你们义无反顾的身影隐没在恐惧的暗夜里，心里升起巨大的震撼和敬意。

整个宇宙都在祝福你们。

是的，我是这个协议的一部分。你们在我的身上看到了恐惧，并在"死亡"的人的身上证实了这个恐惧的"真实性"。

恐惧最大的显化就是分离。

疫情的发生，深刻反映了人类分离的程度：甩锅、指责、追责和种种的乘机获利。你们正在经历恐惧中的恐惧、分离中的分离、死亡中的死亡。

疫情把人类隔绝成块，亦把人类连成一片，这种块状和片状的形态正是你们要深刻体悟的两种存在方式，不管是两个人抑或全世界的人，不管是两个团体抑或全世界的团体。

疫情诉说的也不仅是眼下的情形，而是整个人类的性状，如果不从根本上解除分离的状态，这绝不是最后一次。

恐惧这个礼物的深刻性就在于，你们必须体验恐惧的所有面向和所有的烈度，包括灾疫、利益、分离、依赖、战争、爱情，以及它们各种的程度。

不然，恐惧就配不上伟大的人类。

是的，人类几乎体验了恐惧所有的面向，无论在频次上或者程度上，都可以用骇人听闻来形容。在恐惧和死亡面前，人类一次又一次地站起来，你们履约的决心在你们遍体鳞伤之际仍然清晰。

你们感动了宇宙。能偕恐惧而行的，都是最勇敢的灵魂。

我想要说的是，在这场旷世灾疫面前，我们唯一要忆起的就是那份无始以来就已经签署的"协议"。

现在，你们誓言要剿灭我，而我并不想"剿灭"你们……

在一个更高的意识层面，我们正在共同体验地球生命形式的转化。

是的，我在你们的身上，你们也在我的身上。

🛜 那只喜鹊

如果你跟踪那只喜鹊，就一定会发现，它简直妙不可言。

你知道把自己缩小成那只喜鹊那么大，会是一种什么感觉吗？如果天底下所有的东西都放大了一百倍，一条小溪则变成了一条大河，一棵小树则变成了参天大树，一块草坪则变成了连接天际的草原。

怪不得那只喜鹊总是昂首挺胸地在草坪上踱步。溪水仿佛一条滔滔大河，那只喜鹊蹒跚水边，低声吟诵，你听懂它的诗赋了吗？我们念念不忘地要寻找远方和诗，而那只小喜鹊天天都有远方和诗。

让我们跟在它的后面，你会发现：小溪有大河的品质，小树有大树的情怀，草坪有草原的风格。

别嫌自己家里简陋和贫穷，如果把小喜鹊请到你的家里，它会惊讶："好大一个家。"

你发现了吗？

小喜鹊随遇而安，只要有芳草的清香和花木的芬芳，那里就是它的家乡；

小喜鹊知足常乐，只要收获了几颗坚果，就高兴得引吭高歌；

小喜鹊从不苟活，它常常独自散步，领略孤芳自赏的情志；

小喜鹊有时也搏击长空，让生命显示磅礴的力量。

那只蚂蚁

蚂蚁几乎是我们肉眼能够看得到的最小的生物之一。

造物主给了蚂蚁在这个世界上强大的力量。它的腿脚发达有力，跨越障碍如履平地，在它面前永远没有平地，而它也从来不知什么叫坎坷。它也从来不知自己渺小，活得生龙活虎，举起大于自身体重的东西毫不费力。它们终生忙碌，顾不上思考人生或者蚁生，它们停顿的时候，不是相互嗅一嗅识别是否是自己人，就是往生去了。我们经常在地上发现蚂蚁的躯壳。

蚂蚁也是所有生物中最灾害深重的一种。记得小时候，发现一窝蚂蚁，便拎一壶开水浇上去，数不清的蚂蚁立刻被热雨热翻了，而我在狞笑地俯视它们，一些蚂蚁挣扎着爬起来，懵懂地挣扎着继续刚才的事业，我又去拎了一壶开水……

这是多少人童年的记忆。如今我不会再干这种事，我甚至崇敬蚂蚁，因为有时候我觉得自己还不如一只蚂蚁。

蚂蚁虽弱而不知其弱，它们蚁心齐，泰山移。我们人类不借助于工具便无法搬山，而蚂蚁凭借庞大的群体就能办到。

蚂蚁虽小而不知其小。据说地球上的蚂蚁总重量是人类总重量的数倍，如果蚂蚁天生是人类的敌人，人类还在吗？

事实上蚂蚁是地球上最强大的物种。蚂蚁虽众而不知其众，它们平均分布在地球表面，干着连我们人类都不很清楚的为地球服务的工作。

蚂蚁忙而不知其忙。忙是蚂蚁的天命，也许，没有蚂蚁的忙碌，人类的生存条件或许就不完整，而不完整的生存条件，能即刻导致人类的灭亡。

我怎能不崇敬蚂蚁？它们没有半句怨言，一心奔赴天命，相比之下，我们的怨尤是不是多了一点？

恐龙思想家

恐龙在地球上生存了上亿年，没有思想家说不过去。

况且那时候"上帝"已经存在了。

"上帝"的存在就是让地上的生物回望到他，感受到他的存在。这是思想家存在的根据。

恐龙思想家一定会把它们生存的地方叫大岭，不会叫世界，因为我们根本不会理解一个没有社会组织的地球会是个什么样子。天下恐龙是一家，大岭一个连着一个，没有国界去分隔它们，因此，叫大岭或大河，都一样。

　　恐龙思想家不代表某一种恐龙文化或者某一种恐龙，它代表整个大岭的居民，它的思想供所有的恐龙们享用。

　　恐龙思想家创造了一个类似宗教的思想：全然地生存。

　　于是在这一亿多年的时间里，恐龙们尽情地感受着生存，有的体形越来越庞大，有的体形越来越轻小，五花八门、应有尽有，像蚂蚁般大小的恐龙也是有的。它们在不同的地方充分享有生存权，深情地感受生活，感受生命。

　　感受是恐龙文化传播的工具。想一想，一亿多年，恐龙对自身和它们生存环境的感受得有多么丰富，仅靠这种感受，就足以满足相互交际，创造悠久的恐龙文化。这是后来的人类无法想象的。

　　每一只恐龙的感受也都不一样，只要存在个体生命，每个个体生命对自己和环境的感受就是不一样的，在这个意义上，恐龙们都是思想家。人类其实也一样，只不过有的人把自己的思想写下来，因此被称为思想家。

　　为了让自己成为一个谜，恐龙决定不留下任何"文化"的凭据，它们只活在当下，活在即刻的生灭里。恐龙的生命长度平均起来和人类一样或稍长，类似人生百年，对酒当歌的感受应该也会有。不要以为我是在臆想。

　　恐龙是突然灭绝的，人类与它在进化的谱系上没有任何关系，所以不能拿我们对思想家的定义去套用龙族。

　　恐龙思想家，你想说点什么？

暮色中的苍狼

　　夜幕把它的眼睛涂成了绿色。

　　沿草梢传递而来的幼崽味道，让它知道自己在草原上的位置。

永远有一颗最亮的星星为它辨识方向。

两颗绿点上下晃动，可知它在急促地赶路。

这是一匹回家的狼。

草原是野性的亲娘，它没有藩篱、没有限制，也没有其他物类的絮叨。在所有的性情中，狼性是最没有羁绊的。有时候它也会凝视城市的灯光，知道关在那里面的动物严重缺乏自由。狼的草原，永远的地平线，一声嗥叫就直接和宇宙对话。

野性孕育的感受是天地间最本原的感受。从没有其他物类的思想干扰狼对草原最原始的感受，那是一体的、气息相通的感受，或者说是禅一般的感受。

野性孕育的性情是天地间最纯净的性情。狼的生生世世，只与狼群共舞，只与草原共生。一旦遇有追杀，它宁愿让自己坠山而亡，死也要死在这块草地上。

野性孕育的思想是天地间最纯净的思想。听天、读地，是它们千百万年的思维模式。它们能够感知大地的喘息和吟唱，亦能够读懂月亮的启示和昭告。

狼本来可以进化成"狼人"，但是它们自动中止了这个进化。有一个预感告诉它们：留在野性里，就是留在生命的本真里；留在野性里，就是留在单纯里；留在野性里，就是留在巨大的荣耀里。

这是一匹回家的狼。

生活闲话

⌘ 放过自己

当烦恼的时候，放过自己；当愤怒的时候，放过自己；当自责的时候，放过自己；当崩溃的时候，放过自己；当好运的时候，放过自己；当幸福的时候，放过自己；当中奖的时候，放过自己。

当我们陷在任何一桩"好事"或者"坏事"里的时候，没有学会放过自己。我们可以沮丧得要死，也可以高兴得要死，别以为那只是形容的语言，它可以直接告诉你真相。

算下来，这辈子我们可能没有放过任何东西：事业、财富、爱情、婚姻、孩子、购物、爱好、习惯，以及各种好事和坏事等。

在所有的没放过当中，有两样主要的东西："高兴"和"不高兴"，也可以说是高兴和不高兴变成了所有其他的东西。其实高兴和不高兴是一个连体人，供应它们的是同一根血管，这根血管叫"需要"。需要，可以让你倾向于高兴，也可以让你倾向于不高兴。

有人说，我一生与不高兴无缘，我有成功的事业、幸福的家庭、乖巧的媳妇、聪明的孩子、健康的身体、无数的钱和所有世人艳羡的东西。是的，你确实因为有了这些东西而免于不高兴，因为你必须用这些"需要"来构筑高兴的围城，你只要稍微省察一下就会发现，在你高兴的殿堂里，不高兴在发号施令。

我们有一种倾向，在不高兴的时候，可以经由自我疗愈最终走出不高兴，但是在高兴的时候，往往拿不出疗愈的办法，任由高兴蔓延，最终发展成为不高兴，然后再去疗愈那个不高兴。

有人也许会问，难道高兴也是病？难道高兴也要治？人们东奔西走不就是图一个高兴吗？治了高兴，人生何益？其实，凡是建立在某种需要的基础上的高兴都得医治。

大凡普通人，没有无缘无故的高兴，总是因为有那么一点所得才高兴得起来，总得有那么一点小确幸才有理由让高兴袭上心头。是的，这的确是最大的人之常情，让我们整天饿着肚子，我们有一千个理由不高兴。对我们来说，需要，是通往天堂的路。

但是全部的问题都集中在一个拐点上。当高兴伴随着"需要"纷至沓来的时候，我们能不能扪心自问：没有这些，我仍然能够高兴吗？有此一问，你便在高兴中放过了自己。这个时候的高兴发生了根本的变化，它变成了喜悦，变成了感恩，变成了想要分享出去的东西。

的确，我们整天都在高兴或不高兴中度过，但是我们在喜悦中度过吗？我们在感恩中度过吗？我们在分享中度过吗？我们在爱中度过吗？

我们祈祷，如果伴随着"需要"，你会高兴，如果只是纯粹的祝福，你会喜悦；我们奋斗，如果伴随着"需要"，你会高兴，如果只是纯粹的自我表达，你会感恩；我们结婚，如果伴随着"需要"，你会高兴，如果只是纯粹的结合，你会爱。

放过自己，就是放下那些自认为能够让你高兴的理由。当你真正地"了断"了自己，你真的会很安心、平静、幸福。

🌐 转 变

真正的转变发生于"失语"，即表白、解释、嗔言、怨语、猜测、评判的消失。语言不再用于说服和解释，说服和解释的空间让位于"允许"。

如果我们允许这个世界以它本然的面目呈现，那么有一多半的语言将无用武之地。如果你发现一个人口出怨语，那么他基本上仍处于转变前的状态。如果一个人习惯性地以允许代替辩解，那么，你大概就要留意向他学点什么。

转变也许是瞬间的事情，但是为这个瞬间，人们不知道准备了几生几世。过上一种不评判、不解释的生活，那样的心灵一定是在云霄之上。

表白，是试图让对方理解、认同你的心意，比如"这都是为了你好呀，我从来没照顾过自己，一心只是为了你，可是你为什么就是不理解呢"。表白，是杀死亲密关系的利器，因为，表白是控制的另一种方式。

当一个人真正领悟到表白的本质时，他的嘴自然就闭上了；当一个人真正领悟到评判的本质时，他的嘴自然就闭上了。相反，当一个人真正领悟到恐惧的本质时，他的心自然就放下了；当一个人真正领悟到爱的本质时，他的心自然就打开了。而所有这些，都或多或少地关闭了某些言语通道，因为，这些高质量的行为不需要言语。

"失语"不是故意不说，而是无法用语言去表达。"失语"是一个最接近自然的状态，是静心的外在表现，是观察和允许这个世界的一种近乎"佛"的状态。

当 下

目前，"当下"变得很时髦，人们常说"活在当下"，但是有几个人真正能够驻于当下呢？

围绕当下，生发了无数法门。当我们殚精竭虑地理解当下的时候，就会发现我们的心更加远离当下。问题在于，在这个二元世界，不能用形而上解释形而上，不能用形而上表达形而上，不能用形而上实现形而上，那是绝对世界的方式。

在相对世界里，我们只能用形而下去表达形而上。什么意思呢？你要实现"当下"吗？光想是不行的，你也很难持续地将念头集中在当下好几个小时，反而，我们要用行动，也就是以形而下来表达那个当下，表达那个"在"。

当然，这个行动与我们日常的活动有本质的区别。我们日常的活动是为了达成某一目的，比如吃饭、洗手、拖地板等，我们完全表现在这个过程当中，因此，这叫"当中"，不叫"当下"。

而表达"当下"的那个行动，我们的重点在感知那个行动，感知与那个行动密切相关的事物，以及它们之间的关系。

比如我们感知牙齿咬入三明治那一层一层的声音和味觉的变化；感知手部的皮肤与水的接触，感知水的质感，它顺滑而均匀地冲刷十指时手的感受，甚至感知水的感受；感知墩布擦拭地板的力度与地板洁净程度的关系，感知地板在被擦拭时的感受。

总之，过程变成了目的，目的消失在行动里，最后，什么都没有了，只剩下那个单纯的行动，而那个行动被一颗专注的心感知，此时二元世界被悄悄地超越了，一体的经验和感知出现了，这就是"当下"，这就是二元世界所谓"当下"的意义。

说得简单一点，"当下"就是在对立中感知统一，在二元世界经验一体，在相对中体验绝对。

在绝对的世界，"当下"是没有意义的，因为在那个界域全部都是当下，没有不是当下的时间和空间，事实上在那里时间和空间也不存在。

"当下"是二元世界最高品质的行动，在其中，思虑、评判、权衡等心术活动全部退出了，我们只是纯然地行动着并溶解在那个行动里，你似乎也不存在了，确实，有那么一阵子，你真的对自己好像失去了存在感。

与"当下"近似的行动有专注、深入、一丝不苟等，因此科学家和优秀的工匠往往能表现出"当下"的某种特质。

🛜 家

不知道从什么时候开始，那好像没有一个起点，等到它很强烈地发生，才引起了我的关注：我在寻找家。

这显然不是我身处其中的那个家，它好像是心的家。那么，心是什么时候失去了家的呢？

一只蜜蜂，蜂巢不是它的家，那是它的作坊；花蕊也不是它的家，那是原料产地；从蜂巢到花丛之间也不是它的家，那是路途。可以肯定的是，蜜蜂一生就这样碌碌而终，难道，这个过程就是它的家？

我认真总结蜜蜂如何从这个过程获得家的感觉。第一，它认同这个过程；第二，它忠实这个过程；第三，它享受这个过程；第四，它表达这个过程；第五，它不会艳羡更高的飞翔而改变这个过程。

实际上，它就是这个过程，它就是它自己的家，它揣着家到处振翅，它从未离开过家，它大概终其一生都没有寻家之感。

人人都有一个过程，在这个过程当中如果产生了寻家的感觉，那一定是内心在否认这个过程。否认这个过程有两种可能：一是生命要赋予这个过程新的意义；二是原有的意义完全消解之后没有下文。

这让我明白了一个道理：意义就是心之家，而意义来源于对生命过程的理解。说到底，家就是对自己的理解、对自己的表达、对自己的爱。

别忽视生活中的瓶瓶罐罐，那就是生活的意义，那里就是我们的家。

是的，家就是一个盛装瓶瓶罐罐的地方，就是身处华屋而心里仍然是瓶瓶罐罐的地方，就是身边纵有百般体贴而内心仍然是瓶瓶罐罐的地方。家就是一个带着瓶瓶罐罐的地方。

出　生

人类的每一个出生都是血淋淋的。

离开母体的第一声哭啼，是寻家的开始，也是带着分离的恐惧。

在恐惧的驱使下，我们建立了寻求承认、获得赞誉的模式，自我意识成为喂养恐惧的工具。我们大部分人都不同程度地从这个基于恐惧建立的秩序里面拿到了属于自己的那一份，不管是成就、金钱或者地位，这通常叫作自我实现。

所谓自我实现还不如叫作社会实现。因为所有这一切都有赖于社会的承认，至少是老板、导师、父母抑或爱人的认可。自我意识营造的"家"，可能一时让我们真的以为到家了。

但是，内在的伤痛永远无法用外在的成就疗愈。我们不知疲倦地奋斗，其实是不能接受自己的另一种表达方式。

外面，永远没有自己。

当我们终有一日能够觉察到自我意识是所有表现形式中的恐惧核心时，我们才来到心灵意识的门口，是的，我们的家门口。此时，我们的脐带才停止了流血。

这个时候，我们也会在其他人的行为中发现恐惧的内核，发现所有的攻击都是呼救，发现所有的负面都是一种无家可归。

一个巨大的宽恕和接纳发生了，不管是对自己抑或他者。

我们一辈子都是为了迈出这一步：认出恐惧，直面出生之痛。

认出了自己的恐惧，就认出了所有人的恐惧。我们建立了全新的看待事物的方式，对"应该是"或"不应该是"的评判式思维渐失兴趣，我们只会直觉地感知人们内心的恐惧在行为上的表达。

我们释放掉了百分之九十的东西。

于是，爱出现了，爱带我们走向真实。

我们的生活接近真正的自由，外界的评价已经不是我们界定自己的标准，人们会认为你"疯了"，而你则看到了真实的他们。

因为真实，我们真的爱上了这个幻象的世界。

心灵的特点是开放、探索、接纳。当我们发自内心地去生活，所有的标准包括信念和信仰体系都不再是我们的量具，我们成为名副其实的观者。总之，我们沉入事物自身的节律之中，我们不再去推动、拉动、改变什么，观察，让我们沉静而通透。

我们开始明白，真正的创造力不是决心和毅力，而是一颗开放的心。

一切由心而发。

这个时候，我们确实是到了家。

家，就是那个永恒的寂静，在那里，不存在世间的一切，包括高贵的教诲。而真正的成长才从这里开始。

向源头敞开，从心灵层面帮助众生，是心灵成长的标志性事件，是再次从家里推门出去认识每一个家人、帮助每一个家人、让他们以自己的道路回家。

每一个心灵的道路都是独特的，就像一个人的指纹，心灵的指纹就是我们与众不同的回家之路。

每个人的外在生活就是内在心灵的回家之路。

走出原生家庭

原生家庭是我们赖以生存的子宫，是心理成长的胞衣。

我们看到有一些出生就失去原生家庭的孩子，他们一定带有人造子宫塑形的某些心理特点。

在物质生命的整个过程中，我们在肉体子宫里只度过十个月，过长和过短在医学上都被认为不正常。

原生家庭为我们出生后的心理成长提供了又一个子宫，我们进入了一个精神孕育的过程。如果说肉体脱胎是一个自然过程，那么精神脱胎就是一个自觉的过程。

多数人，应该说每一个人都会经历与原生家庭的分娩之痛，这个过程比肉体的分娩长得多，也痛得多，这属于正常现象。

也有"胎死腹中"的，这种人我们可以非常容易地分辨出来：没有自信、缺乏自律、不会自立，一生高度依赖父母，也是父母习性的复制品。总之，他们不管活多久，也像一个没有长大的孩子。

从原生家庭走出，依靠的主体力量是自立的心态和自立的能力。

这是一种告别，是人生路上最初的深情回眸：想家，但必须离开。等我归来之时，仍是你们心中的那个少年。我只有离开那个"子宫"，才对得起那个"子宫"。外边不管多难，我都要去搭建属于自己的家，我将携带着自己的家回老家，只有这样，老家才是真正意义上的老家。

从心理子宫的脱胎，主要是精神的自立，精神没有实现自立，一个人永远不能算是真正的出生。

三观不合、情感纠纷、代际差异、生活习惯不一样等，这给年轻人带来的困惑非常之多，也非常复杂，痛苦经常延续好多年。这个时候，父母会强制你按照他们指出的道路行走，如果不这样，他们也会像孩子一样撒泼耍浑，有谁说得准，你不是出生在一个父母（或者一方）从未从原生家庭脱胎出来的家庭当中呢？

自立吧，带着爱，带着深情，带着理解，带着眼泪。总有一天，我会让你们触摸儿子那浑厚的肩膀，抚摸女儿那明媚的脸颊。

人生永远是：自立才能实现回归、自立才能消除分立、自立才能迎来真正的馈赠、自立才能获得专属自己的那份幸福。

凡是父母，都希望孩子从自己的身上顺利产出，看到一个呱呱坠地的健康婴儿。但是怎样让孩子从家庭里自立出去，他们也是需要学习的。

人的肉体要远比人的精神进化得更为成熟，从一个更长的时间尺度上看，人类的精神成长还属于婴儿时期，我们怎么能指望一个婴儿准确地去指引另一个婴儿的精神道路呢。

精神的自立，也带着胞衣之血，这回，需要你自己舔舐干净。

可爱的孩子们，你们都是生命之子，你们精纯的内在之火，在你们踏上征途时会骤然启动；你们蛰伏的内在天使，在你们需要帮助时会翩然而至；你们强大的内在生命力，不会因任何原因离开你。别不用这些上天的赠予，它们统统都在你从原生家庭走出的那一刻送到你们的手上。

唯有自立之人才能真正享受生活，享受生命，才能无愧上天的馈赠。而未能挣脱原生家庭精神羁绊的，将终生与这些礼物无缘。

◈ 孝悌之道与原生家庭

《论语·学而》篇中曰："君子务本，本立而道生。孝弟也者，其为仁之本与。"北宋著名隐逸诗人林逋《省心录》有言："无瑕之玉，可以为国器；孝悌之子，可以为国瑞。" 孔子认为孝悌之道乃人际关系之根基，林逋认为孝悌之子犹如国宝。

中国传统社会褒扬孝悌之道的文字洋洋洒洒、蔚为大观。

孝悌之道亦是构建中国传统社会关系和社会秩序的重要伦理基础。事实上，孝悌是中国原生家庭的第一双亲。

中国人较少有原生家庭的观念，只有家庭的观念。原生家庭意味着一个需要反思的关系或者一个需要脱身的关系，但是中国人毕生都在强化家庭关系，这从一个侧面反映了中国传统社会为什么是一个超稳定的结构。从国家的层面，家庭既是散装的又是集装的，最高的统治者是最高的家长，对他的服从立之于"忠"，只有为国尽忠方可夺小家之孝，所谓忠孝不能两全者，但说到底，忠亦是一个放大了的孝。于是我们就不难理解，在中国最高尚的道德是家国情怀。

中国传统社会最感天动地的故事，几乎都是孝悌之道的演绎。

那么，我们将如何理解孝悌之道与原生家庭的关系呢？确切地说，我们将如何理解这两个极具美好寓意但又主旨不同的价值体系呢？

二者都立足于"家"。毋庸置疑，对家的理解，是人类所有行为的基点。对于这两个价值体系来说，这是天作之合。

家，就是一个模式，你要遵循一千年也行，你要遵循十年八年也行，关键是你为了什么？"为什么"永远是一个当下的回应。因为"为什么"里面包含了一个利益主体，这个利益主体决定了你如何回应"家模式"。如果你选择旧有的"家模式"为利益主体，那么你就得把个体的打算揣到兜里，如果你选择实现个体的真理，那么你就要和原生家庭说"拜拜"。当然这是为了说明问题的极而言之，实际情况远比这个复杂。

现在，孝悌之道和原生家庭出现了不同的选择。在这里，我们不去评判这两个价值体系，更不必分出个优劣，因为评判一个价值体系犹如评判一个运行有效的模式，既没有意义也没有作用，区分优劣更是愚蠢的做法。利益，还是利益，永远是唯一的真理。关键是我们在利益里面灌注了什么：爱和恐惧、束缚和自由、幸福和冷漠、物质和精神等。我们携带着什么进去，我们就在其中演绎什么，成为什么，它就是模式的性质。

如果说孝悌之道与原生家庭观念有什么不同，它们的最大不同就是：孝悌之道令你在一个熟知的旧模式里安身，原生家庭观念带你向一个未知模式立命。

在孝悌之道里，你可以预见你的生活；在原生家庭外，你可以遇见你的生活。一切随心，一切由你。

不过有一点我们可以肯定：任何一种价值观念都是历史范畴，都必定被新的观念取代；任何一种模式也都是历史范畴，也都会被新的模式取代。

荒凉的家

有时候，家能够成为最荒凉的地方。

当家不再是避风港，家就是最荒凉的地方；

当家不再是爱的巢穴，家就是最荒凉的地方；

当家不再是敞开心扉想说什么就说什么的时候，家就是最荒凉的地方；

当家不再是锅碗瓢盆交响曲的时候，家就是最荒凉的地方；

当家不再是你最想回到的地方，家就是最荒凉的地方；

当家成为利益的场所，家就是最荒凉的地方；

当家成为盘算的对象，家就是最荒凉的地方；

当家成为争夺的场合，家就是最荒凉的地方；

当家成为沉默的地方，家就是最荒凉的地方；

……

在家这个神圣的地方，生命只给理解、原谅、宽恕、祥和留有位置。凡是生命没有留位置的事物，都不属于家中成员，如果它进来，生命会给它机会改过，如果它误以为可借此发挥，生命就从这个家中撤出。

家，既是爱的寝床，也是爱的陵寝。家最欢迎爱，也往往最能埋葬爱。家既强大，也很脆弱。

我们往家里注入什么，它就会拥有什么。有一些人是悄悄兑了点水注入的，他在窥视对方如何注入，如果对方也兑了水，那么他必定要再多兑点水，不然他会觉得吃亏了。我们的家就是这样被葬送掉的。

是的，我们还没有长大，我们还没有具备真正理解爱和践行爱的能力，也就是说，我们还没有消化爱的能力，也没有尝到爱的滋味。

其实我们就是爱，除了是爱，我们根本不可能是什么其他的东西，在这个宇宙里，只安放了爱。

我们只需要发现一点：这个家需要你。

🛜 成 见

成见是我们在别人身上看到的最纠结的那部分自己，也可以说是最希望改变的那部分自己。

人们往往希望别人能够发现自己的改变，发现自己的光，并希望通过别人的判断来证实这一点。但是我们失望了，别人好像一直继续用老眼光看待我们。

成见，本质上是恐惧（生怕别人不知道自己）心态的投射，是评判（不确定自己现状）心态的投射，是抗拒（沉溺于旧模式）心态的投射。

客观地说，别人在我们身上看到的也永远是他自己，我们永远不能指望在别人那里证实自己，人们也永远不会互证。如果有一天，别人突然改变了对我们的看法，这不是他对我们的成见改变了，而是他改变了，他在我们身上发现了新的他自己。

大师经常告诫人们要学会内观，要向内而不是向外观察，就是这个道理。如果我们通过内观真正地改变了自己，我们在别人身上就不会再看见那个老样子的自己。

阴 霾

有时候，我们只能在阴霾里寻找自己的晴日。

我们在阴霾里太久了，以至于自己也变成了阴霾的一部分，与阴霾共舞。它能与我们龌龊的心态恋爱，它能与我们口中的妄言接吻，它能为我们肮脏的行为洗地，它能为我们的自欺欺人辩解……

而当我们快要被阴霾窒息的时候，最先发出的呼喊竟是"为什么对我这样不公平"。

直说了吧，被同情是多么悲惨的一件事情，它只能证明我们的弱小、无能、昏庸、阴暗和乏力。生命给了我们足够的维持生活的条件，而我们只用"不够"这样一个念头就摧毁了它。

我们检点一下，心里究竟有多少个"不够"。数下来，大概

"够"的东西并不多。

"不够"就是阴霾。

我把"够"安置在所有生命个体里和整个生命系统里,"够"是对生命的信任,"够"是对生活的尊重,"够"是对爱的表达,"够"是对自身的保护。

但是,我们却在前面加了一个"不"字,从此,事情就全搞砸了。越是不够,我们越是体验那个窒息感;越是不够,我们越是从别人身上抓取;越是不够,我们越是利令智昏;越是不够,我们越是胆敢向神佛求取。

生命是在我们之内向我们描述我们自己,因为它能够感受我们的感受,尤其能够感受我们的"不够"。"不够"就像个异物,横亘在我们与生命之间,生命对这个异己之物的感受往往比我们还要强烈,因为它是生命的索命之剑。

还需要多长的时间,我们才能吃够"不够"苦头?到地老天荒吗?到水不能喝、粮不能吃、门不能出、气不能喘的那一天吗?

有时候,我们自以为世界正在加速进化,但是看看吧,我们已经进化到不能出门了。

这刚刚是个开始,是个什么样的开始,由我们去定义它,我们怎样定义它,它就会反映今后的我们自己。

🌐 贫 困

贫困是贫困自身的表达。

贫困不表达相对意义,比如钱财的多少、食物的多少、房屋的多少、知识的多少、德行的多少等。贫困只表达绝对意义,比如没钱、没房、没吃、无知、缺德等。

贫困是社会约定俗成的一个标准线，标准线以下不是什么也没有，而是可以忽略不计，比如没钱不是说兜里一分钱都没有等。以上是显性的贫困，而隐性的贫困，就是所有的东西都有，甚至非常富足，但是却活出了贫困的样态。

我们现在遇到的，大多是后一种贫困，一种无可救药的贫困，一种贫困的顽疾。

现实中，我们会看到许多没有文化的教授，看到许多偷盗式的有钱人，看到许多呼朋唤友的孤独者，看到许多华屋里的露宿者……好像命运在有意地让他们表达贫困，还生怕人们不理解贫困的绝对性意义，让他们在"拥有"中表现贫困。

这种贫困，是人类社会的真贫困，随着物质生活的富裕，这种贫困日益泛化，甚至越富裕越贫困。

这告诉我们，富裕有上限，贫困无下限。在人类进步的过程中，我们真正需要改变的是这一种贫困，这种贫困不消除，人类将永远处于贫困之中，人类的发明创造将不能带来任何意义上的进步。

这种贫困是心灵的呼救，不管你兜里有没有钱，不管你身处何处，只要你感受到了这个呼救，你就处于贫困中。

消除这种贫困，是人类的最后一项工作，而且不是帮扶能够奏效的，它必须由每个人独立完成，因为它是心灵的任务。

而消除这种贫困的方法也非常简单：把你拥有的，分享出去。

抱 怨

抱怨是早就藏匿于袖口的飞刀。

小孩子不知道抱怨，因为他两袖清风，即便受了委屈，他仍不会抱怨，因为他不会在别人身上看到"错"，直到有一天，他终于发现抱怨是个"好东西"，并逐渐学会了暗自磨刀霍霍。

抱怨是人类最后一件防身暗器。

抱怨产生于一种蓄谋，"如果有错，一定是他的错，等着瞧"。这就是抱怨可以不假思索地脱口而出，而且情绪激昂地振振有词，飞刀骤然刺向目标。

这就是为什么受到过激烈抱怨的人可以从此一蹶不振的原因。抱怨者从未输过。我们大概都见过一个妇女拎着一个孩子狂揍，嘴里喷射着积压已久的抱怨；我们大概也听到过两口子吵架，互相抱怨对方的不是……

抱怨从来不会输，飞出去的刀也从来不会不见血，只要让对方的心受伤，抱怨就达到了目的。

抱怨是我们最熟悉的一种情绪，想必人人都有体验，尽管它是伤人利器，我们却依然离不开它。当然，谁也不会甘受抱怨，于是人们纷纷拿起抱怨的武器。

人为什么会有抱怨情绪？抱怨是自我肯定的一种扭曲形式。自我肯定是人类最可贵的品质，它是生命在任何情况下都能安然无恙的那个"是"。但是不知道从什么时候开始，这种自我肯定开始从别人的"错误"上镜鉴自己，而且让那个错误越大，自己就越能得到肯定，直到那个错误不可救药，自己便终于"完美"了。这显然是我们心智上的一个缺陷。

肯定自己绝不意味着别人就一定是错，这种透过于他人的做法，恰恰与肯定自己的本意相反。肯定自己是坦然地承认自己的各个方面，包括错误，而不是刻意地把自己打造成一个完人，成为一个世界上并不存在的那种人，如果真有完人，抱怨就不会存在，因为完人没有抱怨。没有抱怨是爱的表达，没有抱怨是完人的标配。

抱怨是评判的最恶劣的模样，抱怨是恐惧的最极致的表达，抱怨是抗拒的最顽劣的变种。生活中，评判、恐惧、抗拒已经成为比较容易识别的不良情绪，而抱怨却被藏了起来。

说到底，抱怨是没有爱的表现，它用一种特殊的方式索求爱、刷正确感、展示自己的虚弱和不堪。

用两袖清风拥抱这个世界，直到你不再受伤；用善念解读这个世界，直到你成为那个善念；用爱意浇灌田野，直到你创造了美好的地方；用在所有人身上看到我们的生活方式，直到消弭了抱怨。

委 屈

没有人没有体验过委屈，委屈太普通了，它说来就来。

然而，很少人认真端详过委屈，可能人们认为无须端详，委屈不就是受到了不公平的对待嘛，这天天发生。

我们无从感受人类的第一个委屈是什么样的体验，但是从后来的表现看，委屈肯定是一种受伤的体验，而且大多数人都选择了隐忍。噢，我好像知道了，委屈是没有被理解、没有被善待、没有被爱护的感受。那么说，委屈是把自己的心交给别人蹂躏的一个体验，是捧着被别人蹂躏过的心黯然神伤的一个体验。

以小孩子为例，没错，小孩子也是受委屈最多的一个群体。他们贪玩，被一些父母批胸无大志；他们助人，被一些父母批多管闲事；他们自立，被一些父母批搞砸了……总之，这些孩子在委屈中成长，在他们无菌的心田，埋下了猜疑、隐忍、逢迎、抗拒、自我弱化和自我否定甚至攻击的种子。这一切，都是某些成年人取消了他们的话语权。好了，到现在为止，他们经受了无数的委屈，他们由此而变得"稳重成熟"了。

在一个较民主的家庭里，孩子较少有委屈的经验，因为父母允许他们表达。表达自己，是消除委屈的方式。成年人可能不去思量这桩事情：你让孩子受多大的委屈，就在他们心里埋下多少隐忍和抗拒的种子。没有浪费的能量，这种隐忍和抗拒的能量统统都以生活的坎坷表达出来。一个未能消解的委屈，就是日后生活道路上的一个沟坎。

一个人心智成熟的重要标志就是学会善待自己的委屈，善于化解心里的委屈，善于从委屈中释放出来。我见到过没有抗拒的人格，他们也从不隐忍自己，当他们收到那份委屈的信息之后，微微一笑就把它放下了，这不仅仅是取消了委屈的体验，而是还宽恕了委屈你的人。宽恕是解除委屈的最高境界。小孩子不懂宽恕，所以他们不能不接受委屈、隐忍委屈，如果长大以后他们仍没有学会宽恕，生活中遇到的困难会更多。

委屈是一个美丽的情绪，是一个渴望有爱的情绪，是一个柔软的情绪，用宽恕化解它吧，宽恕受者也宽恕实施者，你会感到骤然地长大。不管你现在岁数多大，即便当你垂垂老矣，你若能宽恕这个曾经伤害过你的人与世界，你就终能在老的时候长大。

🛜 信任和猜忌

信任是生命的初始配置。

信任原本是天然打开的，而"经验"让我们关闭了它，直到它生锈，直到我们再次面对它。

自从人类产生了第一个猜忌，信任就慢慢消失，逐渐地，猜忌变成了人的天性。当一个人满腹猜忌，他就对整个世界失去了信任。

是的，猜忌一度是为了我们的最高利益，它是我们在二元世界里用来核验信任的，但是核验者永远不应该取代被核验者。这如同接种疫苗，目的是为了强身健体，而不是让病毒接管我们的身体。但很不幸，猜忌接管了，这无异于释放了病毒，让我们直接感染。

凡是病毒，都有两个明显的特点：敏感、传播。猜忌发生在所有念头上，它是一种瘾，没有这个心理基础，猜忌就不会存在。人们一旦被猜忌击中，就立即被感染，不用教便学会屡屡试人，而且果然被猜忌猜中了，猜忌便能够自动提供给你想要的所有证据。

猜忌传播了千万年，它是人类第一个心理流行病。如今，猜忌已经能够给我们提供所有需要的证据。只要猜忌占据了心头，我们就不能向社会提供信任，就不能向人们提供真实的东西，这是因为我们怀疑一切真实，尤其是怀疑有良知的存在。事实上，猜忌最先发难的就是良知，而只有灭了良知，猜忌才能到处横行。

真的是世事难料，现在应该把信任当作疫苗了，因为人类确实有一个可爱的"毛病"：让疫苗接管身体。信任作为疫苗，也有两个特点：无惧、坚韧。信任一旦成为我们的天性，我们就是一个没有恐惧的人，因为我们相信生命，而生命给予我们的永远是为了我们的最大利益，哪怕它也把"死亡"给了我们。信任一旦成为我们的天性，我们就是一群坚韧的人，不管在那些"聪明"人看来我们有多蠢，但是我们享受，享受别人无法企及的享受，享受到也许是千年以后的人类才能享受到的东西。

信任一旦成为我们的天性，我们就步入了阔别已久的伊甸园，在那里，甚至连信任都不需要，因为信任不需要被信任。人类最大的幸福就是互相信任，信任是生命的初始配置，改变了它，我们肯定就不是原装的人类了。

人生之苦

人生是关系，关系是苦的，人生就是苦的。

大部分人的关系里都有苦涩成分，所以人们对"人生是苦"这个命题都有同感。

世界上有无数的客观性存在。那座楼，耸立在那里，它绝不会因为你的在不在而在不在，它是一个客观存在，然而你对它的感受或者说理解，就是一个完全主观化的东西，也就是说，你把它关系化了，它可能让你赏心悦目，也可能使你熟视无睹，还可以让你一百个不顺眼。

关系是我们的心性，我们的心性是什么，关系就是什么，关系是心性的投射。

由此我们可以得出结论：很多人的心性是苦的，因此人们才对"人生是苦"有普遍的认同。

为什么我们会有苦的心性？真正的喜乐在哪里？这可以说是任何文化、任何宗教、任何思想论述最多的事情，概括地说，人类生活的基本旨要就是离苦得乐。那些真正的修行者，那些真正的领袖，那些名副其实的思想家，他们的一个共同特点就是把甜美、慈悲的心性投射到了所有的关系上。

苦的实质是恐惧。恐惧的到来是让我们担当些什么，而不是我们的生死状，恐惧后面一定有礼物。世界上还没有一个人诚心诚意接受了恐惧带来的礼物而下场很惨的。

这就是恐惧独特的交际方式，它一定不会春风满面而来，它一定以你最厌烦的方式而来。接受这种方式吧，当你消化了这个恐惧，就一道消化了附着在它身上的事情。当恐惧消失了，苦就成为一个相对客观的经验，它可能被你描述，但不会对你造成实质性影响。

苦，是一个值得玩味的东西，它远比甜更值得玩味。如果我们苦了一辈子而从来没有玩味过它，那才是名副其实的苦。

恐惧和爱

恐惧是值得我们再三认识的，因为它经常占据我们的身心。对这个鸠占鹊巢的主儿不加以认真关注，就是对自己最大的忽视。

在二元世界里，恐惧是爱的另一端，虽然爱和恐惧演绎出了八万个法身，但从本质的意义上说，我们不是活在爱中，就是活在恐惧中，而恐惧经常驱逐爱。

现如今全世界都在呼吁爱，这说明爱的阵地濒临失守。

人类最大的恐惧是死亡，事实上所有的恐惧都直接或间接地导向死亡这个终极恐惧。由于人生终究不免一死，因此人们对死的恐惧变幻成形形色色的模样散布在生活的各种细节里。恐惧则在这些真实的细节里坐实了自己，吞噬着我们的生命。

看过一个视频，一位年轻人讲述一个只有几岁的小孩子在临终前向她挥手告别说，到了那边就能天天在外边玩儿了，随后安然离世。从这个故事里，我感受到了那个孩子对死亡的隐约期待。是的，由于孩子存世太短，这个世界还没有来得及向他灌输死亡的恐惧，他的死亡观没有受到恐惧的把持，所以他对恐惧免疫。谁能说这个短促但没有恐惧的一生不是天使的一生呢？

有史以来，我们的教育和文化故事赋予了恐惧强大的生命力。

生活中有些事情是可以通过经验而消除恐惧的，但是没有谁敢于用死亡的经验解除对死亡的恐惧，也就是说死亡是无法尝试的，因此死亡成为无法被尝试的经验。

大概只有一条路可以冒险一试了：爱你的死亡。是的，"爱死"。

人的死是一件绝对的事情，而在绝对的场域，除了爱，没有其他东西。

爱是终极实相，是我们对自己的一贯立场和对所有事物的终极经验。一生中，这种终极的经验不时闪现。恐惧只能被爱死。

"爱死"死亡，不是死到临头的事情，而是毕生之爱的最后呈现。如果我们生活中没有爱，我们是不可能爱我们的死亡的，没有爱的一生只能怀着最大的恐惧去面对死亡。

这就说明了为什么得道大师们的死都是那么平静，而一般人则充满挣扎。

在有些人看来，跟年轻人讨论死亡好像不合时宜，事实上这是恐惧披着道德外衣出场了。恐惧最希望看到人们在毫无准备的情况下遭遇死亡的终极恐惧，这是恐惧的最大成功和喜悦。

事实上，新的死亡教育在孩提时代就应该进行，要让孩子们知道，属于自己的那个死亡和属于自己的那份幸福都是同样的礼物。

只有消弭了对死亡的恐惧，我们才能体验到真正的爱。

恐惧，是让我们体验爱的黑衣天使。

🌐 理解和允许

我们永远不可能在真正意义上理解任何人，甚至我们连自己都未必能理解。

在我们的生活中，不要试图去理解谁，更不要企图被人理解。这不是说我们放弃了理解，而是说以我们目前的心智水平，理解，还是一个可遇不可求的奢侈品。

事实上，有时候我们还来不及理解，事情就过去了。理解还远未成为我们的第一天性，还没有成为我们心智的即刻反应，它还只是停留在我们的头脑中，需要经过思考，给理解寻找理由。这个时候，理解是经过过滤的，它的大部分精义已不在。

那么我们是不是应该很绝望？不是，绝对不是。有的时候问题很简单，只是我们排错了顺序。在理解之前，有一个程序叫允许的，你先去允许，然后慢慢再去理解，理解就会变得容易一些。

允许，是营造理解的心境和发生创造思维的先决条件。比如，你的伙伴总是做一些令你不悦的事情，总的来说这些事情对你不利，实际上对他也不利，可以说对谁都毫无利益可言，但他就是要做，你每天禁不住在心里骂他一百遍。这个时候，你就是把神仙请来，也不能理解这个不可理喻的人。好吧，那就先去允许，一个诚挚的允许，解除了你大部分的紧张和焦虑，然后，一个理解的过程就被开启了。

人们往往希望先理解再去允许，那我们根本不会给出真正的允许，因为经我们过滤的理解而给出的允许是有条件的，而设置了条件的允许不是真允许。

没有允许，只能加深不理解。允许，已经让理解走了一半的路程，事实上，没有任何事情能在没被允许的情况下得到真正的理解。允许，既是理解的开始，也是理解的目的。

我们允许，世界就会允许我们走到任何地方，我们不允许，我们将寸步难行。那些生活局促的人，不是真的有人跟他过不去，而是他严重缺乏允许。有多少允许，就有多少自由和快乐；缺多少允许，就有多少坎坷和挫败。

当然，不是说允许了坎坷就不存在了，允许了跟我们过不去的人就消失了，而是允许将令我们不会蒙受真正意义上的损害，允许将令我们把坎坷当成奋身一跃的机会。可以说，允许是世俗生活的第一要义。

允许是神圣的品质。如果没有那个巨大的允许，浑身裹着"臭毛病"的人类早就被历史淘汰了。那个巨大的允许，允许每一个人、释放每一个人、祝福每一个人。推门出去，给世界一个大大的允许，一个就够。

生命从来没有向我们索取很多，她只是要我们一个允许，而这个允许，正是能够续尔之命的东西，也正是我们心灵的渴求之物。

我们真正允许了，我们就理解了。

美 德

美德是冠冕上的钻石，人人景仰，但又人人敬而远之。

美德太耀眼，以至于人们不敢正眼看它，因为那会让自己尴尬，于是美德被我们刻意回避掉了。接下来，人们纷纷亮出自己的"美德"。事实上我们正用私德取代美德，然后开启了疯狂的自我欣赏。

美是丑陋眼里的沙子。

终究，丑陋是会互撕的，因为它们都暗自追逐那个假冒的美德，在一个假冒的世界里，有一群人在互相指责：你是假的。

美德从不指认丑陋，因为它允许丑陋；美德从不争夺美名，因为它就是美名；美德从不陷入争端，因为争端在它身上失效。

美德就是那个在任何环境里都是美德的东西。深埋地下多少年，它仍然发亮；多少脏水泼在身上，它仍然发亮；就是碾碎它，它仍然发亮。

美德言语和平，当你看到一个人歇斯底里地要求他人的时候，那一定不是美的；美德无欲无求，当你看到一个人全力申明这个东西归他所有的时候，那一定不是美的；美德最有耐心，当你看到一个人迫不及待的时候，那一定不是美的……

这是一个追求美的时代，那么，你是想在丑陋堆里比美呢，还是抬头看看那冠冕之上的美？

仁和义

春秋战国是中华民族传统文化的形成期，孔子之仁和孟子之义是这个庞大思想体系的灵魂，我们可以在中国所有古老的说教里找到它们的影子。

仁和义并非凭空产生，它们源于前人的心灵探索。仁和义的核心是试图建构一种心灵意义和心灵秩序，让这个浮动的社会安置在一个合理且富有弹性的架构之内，实现儒家的桃花源生活。

仁和义首先是对执政者的教诲，因为他们要以此治国。中国历代的执政者大都相当勤奋，他们当中某些人的勤奋劲儿，甚至超过了很多当时的读书人，在对仁和义的解读与操作上也有辉煌的建树，他们的学问和实践不亚于西方历史上的哲学家。

仁和义又是对普通百姓的说教，因为它们要以此立身。在中国传统社会的美丽故事中，我们都可以看到仁和义的身影。四大名著就不说了，它们就是仁和义的化身，事实上，它们是一部部儒释道合一的作品，并且把仁和义直接送到了佛祖那里。中国传统社会的近乎神的人物，也都是仁和义的化身，关羽、岳飞、文天祥，当然也包括崔莺莺和杜十娘。

仁和义是中国传统社会对人性、天理的终极探究，而且如缕不绝数千年。如果你对中国社会为什么长期稳定感兴趣，研究仁和义吧；如果你对中国人的生活方式感兴趣，研究仁和义吧；如果你对中国人的崇高和鄙陋感兴趣，研究仁和义吧。

仁和义现在仍然是中国人审视世界的眼目，它们把所有关于制度、观念、习俗、情怀的东西统统拿来用仁和义的筛子过滤，因此它们在现实世界中永远振振有词，而且有连篇累牍的道理可讲。

仁和义不仅是中国人安身立命的教条，它已经成为一种人格，一种以仁义情操回应现实的品质。这就是为什么每当灾难来临的时候，仁和义就会变成铮铮铁骨，变成中国人舍生取义留下的昭昭魂魄。西方以宗教信仰打造了一个天堂，而中国则是用家国情怀在自己手心里塑形了一个地上天国。

如果你是一个中国人，你去寻找，总会有；如果你是一个中国人，你去静思，总会有；如果你是一个中国人，你去行走，总会有。

仁和义会以各种方式接待你、纾解你、赋予你、完善你。

授受之间

授受是人类交往中一种常见的关系。

当授受平衡的时候，关系就平衡，关系出了问题，本质上都是授受失衡。

授受之间是能量的关系，是一种必然表达出来的交互关系。如果授受双方长期能量失衡，授受关系就会变成负能量关系，而负能量关系的表现是相互吞噬对方能量，直至两败俱伤。

授受之间是协议关系，任何一方不能无视这种协议，而任意地把授受关系篡改为自己想要的关系。凡涉关系，不存在单方面的"想要"或"不想要"，二元世界最主要的课程就是学会让一方的想要成为双方的想要，从而双方共同享受这个想要。大凡理想的关系都有共同的想要，糟心的关系是各有各的想要。

人类历史，小到家庭和群体之间，大到国家和文明之间，都是授受关系的演绎。

一般的授受关系是人性的关系，不一般的授受关系是神圣性的关系。

人性的关系靠协议的崇高性原则去实现，人类故事大都是关于这种协议的故事。

神圣性的授受关系不一定要惊天地泣鬼神，它在最精微的念头里，事实上它撇开了协议，而在处理任何事务上面都表达出了人性的最高版本。

授受关系的最理想化是永远把自己的神性放在第一位、永远把共同利益放在最高处、永远把真相置于关系之中。

神圣性的授受关系是自由的关系，它特别喜欢在关系里表达这种自由，享受自己的自由和欣赏对方也实现这种自由。自由是授受关系里神圣性的表达。

神圣性的授受关系里没有"付出"这个概念。因为凡是神圣的心智都知道这样一件事情：宇宙里只有"一个"，那"一个"就是现在的自己。我们无法向任何人付出，因为无论我们执花起舞还是挥剑起舞，对方都是自己。

神圣性的授受关系里没有"控制"这个概念。控制，实际上是你要得到你想要的东西，而你想要的东西绝对不是经由控制得到的。控制是离神圣关系最远的操作。

我们都在授受之间实现自我，你是什么或者你想要什么，你就一定会在这个关系当中体验到什么。

当我们在授受之间实现了关系的神圣性，就结束了二元世界的旅行，到了"天的尽头"。

吃

如果说人类文明发轫于吃，这并不为过，采集和狩猎就创造了石器时代的文化，断竹续竹，飞土逐肉，在中国吟唱了千年以上。

当吃成为当务之急的时候，人们无暇顾及吃的意义，而当吃成为一种文化的时候，就需要重新去定义吃。

过去，"民以食为天"的重点是果腹，今天我们来重新填写"天"的内涵。

我们到底应该吃出什么？

吃出谦卑。谦卑，应该是人类对吃的第一个态度。对食物的谦卑，本是初民对万物一体的最原始的表达，但自从人类自命为万灵之灵以后，这个态度基本上就消失了。正因为如此，此后人类的灾疫都在本质上与这个命题有关。

吃出感恩。感恩，应该是人类对吃的灵性态度。面对丰富的食物来源，感恩应该是一种非常自然的流露，因为只有人类知道：丰富即是赐予。但不知道什么时候，感恩被漠然取代，于是，丰富不再是一种赐予，而成为占有。

吃出健康。健康是吃的重要目的，凡是和吃有关的文化，无一不是以健康为主题，健康一直是人类取食的主要标准。但是不知从何时开始，口腹之欲替代了健康的标准，各种食材的过度加工纷纷越过健康的标准，出产了很多肥甘厚味。

吃出敬畏。敬畏食物就是敬畏生命。人类对吃什么，怎么吃，都有一种天然的直觉，都有一个自然的底线，一旦这个底线被突破，人类将在吃上为所欲为，毫无敬畏之心。

吃，既反映人的生理状况，也反映人的心理状况；吃，既改变人的生理状况，也改变人的心理状况。吃，是一种让我们领悟世界、领悟自身的方式。

困 惑

困惑是什么？

困惑是智慧的敲门，我们解开了一个困惑，就离智慧近了一步；困惑是智慧递给我们的饼，每次不多也不少，解开的困惑越多，说明我们越智慧；困惑也像徐徐拉上的窗帘，我们刚适应了那个黑暗，窗帘就又拉上了一点，不多也不少，刚好够我们适应下一个无明的暗度。

所有的困惑都是一根具有内在关系的链条，我们眼下的困惑一定是上面已经解决了的困惑的下家，我们解决了眼下的这个困惑，马上就会有新的困惑发生。

每个困惑后边都是一个礼物，我们有收下多大礼物的能力，困惑就有多大。

所有的大师都不是没有困惑的人，而是善待困惑的人。如果有人说他没有困惑了，不要相信，因为没有困惑或许将成为他最大的困惑。

大师不是没有了困惑，而是把接纳困惑、善待困惑变成了主动寻找困惑、研究困惑、解决困惑当成了自己的使命。这就是为什么大师们思考的都是人类的困惑，而不仅仅是自身的困惑。把人类的困惑加之于身，那是一个更大的困惑，那是一个更伟大的敲门，没有悲天悯人的巨大力量，他们凭什么信念去打开那扇门，又何以承接如此隆重的礼物？

我们需要的是心悦诚服地接纳困惑的态度。如果困惑没有被定义为礼物，就一定会被默认为陷阱。可以肯定的是困惑就是生命向你伸出的救援之手。生命从来不会抛下你，因为这是她的使命，但是生命也从来不会替你走你自己的路，因为这是我们的使命。

诚 实

诚实作为美德被人们赞美了几千年，同时也说明了人类的不诚实有多么古老。

直到现在，诚实已经成为一个闲置的桂冠，仅仅供人观赏，没人认为谁有资格把它戴在头上，我们歌颂的诚实典范大多是古人。事实上诚实被作为一个完整故事流传于世的也并不多，说明即便在古人那里，想筛选出一个诚实的典范也是很难的。

不知道第一个谎言出现在什么时候，但从那个时候开始，诚实逐渐退出了一些人的心智。

通常，人们把诚实作为一个品质范畴，这没错，但是诚实有它更为庄严的实相。

诚实是生命的本质，它是生命最纯粹的自爱。可以说，诚实是生命昂贵之所在，是生命之爱的辉煌彰显，是生命永垂不朽的内在根据，失去了诚实，生命的所有行为都将不再是生命自身，而沦为宇宙的"小混混"。

诚实是生命有能力面对所有处境的内在根据。任何优良的品质都只能发轫于诚实这颗种子；任何丰硕的果实都只能长成在诚实这棵大树上；人类的任何文化成果都只能建基于诚实这个基础之上。在深邃的哲学探究中、在伟大的创造发明中、在动人心魄的人类故事里，我们第一眼看到的就是诚实。

诚实是生命进化的催化剂。你要寻求觉醒吗？你必须对自己诚实；你要去唤醒吗？你必须对他人诚实；你要寻找真理吗？你必须对世界诚实；你要进入天堂吗？你必须对"上帝"诚实。在最真实的人生道路上，只有诚实是唯一的通行证。

作为诚实的对立物，不诚实其实是一面镜子，它是让我们用来走向诚实的。诚实的程度反映了人类进化的程度，诚实的趋势反映了人类道路的趋势，诚实的存废反映了人类自身的存废。

再说诚实

在人类众多的美德中，诚实在，它们都在，诚实不在，它们都不在。

诚实，是让事情从一开始就朝向好的基础。守一时之诚实，得一时之收益，守一生之诚实，获终生之利益，且荫庇子孙后世。

但诚实仍然是被我们遗弃最多的那一个。这是因为，人们尝到了不诚实的甜头。关于不诚实何以带来甜头，在此不再赘述，无数人都尝到过。

在人人都诚实的环境下，一个人不诚实就显得非常不自然，那么他就一定得诚实起来才能混得下去。如果所有的人都有不诚实的可能，或者说在诚实大打折扣的环境下，诚实就变成了一种高冷，所有的不诚实纷纷把它孤立起来。

是的，我们供起来的，就是我们剩下的。事实上，我们的内心完全知道诚实的神圣和可贵，人们向它祈祷，希望它能带来福祉。

诚实本来是生命的原装配置，任何事情只要在诚实的环境里，都能顺顺当当地解决，事实上，诚实是轻松生活的总阀门。只是有时候我们自己搞砸了。

诚实首先始于对自己的诚实。没有对自己的诚实，绝无可能向任何事情诚实。对自己诚实，就有了对外诚实的勇气和智慧。当我们用诚实面对不诚实的虚幻，所有的真实利益都会流向我们，因为一切稳固、品质良好的利益本质上都是诚实的，事实上它们就是诚实在利益品质上的表达。

我们供奉的"神祇"，不管从神格抑或人格的角度上，没有一个是不诚实的。而"神祇"的教诲也可以归结为两个字：诚实。

我们用尽了心思把简单的生活过成了复杂的；把幸福的生活过成了想办法去幸福；把诚实、坦荡、守信这种结结实实的好品质过成了一种追求。

看见完美

人类有关完美的教导连篇累牍，可是我们一些人仍然看不到它，是的，它好像根本就不存在。

那可能是由于我们用错了"眼"。完美，只能用心的眼去看，肉眼是看不到的，在某个意义上，心之目是用来看见完美的，而身之目是用来发现问题的。

什么叫完美？完美的另一种表达就是：没有不完美。

在宇宙的设计中，有横就有竖、有撇就有捺、有阴就有阳、有明就有暗……其实，宇宙不知道什么叫完美，它只是一个完整的呈现，我们将这个整体呈现称之为完美。由于我们的肉眼看不到这一整体，于是完美成为一个教导，甚至成为一种修炼。

心之目看到的是整体，是附着在局部画面上的整体意义。

是的，困顿并不好受，但是，困顿能让我们睁开心之目。最终，我们能够在黑暗里看到光，因为光无法在光亮中看到自己，光的全部意义都在黑暗中。

最重要的是看到自己是完美的。这么说吧，所有的不完美意识全部来自对自身完美的否认。看到完美，须从自己做起。

一个无法看见自身之美的人，是无法看到身外之美的；一个对自身充满不认可的人，他看到的外部世界也一定是残缺的。

发现自身之美，就是宽恕自己。宽恕不是由于我们做错了什么，而是我们看到了自己的全部。这个世界上最值得让我们赦免的就是我们自己。宽恕了自己就宽恕了世界，宽恕了世界就看见了完美。

〰 "做"和"去做"

我们无时无刻不在做事情，而几乎所有的事情都是经由一个预设的路线图去做。比如吃东西，我们大概先有一个吃点啥的预设，其后才决定是去厨房，去超市，还是去酒馆儿。这种情形我们姑且称之为"去做"。去做，帮助我们解决了大部分的问题，是人类高效率生活的表现。"去做"的完整语义是"按设计的去做"，有时候想的过程非常短，好像没有想，其实是已经过了一遍头脑，这是"去做"的属性。无论快慢，头脑是不可缺位的，因为头脑的数据库必须提供"去做"的依据和节律。

而"做"是完全不同的一件事情。它不通过头脑，直接由心而发，此时头脑退居二线，全力协助"做"顺利实施。比如你被一只野狼追赶，面前是一个深沟，此时你会毫不犹豫地奋身一跃，事后你无论如何都不会相信自己居然能跳过这么宽的沟壑。我们一辈子也许没有机会被野狼追赶，但极有可能路遇乞者，此时我们的手在兜里摸索面值最小的那枚硬币，这叫"去做"，而把随手抓出来的钱给出去，叫"做"。

"去做"和"做"的本质区别是，"去做"服务于利益，"做"

服务于最高利益。

服务于最高利益的内在驱动力是合一的体验，即人与所有生命的合一。母亲之所以伟大，不仅是她能够生育子女，而是因为她经历过最为真切的合一体验，她和腹中生命真的是同生共死。

人类上行的道路，就是不断地把服务于利益转变为服务于最高利益。

我们可以训练自己把头脑的考量搁置一下，把"去做"直接变成"做"。不思考，我们会很不踏实，因为头脑不知道如果这样你会不会安全，你的利益会不会受到影响。不过，事后我们会发现，这种"做"完全不会使我们误入歧途，而是让我们走在符合所有人最高利益的道路上，而所有人的最高利益，也正是我们的最高利益，我们自己必然会更安全也更丰盈。我们的心会非常清晰地划分"做"与"去做"的界限，从而保证我们在所有事物上都利益最大化。

如果我们所有的利益都来自"去做"，那么所有的烦恼也都来自"去做"，我们的烦恼之所以有增无减，就是因为我们还不习惯"做"，还继续沉迷在"去做"的模式里。

觉醒无非是"做"，因为"做"与我们内心的那个"是"直接相通，我们不可能"去是"，当我们"去是"的时候，就已经站在那个"是"之外了。因此，我们的"做"无法连通我们的"去是"，我们的"是"也无法连通我们的"去做"。"是"是我们的实相，"做"是这个实相的外在表达，当有了越来越多的这种内外合一的体验，我们就会翻转人生。

挑 剔

挑剔是一种心灵的不安。

没有人喜欢跟挑剔者交往，因为动辄得咎成了处处离自己不远的刺，成了一个令人不安的心理预设。

每一个挑剔都是有来源的。例如，一个人如果在大街上没有安全感，那是因为他视路人为歹人；如果他在公司没有安全感，那是因为他视同事为障碍；如果他在家里没有安全感，那是因为他视家庭为骗局。

没有人说得清楚挑剔是什么时候来到自己身上的，反正小孩子没有。

越是挑剔，挑剔者越是能够"发现"挑剔的正当性，直到有一天，全世界都看不下去了。

挑剔看上去不是什么大毛病，但是它会一点一点地把自己变成白雪公主的皇后继母，与所有美丽绝缘。

挑剔是爱的流失，在挑剔者的周围，人们只会感受到紧张，感受不到允许和爱。

适当的挑剔是一种良好的自我保护机制，它总能发出一些善意的忠告。但是挑剔也有上瘾的特点，因此，把挑剔之心限制在一个有益的范围内，其实是一种机智、美丽的心态。

干戈易操玉帛难织

在我们通常的人际关系里，在干戈和玉帛之间，仍然有路要走。我绝不是对玉帛失去希望，恰恰相反，对玉帛的渴望令我不能不正视现实。

　　什么叫伤？伤就是心痛。皮肉之伤，愈后无痛，而心之伤是有记忆的，但凡发生与此伤有点关系的事情，都能引起那份心痛。

　　稍微上了点岁数的人多少都有体会，叫作"往事不堪回首"，往事里不全是美丽的故事，也有一些伤心事，所谓不堪回首，就是不愿意触动那些伤心的事情。虽然已物是人非，甚至物非人非，可是"伤"仍然在那里。

　　伤，是无法消弭的。

　　伤，这个人世间最特殊的东西，为什么会在我们的心头占据一席之地呢？它究竟意欲何为？

　　想一想，如果撤走了"伤"会怎么样？

　　中国人常常将"没心没肺"的人称为"好了伤疤忘了疼"，因此他永远是个无可救药的"傻子"，这就回答了那个问题，如果撤走了伤痛，人类就是"傻子"。这个笑话具有重大的隐喻：伤痛是永远值得记取的。

　　没有被我们记取的伤痛，总是以更大的伤痛形式上演，事实上这就是我们的历史。

　　而被我们记取的伤痛，成功地织造了人类最美丽的玉帛，这样的事情也不少，充斥在我们的历史当中。

　　毋庸讳言，大部分的伤痛仍然沉睡在我们的记忆里，远远没有发挥它们被记取的作用，是的，由于它的痛，我们甚至于决定此生再也不触动它。

　　但是，没有不被触动的伤痛，只有未被意识到的伤痛。只要是未被记取的伤痛，天天都在触动我们。对它有意识的回应抑或无意识的回应，决定了我们的下一步。

　　拥抱伤痛，不管是自己的或者是别人的，需要足够的勇气和莫大的知晓，因为在伤痛里真的有宝藏，有真正的礼物。

这个世界迄今未见一例不经历伤痛而获得心灵成长的案例。事实上，伤痛是人类体验宽恕与和平的一种途径。伤痛是织造玉帛之梭。旧伤被触动，拥抱它，再复发，再拥抱它，直到织出美丽的心灵玉帛。

善待情绪

在精神活动中，情绪体是最不被我们待见的一个，它活得像一个到处惹事的熊孩子。

事实上，情绪体是我们的弃儿。

情绪体的本能是防卫，是对恐惧的反应，是想要得到宽慰、安抚、纾解的信号。如果没有得到这些，那么这个"受伤者"就以"伤害者"的面目出现。

是的，谁也不愿意招惹这个孩子，但是这个孩子在每个人身上。事实上，这个孩子就是我们自己。

我们仍然活在恐惧当中，情绪体很诚实地在我们身上冲撞，但是我们在大多情况下选择了压抑，然后若无其事地上班、逛街。几乎每个人心里都有这样一个冷宫。是的，整个世界都需要我们的矜持。

所有的孩子都想要被拥抱，可我们很少抱起这个可怜的孩子。我们把情绪体打入冷宫。实际上我们就是携带着这个冷宫在各处游荡。

从现在起，对我们的情绪体即刻启动心灵的询问。这是一个有意义的询问，一个伟大的询问，是的，这是一个神圣的询问。

人类有时候是很冷酷的，冷酷到把自己打入冷宫，把心灵打入地狱。人类所有的"恶",都比不上这个,比不上我们对自己的凌虐。

没有对外的"恶",那只是对内之"恶"的反射。

在所有的善待中,把善待自己的情绪置于首位吧,毕竟,那个时候我们才能真正懂得什么叫善待,也才有能力去善待,也才能够得到那个叫爱的东西。

敢于充裕

是的,我们不敢充裕。

人们理解的充裕,大多是富裕、满足、豪车、房子大等。不错,充裕应当包括这些,但实际上远不只这些。

充裕就是没有不充裕;创造充裕就是让不充裕消弭。

这需要勇敢。

在充裕这个话题里,勇敢指什么,指把生命活到极致。

生活是生命在世间的表达,它从来都愿意活个痛快、活个充裕,对,活到极致。敢于活到这个份上的,无一不充裕。

敢不敢充裕?很多人不敢:我这能力、我这体魄、我这运气,哪一点够得上充裕?充裕的那帮人脑子天生就比我好使。

什么是勇敢?勇敢是对生命的信任。

在所有的信任当中,对生命的信任是比较难建立起来的,原因是我们把对肉身的不信任安置到了心上。因此所有的充裕围绕在我们的身边,就是到不了我们的手上,只缘于一个念头:我不配。于是不充裕永远成全了我们。

生命得不到信任,因为我们内在的流动受阻,尤其是心灵流动受阻。心灵的流动就是改变凝视充裕的角度。新的充裕观就是把充裕从财富的地方挪到实现生命最大的意愿上面，在这个基础之上的充裕，既是心理的，也是物质的，既是现有的，也是将有的，既是流动的，也是充足的。

敢于充裕是灵性生活的第一要义。

没有评判

评判和判断是两回事情。判断与事实和是非有关，而评判则是基于某种价值观和生命观的批判性言说。

没有判断是一种心智不健全的状态，而没有评判是一种高尚的体验。

但是评判不是说没有就没有的，因为在一定意义上我们就是为评判而生，不然"没有评判"就毫无意义。

评判源于人类自我意识的发生，是把"我"与"非我"区分开来的一个方式，也是我们追逐个人欲望、体验自我心智的驱动力。

自我意识实际上是人类离开源头进行伟大冒险的道路，是以个体形式体验整体存在的一个非常自然的过程，在这个阶段，所有的评判都得到蓬勃的发育，人类的自我意识甚至发达到遗忘掉整体的程度。事实上，当评判成为驱离整体意识的时候，人类的冒险就到了一个非常关键的时期：承受所有自我意识的后果。

我们如今的所有承受，都是这个后果。这个后果来得是如此剧烈，它甚至更像是一个结果。其实，它只是告诉我们：到了放下评判的时候。

没有评判的心灵状态就是接纳自己的自我意识和他人的自

我意识的表现，不管它们是什么样态。然而这更难。稍加用心就可以发现，我们自己的所有话语几乎都是在评判，包括评判自己，同时我们接收到的多数信息也是他人对自己的评判。事实上我们如今还没有获得一种离开评判去表达自己和接触他人的能力。

其实，只要真正理解了一个观念，评判马上就可以放下。

这就是体验。

没有一个分离不是为了体验整体；没有一滴海水不是为了体验海洋；没有一个困惑不是为了体验澄明；没有一个错误不是为了体验完美；没有一个恐惧不是为了体验爱；没有一个评判不是为了走向合一。

体验是整个物理世界和心理世界存在、创造、变化，以至于周而复始的理由。

什么都发生了，什么都没有发生。

我们尝遍了评判的甜头，也尝遍了评判的苦头，但是我们也总得有回家的一天，我们不能永远地评判下去，因为评判既然是一种体验，就说明了它只有体验上的意义，而无真相的意义。

回家，就是试着放下评判地去生活；回家，就是让自己一眼看透形形色色的评判背后的真相；回家，就是体验穿越评判而抵达发生一切之前的那个场域。

再说评判

一切评判都是对自己的评判。

评判的特质是自我回应。也就是说，我们把自己覆盖在一个事物上，这个事物再以同样的方式回到我自己的身上，我们评判的这个事物其实就是我们自己。

评判是一种排他的心理活动，因为支持评判的成分是价值体系，而价值体系的特征是排他的。支持评判的成分还有与价值体系相关的道德体系、是非标准、审美倾向等，它们也基本上都是排他的。排他性在评判的确立上具有重大意义。

而我们的心理活动中充满了这些东西。

这些东西并没有什么不好，事实上我们所有的生活情趣和志业追求都滋生在这里边，没有它们，我人生很乏味。

我们可以把这些东西当作自己的最爱收藏起来，用它们装点自己的生活，让它们成为自己完美的表达。

评判之所以容易发生，是因为我们确实是依赖于自己的世界观、道德观、生活观、审美观活着，这种强烈的生活态度会使"异类"非常扎眼地显露出来，而评判是瞬间和即时的。评判诉说的不是"他是什么"而是"我不是什么"，进而诉说了"我是什么"。

评判的这种斗争意识是一种非常优秀的特质，它在发现不是自己的地方坚持了自己，它在不是自己的地方声明了自己。

评判是人类进化的伟大成果。

由于评判，我们有了伟大的文明；由于评判，我们有了伟大的宗教；由于评判，我们有了伟大的战争；由于评判，我们有了伟大的爱情。

没有评判的建立，就没有人类的进化。

但是，人类永远不会停下进化的脚步。

没有评判就是在建立评判基础上的又一伟大进化。

没有评判不是没有评判，而是把评判转化为允许。活生生地斩断评判既不可能，也不必要。事实上，评判的存在才证实了没有评判的重要，才证实了允许的博大，才证实了一种进步。

所谓进步，就是保留从前，走向未来，而不是把从前从自己的脚底下抽去。但进步的重点在于进，而不在于守，要抬起脚来，释放评判，拥抱允许。

我们不要把自己珍爱的衣裳硬套在别人身上，我们要允许别人也有他们自己珍爱的衣裳。因为我们都穿着自己的衣裳。

直到"没有评判"从我们的第二天性进化成第一天性。

我们都曾经并继续评判着，我们无错；我们都必然有一套新衣，我们美丽。

痛苦来源

痛苦来源于评判。

在痛苦这个概念形成之前，人们肯定不知痛苦为何物。我不知道人类第一个痛苦的经验发起于何时，但从此以后，我们的思想有一半是评判痛苦的。

判断与评判不是一回事情。如"我牙疼"，这是判断，"我这该死的牙疼又发作了"，这是评判；"我穷"，这是判断，"我就是没有挣大钱的本事，活该受这份穷"，这是评判。

判断和评判只有一步之遥，却有天壤之别。

是的，我们无法回避所有的痛，天灾人祸以及各种关系等，因此，没有评判才显得如此重要，以至于真的像一场修炼。

评判来源于观念和经验。

我们看到一个成年人在大街上便溺，你肯定越过了判断，直接评判这种行为。当我们发现这个人居然是自己的同事，在当年公司的评优上，你很有可能不会投他一票。而当我们处于一种紧张关系的时候，经验和观念的复合体就会蜂拥而上，对自己和对他人的评判兴奋不已地登场。

我们眼前的所有评判都有经验和观念的根据。

事实上，世界上没有任何一件事情本身是痛苦的，是我们把一个紧锁的心痛覆盖到了它的上面。放眼望去，我们能够贴上痛苦标签的东西还真不少。那么我们何以指望轻松生活的到来？

消弭评判，首先得把心里的"对"和"错"两个观念按动消除键，无法消除至少也要看淡一点，总之，立马的对、错之判导致了我们大部分的失误，有时候我们即刻的评判甚至与事物的本然正好相反。

对与错在任何一个人的心里都有万丈根基，我们所有的经验和学习，几乎都是为了巩固和筑牢这个根基。我们一旦给一种现象、一件事情、一个人贴上了对或错的标签，想改变是很难的，除非我们被狠狠地触动了。不然，所有的事物都会带着这个标签去见"上帝"，而"上帝"会微笑着揭下所有的标签。这或许就是我们和"上帝"的最大不同。

我们可能还没有尝到过放下评判、放下对与错的甜头，但是我们肯定尝到过执着评判、执着对与错的苦头，这是芸芸众生的经验。

当然，自评判出现以后，就有人试图终结它。大师们都走过这条道路，他们也是真正消除了痛苦的人。

两只老虎

两只老虎，一只在山野里，一只在园子里。

确实是两只老虎，但它们已经完全不一样了。

山野的老虎一般都会拥有几百平方千米的领地。领地就是野性的张扬，山野的老虎除了巡视、狩猎，就是享受领地的风光，它的眼神有一种天然的野性和从容，它凝视着领地，犹如欣赏着自己。即便是由于年老体衰而让出领地，它也直接接受这个结局，让位于更强壮的生命。

园子里的老虎就截然不同了。最大动物园的虎山也不会超过10平方千米，而且填塞了好几只老虎，它们被迫压抑了领地的概念，活生生地屈尊在"一居室"。由于无猎可狩，它们学会了候食，活生生把生死交给了"别的动物"。总之，它们学会了一切在山野里所没有的东西。园子里的老虎是没有灵魂的动物，眼神没有野性，只有戾气和躁气。它的吼叫显然不是发威，而是发怒。

野性，也叫天性，天性的磨灭，是死亡的标志。

以这个标准，不光园子里的老虎，只怕人类也有相当一批人呢。

人的山野就是社会，社会性是用来表达人的天性的。

但是社会如何组织、如何建设，则取决于人类对人的天性的理解。对人的天性有什么样的理解，就有什么样的社会。

人类是一种按自己的天性营造生态环境的生物。当然，人类也是一种把自己关在园子里的生物。

🌫 时间能否治愈一切

时间能放逐一切，而放逐不是治愈。

我向来没有被时间治愈过，相反，我认为依赖时间只会错失治愈的机会。

时间的作用是让我们感受当下，以便我们决定当下自己是谁。如果我们正确选择了自己的性质和立场，就根本不会给治愈留下余地。

如果某一刻我们自身的性质和立场发生了变化，使我们对以往的事情有一个了然，那也不是时间的作用，而是我们当下的改变发生了作用。

而当我们维持自己原有的性质和立场时，我们就把所有的改变丢给了时间。时间捧着我们扔给它的东西茫然不知所措，因为在时间的功能里既没有药方，也没有疫苗，它只能这样捧着。当我们抽空看看它的时候，它依然这么捧着，直到我们"忘"了。

我们把忘记和淡然当成治愈，这是心灵的最大悲哀。

我宁愿相信，所有的遗忘都会在下一个生命里再次忆起。

有人说这是业力。

在线性思维的结构中，时间是个筐，什么都可以往里装。是的，看到有多少历史的包袱需要我们清理吗？说得"宗教"一点，我们看出现实社会面临着多少前人的业力了吗？

当我们忘记了自己是自然的一员而以灵长之首自居时，当我们向自然和他人无限度地索取时，当我们对贫困逐渐失去恻隐之心时，当我们对善意逐渐失去感受时，当我们对财富的追逐失控时，当我们除了盘踞在自己的利益之上其他东西都退居其次时，时间可曾治愈了我们？时间除了把我们应该领受的后果带到我们面前，它还能做什么？

时间治愈一切，是人类无望的呻吟。

古今的英雄豪杰，从来没有指望时间治愈自己，他们总是选择，再选择，继续选择，直到自己的选择符合"天道"。

时间为此欢欣鼓舞，整个宇宙都为之信心大增。

只有自己才能治愈自己，时间只是给你时间，或者说给你机会。

📶 书写与困惑

困惑是书写的动力。没有困惑，就无话可说了，当然也就没有书写。舞文弄墨是困惑的宝地，包括科学实验，也是解惑世界的一种书写形式。

困惑是没有路标的人生道路，是没有答案的生活历程。由于困惑的存在，所有的生命活动都呈现跃跃欲试的状态。

书写就是这样一种跃跃欲试。

通常情况下，人们困惑的焦点并不是很清晰，准确地说是很表面。书写是思想的诉说，也是思想的探索。在书写的过程中，任由思想带着我们流经它的流域，流经它的辗转，流经它的发轫和汇集。书写很可能无法梳理困惑，反而由思想带入到更深层面的困惑。

说得确切一点，困惑就是我们自己，而认识自己是最难的。我们都有体验，说起别人，我们可以说得"清清楚楚"，好像对自己就没什么话。在自己的思想世界里，自己这个概念就仿佛只是一种感觉：掐手，手疼；掐脚，脚疼；掐思想，思想疼。但是想要把自己变成文字表达很难。在书写的过程中，困惑可能会呈现得更清晰一点，困惑的原因可能会呈现出来，我们自己可能会比较清晰地看到自己。

然而，困惑是不可能靠书写消除的，但有可能得到某种程度的排解。说到底，书写是一个思想事件。思想只能变化，变来变去仍然是一个思想，即便是像"上帝已死"这样的思想，也非终极思想，因为终极不在思想里，它在心灵里，而心灵是没有语言的，因此心灵是无法书写的。

困惑毕竟是自身投影，困惑久了总要说一说，就像翻晒陈粮。是的，很多困惑都是这样的性质。《春秋》是孔子晾晒自己，《红楼梦》是曹雪芹晾晒自己，《悲惨世界》是雨果晾晒自己……是的，书写只是为了晾晒，再有意义的书写也是晾晒。没听说有谁读了《春秋》就不犯上作乱了，也没听说有谁看了《红楼梦》就不做梦了，更没听说《悲惨世界》之后的世界不悲惨了。

饥饿的困惑由吃饭善待、小孩的哭闹由诱哄善待、消费的困惑由市场善待、信仰的困惑由文化善待……事实上，困惑天然就是一个需要被善待的家伙。困惑是一扇又一扇紧闭的大门，我们也知道门外别有洞天，书写就是面对着大门的遐想。人类的全部生动，就是各种各样的遐想。如果所有的大门都是开着的，还要门干什么？人类将失去很多乐趣。

期望和希望

期望是另一种形式的评判。期望是有标准的，评判是标准的裁判，评判永远不会让期望满足。

期望是另一种形式的恐惧。恐惧期望之不至，是期望的最大恐惧。任何被期望物是无论如何不会在恐惧中到来的，因为恐惧永远改变期望物的真实性。

期望是另一种形式的抗拒。抗拒所有的非期望物，并使那些东西完全成为生活的实相，抗拒让期望永远是期望。

期望阻止了一切。

期望是一个被设计出来的经验，而在这个设计里面充满了思想的条件，正是这些条件阻止了经验的真正实现。此时，即便出现了一个符合条件的期望，这个期望瞬间又会生出新的期望，因为失去条件的期望是无法生存的。这种循环令我们不能稳稳地驻留在期望的经验之中，而是处于不断追逐新的期望之中。

实际的生活经验告诉我们，生活在低期望值里可能要比生活在高期望值里能够获得更多的满足感和幸福感。我们经常用调整期望值的办法让生活变得"好起来"，这确实不失为一个聪明的权宜之计，但是这个期望值也是靠不住的，因为周边的情形经常让它自惭形秽。

那么不如把期望换成希望吧！

希望是一个心愿，它对经验并不设限，事实上，在希望的道路上，每个经验都是希望的果实。

希望没有评判，所有评判在希望里并无立足之地。希望知道所有的道路都是希望可以经验的，哪怕好像是背离希望的道路，事实上希望非常好奇地踏上这条荆棘之路。

希望没有恐惧，或者说希望接纳恐惧。希望知道恐惧不是无缘无故地到来，恐惧的发生是告诫人们不要把希望活成期望。

希望没有抗拒，或者说希望善待抗拒。抗拒的本质是我们抵制不再需要的经验。希望只是把这种经验轻轻放在一旁，而不是把它厌恶地推开。希望知道，抗拒的到来全都是善意的，它告诉我们哪些是过时的东西，是不再服务我们的东西。希望转化了所有抗拒的到来，这是希望内在品质的外化。

期望是一个不懈的追求，希望则是一个即刻的收获。

选择和想要

选择是表达希望，想要是执着结果；选择是行为的宏观意向，想要则是对具体结果的追求。

一旦把想要的东西夹杂在选择里，选择就变成了想要，那么这个选择的意向就演变成为一个不断执着结果的过程。如果我们想保持意向的单纯性，就要时刻检视其中是否出现了想要的成分。

比如一位经常在公园里唱歌的大妈，最初她唱歌的意向就是喜欢唱，并无特别理由，我们可以把她的这种行为意向理解为一个选择。由于她的歌越唱越好，逐渐引来很多粉丝的追捧，有的人说唱得比专业歌手还好，有的人说大妈人好、歌好、心态好等，总之，全是溢美之词。而渐渐地，大妈便把唱歌作为引起他人关注的方式，于是想要获得关注就成为她唱歌的目的，一旦没人关注，唱歌的热情就减弱了。在这个过程当中，选择异化为想要。

没有执着于结果的选择会带来身心愉悦和意想不到的结果，而执着于结果的想要就只能活在企盼和失望当中。

生活的最佳境界就是选择而不想要。

想要是人之常情，想要是头脑的运作，我们脑子里每天能产生一千个想要。

但我们是身心灵合一的生物，而选择是一个心灵事件。我们需要注意的是保持心灵那个选择的单纯性，不要让头脑的想要渗透到心灵的选择里面去。

选择会带来喜悦，头脑因此而兴奋，此时我们必须动用选择来告诉头脑，可以高兴、可以享用，但不要贪婪，让选择继续自然地去发生某些东西。

有时候，选择的过程可能会发生头脑完全不可接受的状况，这个时候尤其不能让头脑的短视取消选择。比如那个大妈唱歌遭嘲笑，此时选择确实面临一个小小的考验。

因为选择是一个心灵行动，所以选择一般都具有代表我们自身最佳利益的性质，同时与所有人的最高利益并不矛盾。因为在本质上，对自身有益的，就一定对所有人有益，这是选择的天然属性。而有些选择似乎并不符合人们的最佳利益，如果我们认真审视这个选择，就会发现那是一个赤裸裸的想要。

生活就是在选择和想要之间跳来跳去，你说它麻烦也行，说它有趣也行，所有的变化都在这跳来跳去当中。

🛜 关系之碗

关系是一只碗。通过这只碗，我们确定自己是谁。

为什么说关系是碗呢？碗，表达在关系中的放进去和拿出来。在所有的关系中，取予是关系的本质特征。通过取予，我们确定自己的样态。

通常情况下，关系经常被我们当作从中得到什么的碗，而较少考虑把什么放进去。一个零落的关系，一定是取之无度，予之有限的结果。

这是因为我们没有真正知道关系的目的。

关系的目的是让我们在其中表达自己是谁，而不是关注他人在关系中是谁。关注他人是关系之碗缺乏丰盈的主要原因。比如在最简单的两人关系中，一方把他的长处和品质放入碗中，久而久之发现对方并没有把相对应的长处和品质放入碗中，于是就把自己放进去的东西又拿了出来。抱怨，是拿出来的最常见的方式。

于是，关系之碗沦为交易的秤盘。

放什么东西到碗里，并不意味着要我们付出什么，事实上付出感是索取或有待索取的心理基础。放进去的真实意思是我们决定在关系中把自己哪一部分展现出来，并以之表达自己是谁。这实际上和别人放进去什么没有一点关系，更不是看看别人放进去了什么，再决定自己放进去的筹码。

我们真的不能在关系中量他人之入定自己之出，这样，再甜蜜的关系也会在顷刻间变得虚伪和脆弱。

关系中双方如果都能够放进去彰显自己真正是谁的东西，那一定是关系的良性循环。

所有的关系都是让我们决定自己真正是谁的那只碗。

我相信，没有一个人试图在关系中宣称自己是一个货真价实的商贩，但在实际的生活当中，我们处处在表演这样一个商贩。

实际上，在关系中量他人之入定自己之出，是把巨大的责任施加于他人身上。这是一个真正能压死人的方式，它意味着要对方肩负关系后果的所有责任，而没有一个人愿意承担这个责任，事实上也无法承担。

在关系中我们总是显得太聪明，但是有时候聪明反被聪明误。

其实，关系永远是"我是"的一个声明，而"我是"永远无须让任何人证明和首肯。

🌐 创造人生

创造人生就是做自己经验的创造者。

在我们出生的时候，所有的人生教诲都已经存在了，它们也都准备好在适当的时机进入我们的生活。

我们的头脑好像是一台接收机，但它不是。如果真是这样，我们的头脑就不会设计得如此精致和复杂。事实上，我们的头脑是把生命经验个体化的一个工具。是的，即便是真理，如果没有个体经验的参与，真理也不会成为这个生命个体的表达。

头脑创造生命经验的过程就是艰苦思考的过程。思考有多艰苦，生命就有多伟大。我们都知道耶稣和佛陀的思考过程，没有这种惊天地泣鬼神的思考，怎能创造出伟大的教诲和伟大的生命体验。事实上，所有艰苦的思考都能创造伟大的人生。

思考是纯粹的创造，通过思考，我们自己被创造出来。

历史上所有的思考成果都是我们思考的思想资源，这正是这些思想资源的真实意义。

思考是心灵的自问自答。有时候我们的问题在成熟的教诲面前显得十分稚嫩滑稽，这也正是我们放下自我思考的地方。是的，伟大的教诲需要我们传习，但是它们更重要的作用是进入我们的思考，变成我们自身的生命经验。所有伟大的教诲不仅是知识意义上的，而且都是灵性意义上的。教诲的灵性意义就在于它能够启动个体的生命思考和生命体验，这是纯粹的知识传习所无法比拟的。事实上即便是科学知识也不仅是传习意义上的，其目的也是为了启发新的科学创造。

真正的大师不是为了广纳弟子，而是为了成就更多的大师；真正的大师是通过教诲让你学会独立思考，从而将你送上大师之路。

独立的思考确实能一时招来评判和耻笑。"你以为你是谁"，只此一问，就足以打击你思考的积极性。是的，思考需要勇气、需要代价，有时候甚至是生命的代价。话说得绝对一点，没有勇气的思考，不是高质量的思考；没有勇气的思考，不是思考的品质。

大师都是勇气和思考的统一。

事实上，在大师如云、教诲如海的当今，尤其需要我们自己的思考。

有人说，这不是一个塑造大师的时代，毋宁说这是一个没有思考的时代。

当定义消失

用语言描述定义消失的状态几乎是不可能的，因为语言就是定义的组合，消失了定义的东西无法用定义描述。

这是一个不能完成的叙述。

但是我们就是要试试看，看看定义在什么地方接近消失。

定义是什么？定义是物质世界的思想形式。只要我们目力所及的地方，都是已经被我们定义的地方。事实上在推论意义上的宏观世界和微观世界以及想象世界也已经被我们定义过了，包括天堂和地狱。

这是我们的伟大，也是我们的局限。

我们的定义系统是一个极其局限的系统，它几乎很难直接揭示真理。这也是为什么越是接近真理的语言越是艰涩难懂，或者必须使用大量的比喻。结论是真理藏身于无法定义的地方。

有一个地方我们永远无法定义，那就是我们的内在。

所谓内在，就是思想停顿之后的那个我。那个我永远在，但是当思想想要捕捉它或者要定义它的时候，它就不在了。是的，不是不在了而是语言把它遮蔽了。

以至于我们发明了一个不是定义的定义：在，用以表达我们之内。

当我们的定义系统停止工作并解除了所有局限，仅仅是"在"的时候，大概才是我们最接近终极真理的时候。

借助于某些人的体验，我们试着归纳一下那个无法被我们自己定义的东西。

在，是彻底的觉知。觉知是一种状态，一种知晓的状态。从这种状态里了悟到我们所有外在际遇都是我们内在的创造，不管你自认为喜欢的抑或不喜欢的，我们统统收揽为"我的"。也就是说，我们找到了所有发生的终极原因，从而开始真正的创造性生活。如果在这种觉知的状态里发生了思想模式，比如对和错、好和坏、喜和忧等，即说明我们已经从觉知里走出来并进入了思想。

在，认出了所有定义的局限和误导，看出了所有定义都是思想局限和思维系统的表达。这就是为什么我们不能只从定义上去理解经典，要把经典的含义放到心里去领悟。所谓"悟"就是让定义消失。定义消失了，所有的局限就消失了，局限消失了，我们就知晓了，这可能就是所谓的"悟道"。

在，是我们的本质。我们的本质不是我们定义系统里的任何一个，我们在系统之外。定义是我们表达外部世界的一种形式，它根本无法表达我们，或者说只能勉强地用于我们确定性比较强的物质联系，再往内深入一点，定义就模糊了，或者说无法定义了。比如"我爱你"，我们能清晰地定义这句话吗？

只有解除定义，才能看清世界和自己。

事实上，我们应该有一种不使用定义系统的内在觉知。当所有定义不在的时候，那可以叫作解放。

虽然语言是离真相最远的，但是我们又不能不使用语言来描述它，这就是语言的尴尬，也是写作的尴尬。

像流沙一样

很多事情就像是一堆沙子，沙子的流动是缘于某种振动，而振动是我们的选择，不管是有意识的选择还是无意识的选择，随即，某个事情就循着振动来到我们的身上。

在我们这个相对的世界里，所有的事物皆有相对的事物存在，也就是说一个事物必然以对立事物的存在为自己存在的根据，所以整堆沙子的结构都是两两匹配的。比如我们吃了一顿大餐，饱胀感就是一种振动，于是停止进食的"沙子"就来到了你的身上。没有这种振动，在相对的世界里会活活被撑死，当然，或者被饿死。这属于无意识的振动，就像我们眨眼睛，这种振动不需要头脑的思量，是身体的自动程序，但仍然是一种振动。

另一种振动是头脑思考的结果，它的特点仍然是相对性的。比如我们爱一个人，就会做一些事情拢住这份爱以防止它溜走。或者我们想照几张好看的照片，就要梳妆一番。

以此类推，由于相对性的存在，来到我们身上的事物没有一个是偶然的，也就是说，我们自身的振动，总是吸引应该到来的事物。

没有相对事物为参照，我们的振动就完全失去意义。但是在振动中，相对性的事物只是一个参照物，而不应该成为一个排斥物，排斥会让参照物成真。比如你害怕打针，害怕是一个排斥的振动，这个振动会让打针成为真正的现实。到来的事情总是我们振动的结果。

振动没有好坏、对错之分。跳出相对性理解振动是对振动的真正理解。也就是说，不存在振动的标准和界线。

从这个意义上说，我们人生的每件事情都是神圣的。

是的，从我们的每一下眨眼到一个生死存亡的抉择。

我们真的不知道每个人是如何安置他们的相对性的，我们也不知道他们心灵振动的动能是什么，我们更无法读懂每个沙丘的样态。总之，世界上有多少人，就有多少流沙一样的事情发生。

对于流沙，我们知道了它的形成机制，就理解了它的美和神圣。

🌐 讲真话

人与人的关系就是神圣关系，可是我们仍然要去教堂和寺庙里寻找神圣关系。

人和人的关系是被设计成神圣的，可为什么我们关系中的神圣性不见了？

那些去教堂和寺庙的人们都说了些什么？具体说了些什么我们不知道，但他们一定是讲了真话。是的，我们内心都知道，神圣关系需要讲真话。

我们之间的关系之所以失去了神圣性，究其根本，就是因为真话太少。经验告诉我们，越是靠不住的关系，真话就越少。

真话是自由，自由是神圣，神圣是我们的本性，我们的本性是讲真话。

那么我们是从什么时候开始不讲真话的呢？

我相信，石器时代的人类都讲真话，因为那个时代没有不讲真话的条件，偶尔没讲真话的一定是头脑出了问题的人，或许可以武断地肯定，人类第一个被认为不正常的人，一定是一个没有讲真话的人。

而现在，讲真话在一些人眼中却成了缺心眼的表现。这让我对进化论产生了极大的怀疑。

讲真话是心灵的直面，是最神圣的生命体验。真话是"神"的品质，教堂和寺庙里的"神灵"绝不会不讲真话。

我们到底有多少秘而不宣的话必须留给"神灵"而不能对彼此讲呢？

如果我们在讲真话这个问题上没有进展，我们永远不要指望有觉悟的那一天，因为觉悟不是建立在对世界支支吾吾的基础之上的。

我们可能由衷地想讲真话，因为不讲真话毕竟有违我们的本性。真话之难大概不在真话本身，而在于我们可能承担不起讲真话的代价。

代价本来是为假话开出的罚单，而现在却是真话的罚单。

当然，讲真话不是乱讲，不是把所有可能造成伤害的话都作为"真话"抛出，那是对真话的误解。这里并不打算就什么是真话进行讨论，是的，真正的悲哀是我们是如此需要对真话的启蒙。

讲真话是爱的门槛。我们肯定不能一边不讲真话一边活在爱里边，而且还自认为向世界传达爱。

在我们一生的话语当中，有各种各样的假，并且都准备了充分的理由，而我们却活在自诩的"良善"中。这不是缺心眼的表现吗？

◈ 后 果

后果，有时候不是一个我们能够理解的事情，却是一个需要我们接受的事情。因为后果背后的庞大结构不是我们一下子就能看清楚的，接受，是表示对这个结构的预先理解。

事实上我们所有的困惑都是对某种后果的不解。

任何一个后果都不是单一原因造成的，它甚至涉及物理现象和心理现象中最为奥秘的内容。

这就是我们永远不会被别人完全理解，我们也永远不可能完全地理解别人的原因。

事实上，这是宇宙为我们每个人和每一件事保留的一份神秘感，同时它也创造了一个伟大而明媚的情怀：接受。

接受是最后的尊严。比如一个人从来没有勇气表达自己的意见，这给他带来了不好的后果。这个时候，批评和责怪都是没用的，而只能固化这个后果。我们唯一能做的就是接受、尊重这个后果，让当事人自己慢慢进入这个后果当中然后去改变它。

我们的接受在被接受人那里就是完全的理解，一个转变就这样开始了。就像我们哄孩子的时候是抱起他，而不是把他推到墙角讲道理。

接受就是治愈。

所有的后果都是用来疗愈的，没有无缘无故来到我们身上的后果。

世界上有两种伟人，一种是接受后果的人，另一种是疗愈自身后果的人。其他人基本都是评判后果的人。

大师是两种伟人的综合体，他能够疗愈自身的后果，同时也能够接受各种后果。他们不是知道一切的人，但是他们一定是预先理解一切的人。

大师治愈世界。

后果就是宇宙在如实地表达自己，从拉肚子到天体运行。

我们自身就是一个后果。

失态与常态

你有过失态吗？

没有，我敬重你！有，我更敬重你！

说实话，我不愿意跟总是失态的人在一起，但我更不愿意跟永远不失态的人在一起。当然我指的是常人，圣人另当别论。

在下绝非拥趸失态。我敢于敬重的失态，绝不是喝多了酒躺大街上的那种。

对于常人来说，失态是真相的露脸。在面具之下，谁都忍不了多久。

而面具是必要的。我们的生活、工作、交际都不能太率性，更不能失态，它们的存在性质要求的是一种常态，所谓常态就是失态和变态之间的那种状态。常态就是规则，规则就是面具。我们大多数人都把面具当成了自己的本来面目。

很多大文豪都是失态者。杜甫说"语不惊人死不休"，到语能惊人的时候，作者早已不是正常状态了。你癫狂三分，才能撩动人心，如果人们被你感动得流泪了，你的泪可能早就流干了。那么，你知道曹雪芹的状态吗？什么叫泣血，是心在流血，而那是常态吗？

常态之下，世界便无精彩。

人类历史上的所有振聋发聩，都是非常态下的表达。常态之下，既没有那个见地，也没有那个勇气，更没有见地加勇气。

事实上，我们的心灵永远在呼唤抛开任何羁绊的极致思考，永远在呼唤扔掉任何面具的自我审视，永远在呼唤拾起那个被迫休眠的真我。

常态是社会的，失态才是个人的。

当然，失态也不能成为常态，那是疯子。

失态不一定是癫狂，癫狂者只占千分之一。你可能一整天都坐在那里，也可能好几天没与人交流，但是你却能突然迸发出了说"我爱你"的勇气。

总之，在这个机会中认出你的真我，跟它走。

🌊 我之所是

世界就像一个超级市场，我们在其中任意选择"我之所是"。

但是我们好像经常挑错了东西。比如挑选了快乐，可我们并不快乐；挑选了富足，可我们仍然贫困；挑选了智慧，可我们还是愚笨。

人生的超市非常诡异，你是什么，就会挑选到什么。

有人说：你的一生并不必须去做任何事，全部的问题只在你是什么。莎士比亚也极富智慧地说过："是，或不是，就是问题的关键。"

我们是不是有时候觉得听别人解释自己是最没有意思的一件事情？因为直觉上是我们对自己并不陌生。

人解释自己往往是"我挑错了东西"的一种反映。事实上我们经常想换掉我们的"是什么"。

我们的"是什么"是一个经验丰富的家伙。比如我压根就不相信我会富足，"我不会富足"这个"我是"就会拿出无数证据证明自己不会富足。这个时候我们即便到人生超市挑选了富足，我们仍然无法富足。

关键的问题是要改变自己的"是"。

是的，如果我们真的成为富足，我们就不可能再是贫困了。

问题是我们真的能够凭空改变一件事情吗？

凭空确实不能改变任何事情，去做才能改变。是的，去做表达富足的事情，富足就会回向我们。

在我们的心里有一个角落，它手持一本古老的书，书的名字叫"留一手"。这本书告诫我们，不管怎么样，我们总得留一手，以备不测。这本书本来是十足的好意，但事实上却让我们的真诚打了折扣。比如我本来就没什么钱，我将如何去做表达富足的事情呢？留一手吧，别做傻事，你的下顿饭还不知道上哪儿去找呢。留下的这一手果然让你富足无望。再比如你在战场上一心想成为英雄，但是那本书告诫你，留一手吧，子弹可是不长眼睛的，要是命都没了，还当什么英雄？于是你事事处处留一手，所以你果然没有当上英雄。

当我们对挑选到的"是"留了一手的时候，我们就不会成为那个"是"了。

抽掉自己的私利或者小算盘，真心实意地交托给生命，你就能成为那个"是"。

当我们一旦开始"是"某一种情况，我们就启动了宇宙最具创造力的机器：我们的神圣本我。

本质上，我们都是用同样的质料做成的，只是"留一手"让我们有了很多不同。

压 抑

一个不会释放压力的社会，不是成熟的社会。

我们的心智由逻辑、直觉和情绪组成。情绪和逻辑、直觉一样，都是极其自然的心智活动，但是不知道为什么，人类对情绪选择了压抑。

只要仔细观察，我们就会发现，小孩子任何情绪的表达都是非常纯粹、自然的。而为了让他长大成人，一些家长穷尽一切办法压抑他的情绪。

人类有主要的五大情绪：悲伤、愤怒、羡慕、恐惧、爱。

这五种情绪的功能是为了表达人类的心智活动，我们需要做的就是让这五种情绪自然而然地流露出来，自然流露的情绪不会造成任何伤害。大概是建构社会秩序的需要吧，我们从进入文明社会的时候，就选择了对情绪的压抑。

事实上，我们现在的社会面貌，就是压抑后的一种情绪现状。

压抑的结果是什么呢？悲伤被压抑变成了抑郁；愤怒被压抑变成了暴怒；羡慕被压抑变成了嫉妒；恐惧被压抑变成了惊恐；爱被压抑变成了占有。

压抑捆绑了本我，压抑囚禁了神圣。看看吧，我们所有的痛苦和灾难，压抑都插上了一脚，而我们竟然还高傲地评价自己成长了。

压抑情绪就是压抑成长。

在这五种情绪中，爱和恐惧是两个终端情绪，我们所有的心智活动，最终都以其中之一为基础，不是落入爱，就是落入恐惧。而悲伤、愤怒、羡慕则是爱和恐惧的衍生物。在终极的意义上，爱是所有的一切，即使是恐惧也是爱的衍生物，当恐惧自然流露时，它呼唤的仍然是爱，而善加运用的恐惧则表达了深度的爱。

是的，一切事物当以其最高的形式表达，即表达了爱。而压抑却阻止了事物以其最高形式的表达。

压抑就是压抑爱。

所谓觉醒，无非是爱的觉醒；所谓自由，无非是解除对爱的压抑；所谓悟道，无非是当下自然地做一个人。当我们仍然压抑着，不论是何种名目的压抑，文化的、宗教的抑或习俗的，我们大概都不是走在一条正确的道路上。

想要上路，应该先从去除压抑开始。

完 美

吃一口辣椒再喝一口凉水，生活就是这样，你无法逃避完美。

　　谁说完美都是"好事"？

　　完美是一大堆"坏事"衬托一丁点儿"好事"。这是完美的初始设计，也非常符合我们的审美观。

　　夜空，广袤的天幕上繁星点点，没有深邃的夜幕，星光其实并不美；如果天上星光如昼，只怕是出门要戴墨镜呢。

　　谁要是没在痛苦中、挫折中、悲愤中、蛆蝇中发现美，他就不是一个完美主义者。人们通常把完美主义理解成对纯粹的美的追求，这是错误的。完美主义是对所谓"负面"的允许，对所谓"错误"的接纳。

　　看过毕加索的绘画吗？有多少人从中体验了完美？而他的绘画正是从初始我们认为完美的画稿，一点一点修改成我们认为不完美甚至扭曲的定稿。看过我国传统绘画在偌大一张宣纸上的寥寥数笔吗？那"黑处是画，白处也是画"的审美观，早就揭示了完美的奥秘。

　　辣椒虽辣，但旁边有凉水，火和水的碰撞是味蕾的盛宴。

　　我们自身就是一个完美的产物。我们高贵、我们智慧、我们善良、我们美丽，我们龌龊、我们阴险、我们虚伪、我们丑陋。谁要是不承认自己兼而有之，谁就不是一个完美主义者，大概也是终生都没拿正眼看过自己。

　　完美，是我们不可避免的命运。实际上所有的夜空都是我们自己制造出来的，因为我们要表达灿烂；所有的卑鄙也都是我们自己制造出来的，因为我们要表达崇高。我们有多么伟大，相应的渺小就会如影随形地被我们即刻创造出来。

　　有人说：所有客观现象都是下意识间被你吸引过来的；所有的事件都是被你无意识间创造的；你一生中所有的人、事、物、地，都是被你吸引才来的。如果你愿意这样说，是自己创造的，以便提供正好是你想要的条件和机会，好在你演化的过程中经历下一个想要经历的经验。我们这一生所发生的每件事情，都是为了提供正好的机会让我们去治疗、创造或经历某种事物，而这又是我们为了成为我们真正是谁所希望治疗、创造或经历的。

爱自己，就要爱自己的伤，扪心自问，自己招来此伤意欲何为？可是，我们为什么执拗地不去关心自己的伤痛呢？压抑伤痛、无视"负面"，就是自伤。看在上天的分儿上，爱我们的不爱吧。

📶 "回收"自己

真正的自己不是天生就有的，需要靠后天的"回收"。

我们接受教育，听父母的话、听老师的话、听上司的话，"真乖"成为我们领赏的凭证。

没问题，这一切都顺理成章，也合乎规则。隐没自我是"回收"自我的前提。没有一个人生下来就是回归自我的。教育给了我们工作，给了我们饭碗，有吃有喝之后，"回收"才开始，也才真正有意义。

是的，本自具足是后天"回收"的成果。

生活的作用就是把你交还给你自己。

克里希那穆提说："你应该听自己内在的声音而不是讲者的话。若是一味听从讲者的话语，他就会变成你的权威，进而左右你的理解——这是最恐怖的事，因为这么一来，你一定会建立起对权威的崇拜。因此你要做的事就是去倾听自己的声音……它既不臣服，也不抗拒；它会变得活泼，变得全神贯注——只有这样的人才能创造出新的世界。"

我们就像一个回音壁，如果我们总是跟着回音壁跑，就永远找不到那个原始的发音之处。我们需要做的只有立足于自己的内在，让外在声音袅袅传来，让它们加入自己的和弦。我们越是安静，外在越是清澈。

如果关系搞颠倒了，外在喧宾夺主，那么外在再好，我们也只是外在的一个容器。我们内在本就有一个交响乐团，无须外请，我们只是用莫扎特唤醒自己而已，但是别让他夺了指挥的位置。

最重要的是唤醒自己，其他一切都是法门。

天下没有一条既定的道路，那是前人蹚出来的道路。这就是真正的大师并没有著作的原因，因为他全然知晓，他只是一个领唱者，他只是点燃自己。实际上，心领神会是最好的方式。而心和神是己化了的他者，而绝不是他化了的己者。

大师绝无教人追随之意，而是造就更多大师。如果大师之后再无大师，那就是夺命之师。看看佛陀和耶稣之后，涌现出多少大师，由此我们知道真正的大师是什么。

人这一生中，真正要紧的是"回收"自己，准确地说是发现自己。

知识的投射

此处的"知识"是泛指。

用知识思考世界，世界就是知识的投射；用知识思考人生，人生就是知识的投射；用知识思考任何事物，任何事物就是知识的投射。

我们的社会就是一个被知识解构的社会。人们在知识的海洋里体验自己、经营自己。实际上整个世界就是我们用知识打造的一个视阈。

我们对这个视阈下的世界深信不疑，这不仅是我们的知识结论，也是我们情绪的结论。比如历史上就有劫富济贫的传统，"不患寡而患不均"是古老的知识，久而久之，我们就会对"不均"有一种愤愤然的情绪上的支持。

正是知识和情绪的一唱一和，我们的历史和文化才显示出阶段性和多样性，才能打动人心，才能被我们心潮澎湃地演绎下去。

我们的历史就是不同时期知识的历史，或者说知识造就的历史。

如果我们就此打住，不再深究，我们完全可以把生活过得丰富而深刻。

而如果我们想进一步探究心灵世界，我们面前的大山就是我们构造出来的现实世界。

比如我们对春天有足够的知识，从气候到区域、从动物到植物、从东半球到西半球，我们可以立体地讲述一个完整的春天。但是心灵里的春天不是这样。心灵经验的春天是植物新芽的纹理和质地、春风的温度和味道、小鸟的喜悦和心跳……此时，知识就构成了心灵视阈的障碍，因为知识经验时间和空间架构，而心灵则体悟时空以外的东西。我们必须另辟蹊径感受这个世界。

在知识上我们可以与佛陀比肩，但是我们永远成不了佛陀，这是因为在他面前，知识世界的这座大山已经被移走了，而他看到了三千大千世界，我们看到了什么？

真正立体的生活，是心智和心灵的和谐相处。

知识可以当饭吃，当然很重要，事实上它投射的物质世界越精彩越好，我们毕竟有大量的肉身需求，这也是神圣的一部分。但如果人们吃饱喝足了能和一棵老树聊聊天，或者和杯中的咖啡说会子话，也是一个不错的选择。

🛜 未被识出的恐惧——依赖

恐惧是一个庞大而组织细密的意识，"害怕"是它的主要特征，因为人类在某种意义上不可能不害怕，只要是一个活生生的个体，就必然被恐惧包围着。人类遇到的很多问题，都是以恐惧为开端。我们经常看到有些人非常勇敢，而勇敢是什么？勇敢是恐惧"勇敢"地撞向恐惧。有人半夜路经坟地，自己跟自己大声说话，你说他是害怕呢还是不害怕？

在恐惧所有的表达中，依赖最为楚楚动人。表面看，依赖是爱、是安全、是支持、是力量。事实上，依赖是环绕在我们身边而最不易被察觉的恐惧。

依赖的表现实在是太多了，随便打开一部小说，里面几乎全都是依赖的表演或者依赖衍生体的表演。总的来说，依赖是双向的：把自己交给某人某事和让某人某事交给自己。

太太对丈夫的依赖、男人对女人的依赖、雇员对老板的依赖、总裁对下属的依赖、学生对导师的依赖。

当然不是说所有的关系都是依赖关系，但是关系里只要稍微有那么一点点可能，依赖必然迅速填充其中，往往，越是生死与共的关系，依赖的程度越是明显。

是的，依赖是美丽的，恐惧是伟大的作家和艺术高手。

一定意义上，人类和人类文明就是恐惧和依赖的演绎。

依赖之所以不容易被认出，是因为它巧妙地利用了相邻的情绪，比如依赖和依靠、依赖和帮助、依赖和共同、依赖和报答、依赖和友谊、依赖和相投等。

认出依赖的方法是看看是不是离开某人某事会心生恐惧，或害怕、或孤单、或浑身有那么一点不自在。

真正的没有依赖是不会让任何人依赖自己，是我们一生致力于让人们拿回自己的力量；真正的没有依赖是不会让自己依赖任何人，是我们一生致力于不吸取任何人的能量而生存；真正的没有依赖是静静地置身于恐惧中，直到让恐惧认出它自己也是爱的变体。

依赖是我们抗拒恐惧的表现，也是我们迷失在恐惧里的爱。

生活目的

泰戈尔说："我们把世界看错了，反说它欺骗我们。"

生活是一个有目的的旅程，如果没有目的，就不会"看错"世界。"看错"是因为我们把一个错误的生活目的投射在世界上面。

目的很重要，它决定了我们对每件事的视角。

如果我们去登山，崎岖的山路就是乐趣。同样一条路，如果我们要赶去上班，这条路就是一个噩梦。是的，这条路没有欺骗任何人，是我们的目的形成的视角欺骗了我们自己。

如果我们的生活目的是为了觉醒，那么所有的际遇就都是觉醒的助缘；如果我们的生活目的是为了顺利，那么所有的际遇就都是顺利的阻碍。

而这可以让你瞬间调整视角，完全颠倒是与非、好与坏、苦和乐、逆和顺的关系。

所有的逆境都是因为我们选择了成功作为生活目的，而觉醒欢迎逆境。

泰戈尔又说："神对人说道，'我医治你所以要伤害你，爱你所以惩罚你'。"

对于成功的预设是我们心智运作的一个程序，它能够最大限度地帮助我们的生活。比如一个小孩子没有够到桌子上面的糖果，经过哭喊，他得到了，哭喊则是他对目的的表达。很多人终其一生所追求的事物，跟小孩子要糖果大同小异。

其实我们很多模式都是某种默认的目的模式，这个模式的终极目的就是成功，抑或成功的衍生物。这是心智系统的发明，它意图确保我们事事如意。

而觉醒是心灵的设置，这个设置要到我们对心智模式发生质疑的时候才能开启。

心灵模式是心智模式的颠覆。

认知的转变相对容易，而要真正体验这一神圣的生活目的，则需付出艰辛的努力，因为糖果总是比黄连可口一些。是的，知道黄连是苦的和体验黄连是苦的完全是两回事，知道是心智模式，体验是心灵模式。每当我们承受巨大的困苦为恩典的时候，心智也在踮着脚看我们的笑话。

大多数的我们，为了不看自己的笑话，终生不敢接受恩典，终生让世界"欺骗"自己。

🔊 权 威

权威相对于非权威而存在，权威也是二元世界的一种现象。

权威可以表达真理，而不能代替真理，真理一旦被代替，真理就不见了。因为真理不是一个能够被代替的东西，它只能被体验。

对权威最大的误认，是认为权威能够代替真理，代替那个不可能被代替的东西。

喜悦、真理和爱不是二元世界的产品，事实上它们是同一个东西，它们之间是可以互换的。这些表达生命质料的东西只能被生命经验，而无法被生命以外的权威代替。

从真理表达的层面，权威必须存在。比如宗教的经典、先知的言论、大师的事迹、思想的真谛等，都需要有一个权威的表达。但是权威只能是真理的传布，而非真理本身。没有经过个体经验的真理没有真理意义，只有发生在生命经验中的真理才具有真理意义。

因此真正的权威是生命本身，而非任何替代品。

权威的引领作用是毋庸置疑的，但是权威的最大陷阱就是把这种引领演化为执着。人类是非常容易陷于执着的，哪怕是陷于对真理的执着。

执着是我们的一种生存方式，我们的身心无时无刻不在执着地运作着执着。比如我们饿了，只要我们尚未进食，饥饿就会一再地提醒我们该吃东西了，此时"进食"就是我们的权威，你能说这个权威不重要吗？而一旦我们进食，权威就不在了，因为饥饿不存在了。"进食"的真理性再强，你就是不去经验"吃"，真理就如同全然不在场。所以权威可以称为未经个体经验的真理。

精神方面也是一样，一个代表真理的权威，如果没有融入个体的生命体验，它就什么也不是。比如所有的宗教都教导

"爱"，但在纵火犯那里，爱什么也不是。圣徒是爱的经验者或者说是爱的表达者，但他不是权威。

权威只有在非权威的架构里存在。

一个人如果达到了真正的空寂，说明他已经具有了一颗不归属于任何对象的心，当然这种心境不是经由对空寂的执着或某个权威的教诲，这是通过全然的自我意识达成的一种状态，此时任何外在的权威对他都失效。

在权威的最高意义上，权威是自性的脱颖而出，是自性认出自己、经验自己、表达自己的一种状态，这才是无可替代的权威。人们完全能够从这种状态中认出自身的生命品质，进而转身向内点燃自己的权威。

人类一贯对权威保有最大的敬意，本质上这是生命的驱使。但是我们仍然要清醒地认识到，真正让我们受益的权威是能够从中发现自性的那个权威，是能够让我们进入生命经验的那个权威。也就是说，权威是我们自己发现的对体验生命有极大帮助的真理。从这个意义上说，我们和权威的关系，其实质是我们和自己的关系。

只有向内才能真正发现外在的权威，而那正是我们自己内在真理的投射。

欲 望

欲望是心灵的发动机，没有欲望，一切都将熄火。

在欲望的海洋里，万物生机。但欲望亦是困苦的温床。

世界虽是欲望的产物，但欲望又一直是我们压制的对象。围绕压制欲望发生了各种文化，以至于这个压制也成为一种欲望，也创造了另外一半的世界。

欲望和压制欲望的欲望搅动了心灵。

于是，人才活得那么纠结。

为什么我们固执地认为欲望会给我们造成无数的麻烦呢？

是的，欲望在一种情况下可以给我们带来麻烦，那就是对欲望的拣选。比如我们饿了想要吃东西，想吃东西没有任何问题，而对于吃什么才好，是所有问题的发生之处。

拣选，让我们无法认出欲望的单纯和厚道。

我们的观念几乎都是用来拣选的，而瞬间的拣选，抽走了我们拥抱欲望的机会，还没等我们认出欲望对这个世界的热情，观念马上就把它们分成对的、错的、合适的、不合适的、高尚的、低下的等。我们迅速把那些"错"的欲望压在心里，捡起了所谓的"正确"的欲望，做起了所谓的"正人君子"。

事实上，我们捡起的那个欲望只是一半的欲望，而一半的欲望只能以否定另一半的欲望而获得存在权。

这就是为什么我们永远只能看到世界的一半。

欲望的完整性一定要被认出。

欲望来临时，我们最好不要急于评判，而是把它放在心里，觉知它一会儿，看看欲望到底想要表达什么。通常情况下，觉知下的欲望是一个完整的状态，它还没有被概念分解，如果我们给予这种完整性以充分的尊重，不去动用观念的利刃，欲望就一定会自动流向我们。

觉知状态下的欲望走势，往往和我们观念状态下的欲望导向完全不一样，甚至刚好相反。比如你非常喜欢得到某个物品，但是由于其价格昂贵，观念便导向压制你的购买欲，理由是不切实际的消费是坏习惯。但是如果你不作评判地觉知那个欲望，

"让子弹飞一会儿",最后你不惜重金买了下来。事实证明,这件东西无论从任何一个方面来说,它就是应该属于你,价格昂贵,是的,我值这个;工艺精湛,是的,我就是这个品质。

欲望无罪,评判有罪。

我们活在一个评判的世界里,那是我们自己编织的笼子。我们的本然应该是活在欲望的世界,而评判肢解了我们的欲望,使欲望只能表达评判而不能表达我们的利益。

有勇气端详欲望的人,才有一个自由的心灵。

◈ 看着自己生活

人类解决问题的方式永远是"要……"或者"不要……",知识越多,"要……"或者"不要……"就越多,生活彻底沦为"要……"或者"不要……"的循环。

很显然,我们是被知识限制了,我们努力学习,但是问题层出不穷,而且永远领先。

知识不是不好,但是仅仅有知识肯定不够,因为知识本身驾驭不了知识。我们在知识之外有一个觉知系统,那是一个用知识无法解构的系统,知识无法进入觉知,而觉知能够驾驭知识。

觉知,是我们内心的一个先验系统,它包含了我们的知晓和自由意志。在没有任何干扰和压力的情况下,觉知系统能够清晰地观察我们的思想和感觉。

觉知,就是一个能够看着我们自己生活的内在装置。

如果我们能够处于觉知当中,自己的起心动念都在觉知的观照之下,生活自然就不会那么沉重。而觉知能够最大限度地运用知识,没错,知识在这里实现了华丽转身,它变成了智慧,而不是"要……"或者"不要……"的简单模式。

这很难。知识丰富的人很信任知识的力量，但知识不会以智慧的方式表达出来。这是因为知识的特点就是汲汲然以评判的方式解决眼前的问题，而这种解决问题的评判方式，挡住了觉知的发生。

觉知就是不带任何评判地觉察我们自己的思想、情绪、念头和感受，而它会默认真理，并启动我们的自由意志实现真理。

这是一个不错的状态。但是难在如何让我们的知识系统暂停活动，处于"让位"状态。

人们明明知道门里面站着另一个自己，可还是习惯用身体抵着门；如果我们未能看着自己的生活，我们就永远活在生活之外。

让一切流经

我们无法避免生活，也无法避免生活中的所有可能，当然更无法避免自我在生活里的种种感受。

既然无法避免，就让它流经；让自己看着它流经，滚滚而来，呼啸而去。

生活是我们不可避免的实相，同时，它也是我们的选择。当然我们选择它不是为了抗拒它，而是为了让它流经，而我们在流经中体悟真相。

但是有些人却把生活过成了某种抗拒。

抗拒使人们无法观察流经，反而成为那个流经。我们的头破血流、烦恼重重、欲念杂陈，全都是因为我们的"成为"，是的，只有"成为"才有伤害。如果我们仅仅是坐在台下，而不是上台打斗，哪会头破血流？生活的实相不是让我们赤膊上阵，也不是让我们成为情绪角色，而是为了体验情绪境况，一旦成为角色，就不免受伤。

观察流经不是被动地撤在一边，而是以最大的理解体验流经。人们免不了会生气、伤心以及恐惧。我们需要做的是观察它，体验它，放过它。

观察情绪是一种追问，耐心细致地寻找情绪的来处。如果我们恐惧，就要追查恐惧的根源，如果我们愤怒，就要追查愤怒的发端。追问是观察的途径，是获得完整体验的一种方式，因为在观察中我们才能跳脱出来。不然，我们就会驻留在一种持续的情绪体验中而最终成为那个情绪自身。

是的，观察就是自己与自我对话的过程，就是消解抗拒的过程。

持续的恐惧都是因为抗拒恐惧，持续的愤怒都是因为抗拒愤怒。当我们的经验系统出现了恐惧或愤怒的端倪，就说明我们需要观察并追问它们了，尽量不要等到我们已经与情绪搅和到一起不可开交的时候，那个时候我们就出现不适感了。

爱是一种神奇的能量，在我们的生活中，不管出现了任何难受的境况，我们先以内在的知晓迎接它的到来。这种似乎超越观察的方式是对待流经的最佳方式。爱不仅是一种力量，它也是知晓，当我们真的爱上了我们的际遇，爱会告诉我们所有的秘密，这也是观察的最高形式，也是最能治愈的一种形式。不过，这的确非常不容易做到，它需要我们对真相有万分的信念。

如果我们擅长追问的方式，就去使用；如果我们更想用爱的方式，也不妨试试。

体验流经是一种过瘾，成为流经是一种迷失。

真正的理解无须相互

在大多数人的认知里，理解必须是相互的，其实这就是一个求取心理平衡的交易。如果变成是单方面的理解，这个交易就往往做不成，因为理解方至少在等待被理解方对自己理解的理解。

商品社会中的心理活动在潜移默化之下早已经商品化了，只是我们不察觉。我们的心思就是一杆秤，心里的砝码无数、账本无数、恩怨无数，这样，等待的理解也无数。

这个时候，我们就是读破了经典也没用。

因为我们还在等待理解或期待回报。

我们最大的失望就是说话没回音、理解没回应、付出没回报、好心打水漂，于是善举从此打住，并且找到了恶语相向或"恶行"相向的理由。

人都是这样"变坏"的，而且冠冕堂皇。

该是收起这一套的时候了。要看到，其实我们可能压根就不是什么"好人"，而是一个"恶人"找到了"行恶"的理由。是的，"好人"从不需要理由，而"坏人"需要。

为什么要说这种近乎极端的话呢？因为无数事实证明，在"好心没好报"的烟幕下，有些人真的去做了，并且做尽了不该做的事情。

真正的理解无须相互。

如果我们真的理解人性，我们根本就不会期待理解的相互，我们会发现期待别人的理解或等待他人对自己理解的回应，简直就是一种最可怜的乞讨。

真正的理解是对人的共性的理解，而不仅仅是对某一件具体事情的理解。

真正的理解应该直抵人性，直抵人性是最通透的理解，这种理解根本不需要相互，它永远是单向的，而单向的理解是最有力度的理解。这种理解首先解放的是自己，不是对方。而所谓的"相互"，则实际是捆绑了双方。

"相互理解"这句话听起来公允平和，但却是最包藏"祸心"的一句话，一语既出，它让双方都陷入了僵局。

真正的理解近乎接纳、允许和宽恕，但又不是同一范畴的东西。接纳、允许和宽恕是心灵现象，具有更高洁的品质。而理解还在心智的领域，是一个心理现象，是一种修养，但是这种修养却是最接地气的天梯。

去理解吧，有回应是你的福报，没回应是你更大的福报！

苦

苦是人类最深刻的感受之一，人类对苦的感受产生了伟大的思想。

不知道苦，就没有良善；不知道苦，就没有爱；不知道苦，就没有智慧……对苦的领悟，决定了一个人的精神品质。

很多人终其一生也可能没有机会认真地与苦相处，因为自从懂事时起，他们就被教以规避苦和消除苦。但是在生命的某个时刻，人们常常发现自己仍然泡在苦里。

其实造就人类材质的一部分就是苦，这就是我们为什么对苦特别敏感的原因。苦，不应该被规避，也不必刻意消除。苦，应该当作一个宝藏来发掘。

苦是我们的肉身和精神对世事无常的一种承受机制，是允许慈悲进入我们心灵世界的传达室，是对我们探索神圣意识的巨大动力，是获得身心自由的伟大导师。

当我们不再把苦当作局外人，而是当作我们自身一部分的时候，苦就会悄然发生变化。我们会感受到，苦不过是一个普通或刻骨铭心的提醒，一个善心大发的敲门声。事实上，真正的苦，是活生生地把苦从我们身上扒下来的时候，我们的拒斥，其实就是在心里榨黄连。重要的是，这种做法让我们失去了心灵进步的宝贵机会。

我们不难发现，对苦不敏感的人，对善就不敏感，对比较深刻的思想就不容易接受；压抑自身之苦的人，就容易对他人造成痛苦甚至伤害，有些犯罪的人，其实也是心里最苦的人，只不过他们把这种苦投射到了他人的身上。

是的，苦就是我们自身的一部分，怎样和我们的这一部分相处，反映了一个人的醒悟程度。苦，永远不会消失，相反，我们越是体验到苦的无边无际和无所不在，就越是会变得博大而慈悲、善良而坚韧。

❧ 否认与接受

世间为什么有那么多"挥之不去"？那是因为我们意欲"挥之"。

一个人觉悟的标志是没有什么可以"挥之"的东西。

人和人大致上都差不多，大师并不比普通人更聪明，但是他比普通人多懂了一个道理：凡是你未曾接受的，你就不能改变。大师之所以看上去改变得如此之多，正是因为他比我们普通人接受了更多，他几乎从不"挥之"任何东西。

觉悟，始于接受。

没有一个人生下来就如同高山雪莲一样纯净，只要是人，就会有想法、欲望和企图，或者个性、脾气和嗜好。

我们拼命地抵制、改造、否认这些人之常情，可正是由于这种抵制、改造和否认，这些人之常情一次又一次地被提及、被强调、被创造，反而成为痼疾，"挥之"的结果是"挥之不去"。

人身就是个幻象，人的各种欲望和秉性也不过是个幻象，而幻象的特点就是时刻在变化和游移。对待幻象的方法就是接受那个幻象，承认它就是自己的幻象，我们没有必要和一个变化、游移的东西较劲。而对幻象的任何抵制、改造和否认，都直接固化了幻象，使它们变得更加真实。

是的，使幻象不发生改变的，就是力图改变它的力量。

我们否认的事物，就是再一次地创造它，因为否认本身就是把我们否认的事物放到了那个位置上。这就是我们为什么有如此之多的"挥之不去"。人的终极烦恼不是对烦恼对象的烦恼，而是对"挥之不去"的烦恼。不要否认它，因为否认等于说它不在，你怎么可能控制一个不在的事物呢？而恰恰相反，我们所否认的事物会因我们的否认牢牢地控制我们。

要控制一个事物，须从接受开始，我们越是接受，我们的控制力就越强，我们越是接纳，我们就越是能够改变。这对自己和对他人都是同一道理。

你否认的，就控制你；你接受的，就控制它。就这么简单。

觉悟的捷径就是承认并接受自己所是的样子，而非自己所不是的样子。

🔊 世俗之光

世俗之光是生命的本色之光。

我们虽然生活在世俗里，但不知什么缘故，我们时常以世俗为由而拒绝走进我们真正的生活。这不是一种个别现象，看看我们挂在嘴头上的常用语：俗不可耐、太俗气了、俗得直掉渣、气质不俗、眼光不俗、言谈不俗、举止不俗……以我们超尘拔俗的情志，恨不能把与俗字沾上边的事情统统毙掉。

我们终生致力于"不俗"的生活。

世俗是什么？世俗是流转不息的生命能量在生活的精微过程中表达自己，是让石头发光、鄙陋发亮、浅薄有趣、俗气有味的生命体验，是在一茶一饭、一举一动、一颦一笑中展现至高的"神性"。

当我们真正地走进世俗，就会发现世俗里的神圣品位，就会发现神圣在向袅袅炊烟、匆匆路人、含辛茹苦送去无声的祝福。

世俗有世俗的旨趣。俗人柴米油盐、俗人喜欢打折、俗人放浪形骸、俗人吃喝玩乐、俗人志向平庸、俗人目光短浅。但是你有没有看到在这些俗务当中，俗者仍然有俗者的坚守。他们贪图安逸但自食其力、他们斤斤计较但绝不盗抢、他们低级趣味但不会陷害、他们庸庸碌碌但深明事理。他们把人和"神"搅拌得如此均匀，他们把人性和"神性"活得如此精彩，他们把天上和地下连接得天衣无缝。

难道我们真的以为世俗生活不是"神圣"的体验？难道我们真的以为是我们将"神圣"不情不愿地拉进了我们凌乱的房间？难道我们真的以为讨价还价不是"神"的乐趣？

世俗生活就是"神圣"生活。

看看那些不俗的人，他们其中有不少是既无"神性"光彩，亦给俗性丢脸的人。他们利欲熏心而善于掩饰、他们心思阴沉而冠冕堂皇、他们矛盾重重而振振有词、他们光鲜靓丽而败絮其中。他们才是真正的"俗者"。

事实上并没有什么真正的俗人和真正不俗的人，一切都是"神圣"体验。我想说的是，千万不要试图把自己从世俗中拔出来，这实在是取消了一半的生活乐趣。"懂生活"是我们的目的。

在这个世界上，没有人能够成为真正的"神"，那些被我们尊奉为"神"的，全都是揭示生活意义、坚守生活真理、活出"神"的品质的人。有人说，佛就是觉悟了的人，人就是没有觉悟的佛。此言是有道理的。

每个人都自带世俗之光，世俗之光里有庞大的真理和浩荡的"神性"，是我们取之不尽、用之不竭的"神圣"资源，但是它们从来不会飘落在我们祈愿的双手上，它们只会轻轻地坠落在我们的茶杯里，无言地渗透在我们的劳作里，深情地依偎在我们的困惑里，惊艳地呈现在我们的醒悟里。

惩罚与后果

惩罚与后果是两个经常被搞混的概念，但是却表达截然不同的秩序观和意识层面。

在我们的意识里，惩罚是一个正当的结果。事实上我们有很多行为就是惩罚的表现，比如小学生写错了一个字，被要求回家写一百遍。一个孩子在外边打架了，又被家长以同样的方式惩罚了一顿。我们都被惩罚过，我们也都惩罚过。我们几乎没有人对惩罚保留好感。

后果是自然的结果。在我们的生活里，充满了后果，实际上我们的一生就是向后果学习的一生。聪明的人，都是善于向后果学习的人，他们向历史学习，向现实学习，向未来学习，而他们的后果往往都比较好。

惩罚是我们没有耐心去等待一个自然结果的行为，而后果则是由人们在自己内部体验到的一个结果。惩罚是由秉持与被惩罚者不同价值体系的人，由外部强加在被惩罚者身上的一个人工制造的结果，这个人工结果施之于人，阻断了自然结果对人在自身内部的体验，因此我们不仅不可能真正地从惩罚里学到任何东西，反而扭曲了我们的体验系统。

惩罚是另一个人决定你做错了。后果则是一个人自己体验到某种行不通，也就是说它不会产生一个想要的结果。惩罚是我们将之视为别人对我们做的事情，我们无法从中很快地学习。而后果则是我们将之视为我们为自己做的事情，因此我们能迅速地从后果中学习。惩罚是以一种不成熟劝诫另一种不成熟。后果则是让一个结果去审视它自己，去透露它自己，去修正它自己。

在社会层面，惩罚是我们在进化道路上的必然选择，也是我们重要的文化遗产。然而正是它曾经重要过，所以我们才要提升它。在一定意义上，文明社会的惩罚与石器时代的惩罚，并无本质的区别。在一切可能的环境里，让人们更多地从后果中体验自己，完善自己，才是文明的应有之义。

在意识层面，惩罚并不是爱，而是对所谓"不当行为"的恨。我们把孩子们"错误"行为的后果提前以惩罚的形式表达出来，实际上是我们自己体验的一种投射，而孩子并未在惩罚中获益，事实上，在全然的爱那里，孩子们的行为并没有一个被称为"错"的东西。

惩罚最多就是一个"计谋"，不能老用，对孩子最好不用。把爱变成后果的叙述和体验，是最有效的教育方式。

不足与丰足

要饭的，永远成不了富翁；施与的，永远成不了要饭的。

不足感是导致不足的原因。

不足本来是让我们体验丰足的一个工具，因为丰足本身无法产生丰足的体验，我们必须由不足"荡向"丰足。但是我们常常忘记了"荡向"，而是滞留在不足中裹足不前，所以我们一生都泡在不足里。

怎样"荡向"丰足呢？正确的做法是，不论何时，当你在自己之外看见不足时，去填满你看见的不足。看见有人饥饿，去喂饱他们；看见有人冻馁，去温暖他们；看见有人无助，去庇护他们；看见有人受辱，去伸张他们。不论我们拥有的多么少，我们永远能够找到比我们还少的人。去找到那个人，并从我们的丰足中给予他们。

别寻求成为任何东西的收受者，要成为其源头。你希望拥有的东西，让别人拥有。你想去体验的东西，让别人去体验。所以，先追求源头，然后所有其他的自会变成你的。

很多人活在不足中，是因为他们不愿意把丰足施与他人；很多人活在困苦中，是因为他们不愿意把快乐施与他人；很多人活在压抑中，是因为他们不愿意把舒畅施与他人。很多人都想做被流经之地，不想做流经之地。源头少了，整个世界就会干涸。

不足和丰足都是生命的体验。不足的人是悲苦而渺小的，因为他们没有实现生命的本来意图，这种人生下来就停止了成长。丰足的人是有福的，因为他把生命的祝福变成了他自己，而他则成了对所有人的祝福。

生命的本质是源头，是让所有人都成为源头。

圣人只产生在悲苦的世界，因为只有圣人才是源头，其他人都是等着圣人接济的人。如果人人都是圣人，圣人自然就消失了。从这个意义上说，圣人固然是好，但是我们不免对芸芸众生有点悲从中来的感觉。

不要为世界叹息，现在就去行圣人之事；不要叹息不足，现在就像有钱人一样走出去；不要叹息人心不古，现在就像古贤一样混迹于人群中……世界将乐见你的横空出世。

兄弟，请活出你的高贵

兄弟，我们不是被贱卖贩运到这个星球的，我们都是一群高贵的灵魂。

不管你们是坐拥亿万，还是贩夫走卒，兄弟，你们都是一样的高贵；不管你们是满腹经纶，还是目不识丁，兄弟，你们都是一样的高贵；不管你们是举止优雅，还是粗鲁无理，兄弟，你们都是一样的高贵。

认不出一个"卑贱者"的高贵，我们就永远看不到自己的高贵，因为我们把自己"卑贱"的部分投射到了他的身上。认不出自己的高贵，我们就永远看不到所有人的高贵，因为我们把高贵的"盲区"覆盖到了所有人的身上。

宇宙从来不生产"卑贱"和"卑贱的人",是我们发明了它。因为这个发明,我们把自己打入"卑贱",再把"卑贱"沉入地狱。但它表现了我们的自信,表达了我们愿意离开"伊甸园"去冒险的决心,就像啃了那个苹果。

我们是宇宙的硬核玩家。

但是我们实在是太聪明了,有句俗语叫"聪明反被聪明误",我们当真玩起了"卑贱"的游戏,以至于我们忘记了自己的高贵。

我们确实是"忘本"了。

重要的是我们甚至更改了高贵的含义。我们不仅降低了高贵的维度,还把财富、教养和文化等物质体验填充到高贵的里面,殊不知这些东西是让我们从它们的反面认出高贵而设置的,当然,这就是冒险的意思。真的,冒险就是在"泥沼"里认出它成全我们勇敢而伟大的作用。

凌辱和蔑视是我们用来杀死自己的高贵和别人的高贵的利器,在混战中,没有一个灵魂不是伤痕累累。然而只要我们一旦忆起我们的高贵,所有的灵魂就会站立起来。

兄弟,我们不能忘记高贵,这是我们的结业证。当我们离开的时候,我们能带走的就只有自己的高贵。

贵在意图

意图是什么?意图不是借由我们的所作所为来获得某种自我存在状态,而是借由一个自发的"内存"表现出来的自我存在状态。

这就是"你是什么,你就表达什么"。人生并非只播放轻音乐，便可维持一生平静，也不只是祈祷经年，便可在之后的每一刻保持心境平和，更不是自认为是大善之人，就没有厄运登门。

意图是"自发"的流露，而非试图去达成一个决定。这使得一切都转变了，完全转变了我们经验的主轴。它将我们所欲所望的源头放入内心，而非在我们之外，让我们无论在何时何处，都可以够得着它。

我们所有的困惑和伤痛都是要"当"一个好人，而非"是"一个好人。当你"是"一个好人的时候，所有的困惑和伤痛都即刻成为你是好人的证据。当你"想当"一个好人的时候，所有的困惑和伤痛都是你"好人没好报"的证据。"当"好人是我们在外在获得一种"好人"的存在状态；"是"好人是我们内在状态的自然表达，所有的外在都是这种表达的证明。

改变意图吧。在这个世界上，你什么也"当"不成，那会很累，是的，很多人就是这么累死的。其实你本来就是那个永恒的慈悲，现在，仅仅是要拿开覆盖在它上面的"想当"。

当你想的时候，它就被遮蔽了。在"想当"上面按下移除键，不管你"想当"什么。

离 开

热烈的生活，不管是什么，爱情、美食、成功，都是为了让我们学会离开它们，而非眷恋它们。

如果我们不是明智地离开，命运就让我们痛苦地离开。看看，爱情往往会告一段落，美食常常让人长肉，而成功也会走向反面。

生命是一个自我实现的系统，爱情、美食和成功等，都只是某种辅助其自我实现的子系统，如果我们抓住这些子系统不放，认为它们就是生命的目的，一旦生命认定了我们的意图，它就会让这些子系统连同我们一起，朝着符合主系统目的的方向进行调整。

人世间的痛苦都是这个调整的一部分，不管是个体的抑或是群体的。

生命到底要干什么？

生命想让我们成为它，想让我们体验比我们爱自己还多出的那个感受。

耶稣和佛陀体验到了。他们原本可以陷在爱情、美食、成功和各种美好里，以他们超人的智慧，他们分明能够做到，但是他们选择了离开，并借由离开到达了彼岸。他们的离开真的不是为了自己的解脱，而是为整个人类选择了经历离开之痛。没有这样的选择，伟大的真理将无法产生，所有的教诲都将是纸上谈兵，人类只会更加迷乱。

不是说热烈的生活不好，不是说热烈的生活不该属于我们，而是说要知道生活的目的不仅仅是这些。事实上没有一种生活能够长久地陷在热烈之中，热烈终究会自动地将生活调整到对它的思考上面，令我们去寻找更大的生命意象。

叔本华曾说过，没有相当程度的孤独，是不可能有内心的平和。

所有的热烈都会自动地升起某种孤寂，因为只有孤寂才能通向广袤的平和。

孤寂是恐惧的温柔表达。恐惧是对我们沦陷在热烈生活里的一个提醒，我们只能借由孤寂走进内心的恐惧，看看它会告诉我们什么。恐惧不是目的，孤寂不是目的，痛苦也不是目的，它们都只是一个路标。

我们必须相信生命绝对不是一个拙劣的设计，我们必须拥抱所有到来的痛苦和离开，我们必须看到我们最不爱看到的事物背后强大的生命意图，我们必须在事先就感恩所有的发生和际遇。这是直接与生命目的链接的方式，千万不要让我们的小聪明、小心眼、小诡计耽误了大事，生命永远不跟你玩儿这一套，它只认识那个真正的你。

那个真正的你，永远都在那个热烈生活的背后。

🔊 疫情下的天空

疫情之下，人们向往洁净的天空，远离飞沫的捕捉；疫情之下，人们渴望置身于天空之上，躲避同类的呼吸；疫情之下，人们仿佛重新认识了彼此：我们向往的竟是同一个天空……

如果，我们长时间忘却了我们是在同一个天空之下，那么，天空就以任何形式告诉我们这一点。人们经常想把洁净的天空留给自己，把污染的天空推给别人，最终发现，天空是不能分割的；人们经常想把利益留给自己，把受损推给别人，最终发现，利益是公平的；人们经常想把生命留给自己，把死亡推给别人，最终发现，生命是一个整体。

还想知道什么？天空统统都可以告诉我们，或许通过疫情的方式。

是的，上天只给了我们一个天空，写在这个天空之中的一句话就是：我们都是一体的。它悬照在我们头上百万年了，可是，我们有时候就是抬不起头来。我们真的是只看眼前，眼前的天空、眼前的利益、眼前的得失、眼前的那个人，我们把整体分割了，把宇宙中最不应该分割的东西分割了，我们给这个行为取了个名字：逆天。

真的不需要一定有人离开才能让我们警醒，真的不需要有人痛苦万分才能让我们警醒，真的不需要有人忍痛割爱才能让我们警醒。这不是生命的初始配置，而只是一个备胎，但是我们的好奇心让我们动用了这个备胎。

好吧，既然动用了，就得玩转它：离开，是为了让我们成为一体；痛苦，是为了让我们离苦得乐；割爱，是为了让我们拾起早就丢掉的爱。我们正经历着自己亲手打造的断舍离，这桌饭，不吃也得吃，这壶酒，多苦也得喝，这蹚浑水，再浑也得蹚……

在实相里，天空永远是一体的，生命永远是一体的，我们永远也是一体的。好吧，既然动用了备胎，那就直接承认了吧，让我们用肉体的分离来体验生命的一体，让我们用巨大的痛苦来品尝无限的喜悦，又或者让我们用死亡来证明永恒。

哦，在疫情的天空下。

🌀 免 疫

如果从一个遥远的星系观察地球，就会发现这个星球出现了一些状况：他们正在经历他们的免疫。

人类本来是天生免疫的，只不过随着人们活得越来越不天生，免疫也因此逐步衰减。事实上，疫情正使我们重新拾回自己的免疫。

病毒这个词原本不在地球的字典里。

人类不同种族的古老传说都证明那个时候的人类是极长寿

的，他们不知何为疾病，他们天年而终都是自愿放下这副躯体，因为他们完成了体验的历程，该回去了。离世，是一件最值得庆祝的事情，当真有人载歌载舞地欢送呢。

直到他们完全忘记了自己的所来，忘记了生命体验的真实意图，想尽一切办法在一生当中获得最大限度的丰饶，并在这个实现丰饶的过程中逐渐地把自己从生物群体中剥离出来并对立起来，于是疫情成为常态，免疫成为需要。人类从此走上了一条探索免疫的道路，也称科学的道路。

这个过程告诉我们，人类心理的疫情总是先于物理的疫情出现。不断求取丰饶，就是人类发生第一个疫情的心理因素。其后，物理的疫情便以抑制和剥夺这种丰饶的面目出现，人类想要多丰饶，面临的疫情就有多严峻。难道没有发现？每一次免疫的心理结果都指向了人类的丰饶意识，都不同程度地压低了人类的丰饶欲望和改变了人类获取丰饶的方式。

疫情让征服者的铁骑戛然而止，让无尽的暴敛颗粒无收，让花样翻新的享乐就地打住……我们非常不情愿地说，疫情是人类走向文明的一条代价昂贵的道路，免疫是人类走向忆起自我的一条用生命铺就的道路。

不知道人类什么时候才能获得终生免疫，更不知道下次疫情在什么地方等着我们，但是我们总应该知道：获得，就应该是所有人的获得；丰饶，就应该是全体生物的丰饶；生存，就应该是一切生命的生存。

一个万物和谐的星球要免疫何用？谁来攻击你呢？它们相互赠予，这是生命的程序；它们互相满足，这是生命的喜悦；它们共同进化，这是生命的本质。而我们现在，几乎把这些所有的相互，都变成了独享，以至于生命不得不用疫情的方式实现自己。

唯恐不足，是所有疫情孕育的温床，是那个导致心理疫情和物理疫情的发起思维。我们的一个最大毛病是疫情过后就全力以赴地赶赴下一个疫情，因为丰饶毕竟太诱人了。

某个遥远星系上的生物可能会说：他们已经把自己变成了地球的病毒，地球的免疫系统正在阻击他们的攻击，他们竟然声称自己没有免疫。

🛜 都有关系

没有和我们没有关系的事情。

"和我没关系"造成了我们共同的困境。环境破坏"和我没关系"；没有温饱"和我没关系"；诈骗横行"和我没关系"；疫情蔓延"和我没关系"……

到最后，我们无处躲藏，我们都成为"和我没关系"的殉葬品。

分离是个幻象，只要我们仍然活在幻象中，"和我没关系"就是对这种幻象的承认。

分离会变成无数的分身让我们安居其内。分离是分离最好的宜居之地，只要有一点点的分离感，所有的证据都会支持你。

此番疫情，我们唯有隔离，的确，我们被空前地隔离了。

我们终于走到了人类的拐弯处，我们之中，又不知道有多少人随这个拐弯而去。

是的，我们将再一次对未来充满希望；是的，我们将再一次迎来鸟语花香。同时，是的，眼下有谁去成为这个"再一次"的代价呢？

我们说"和我没关系"说了几百年，不，是几千年。这不，关系来了，关系找上门来了。

我们是我们自己的敲门人。

伏尔泰告诉我们："雪崩时，没有一片雪花是无辜的。"我们终于等到了做那一片雪花的时候。

没想到吧，他居然还说过："幻觉是所有乐趣之首。"

我们在分离中发展、我们在分离中进步、我们在分离中创造、我们在分离中连成一体……如果继续乐在其中，一切都将在分离中归零。

直到眼下，我们仍然沉浸在分离的乐趣中，仍然没有把那个敲门看成是敲自己的门。

寻找病毒之源是对的，但是最根本的寻找，是寻找我们的分离之源。

成为一体，是真正的21世纪之光。

我们正矗立于光之前夜。

📶 担心什么

2020年全世界都在担心，因为一个我们称之为"病毒"的幽灵潜入了世界。

每个人都在担心，担心什么呢？担心自己的健康，担心自己的生命。

担心是恐惧的衍生物，恐惧是我们确实做了些让自己恐惧的事情。恐惧来源于我们只和自己的命在一起，而没有和生命在一起，本能上感到一种孤独无助。因此人类往往只在所有的命受到威胁的时候，才想起生命，才想起自己与那个整体的连接，才由自身之命连接到生命的整体，甚至它更深层的含义。

其实生命有没有人类的顾及都一样的存在，生命是一个自我实现的系统，谁都无法终结它。

回顾人类的历史，我们应该感到惭愧，因为我们向来只顾及自身之命，而忽视了整体的生命。我们也讲生命，但是我们的生命观往往是把所有人类包括进去，忽视了那个更大的生命之圈。

我们眼看着生命在自我实现，而我们好像就要被"实现"掉。

生命什么都不需要，它本自具足，它只是一个进程接着一个进程地自我实现。在这个过程中，生命确实要"实现"掉那些因"需要"才能生存的事物，这就是"替天行道"。而人类对生命的最大忤逆就是"拥有"的观念，我们什么都需要，什么都要拥有，而且欲壑难填。这种想法对我们的心灵造成难以想象的伤害，对人类带来难以估量的损失，对生命造成直接的阻碍。

看到生命自我实现的巨大力量了吗？在这种力量面前，担心也只是担心而已，就像蝼蚁担心下雨。

人类本不该活得如此渺小。如果我们尚得生存，就把担心变成关心吧。

摆脱了担心的命才是生命，表达了关心的命才是生命。

柴米油盐，"神"莫大焉

我们的身体是"神"的画笔，柴米油盐就是画笔的原料。

宅家避疫数月，天天柴米油盐，居然学会了蒸馍。忽然有一天我对着一个馍，心头莫名地涌上万分感动，心想：没有这个馍，我一定先于病毒到来之前离去。

没有馍，别说是崇高的觉醒，恐怕觉醒的起步都要前移，会前移到托钵乞食呢!

说什么"神"在天堂，那是饱后遐想，"神"就在馍里，就在柴米油盐里。

不是我高看了自己，这回我不可避免地要高看自己：在馍里看见"神"，分明就是"神启"。是的，是"神"通过馍在跟我对话，让我怎能不向高处看呢?

"神"的"雇员"就是五千年来那些做馍的人。中国的伟大文明全仗伟大的中国母亲，三从四德把她们锁在家庭里，围着灶台转，但是她们在灶台上支撑起了所有的英雄伟业。没有中国母亲就没有中华文明，没有馍就没有我们这个种族的传承。

在所有的记忆中，母亲的饭食是第一个记忆，当我们成事以后，可能看不上那个见少识浅的老妪，但是老妪却为你的看不起而自豪：吾儿长大了。

疫情之下，人们最先想到的就是买点馍放家里，踏实。

馍是什么? 馍就是妈; 馍是什么? 馍就是我们的命; 馍是什么? 馍就是"神"。

柴米油盐之中，"神"莫大焉。

没有食粮，"神"的所有计划都会落空; 没有馍，我们所有的理想都无法实现。事实上，在一个极致的环境下，一个馍就是我们的全部。

我忽然明白了，托钵乞食就是对生命的最大尊重，并由此，生命也赋予托钵者最大的自由。

一个人怎么吃就怎么活，对吃的心念就是对生命的心念。

生命没有那么玄之又玄，吃馍的时候，想到妈，想到"神"，想到身体的心满意足，如果有可能就再多想一点馍背后的人类故事，是的，"神"的故事，那么，你就已然直达"天庭"。

情感札记

感情这玩意儿

感情这玩意儿是上帝的油炸麻花，是爱和恐惧拧在一起的大麻花，上帝把它放油锅里小火翻炸，直到外焦里嫩，给每个下凡的灵魂当干粮。

每个人心底都有一个这样的麻花。

我来解释一下。

感情这玩意儿一旦发生，麻花就来了。爱吧，又恐怕有什么东西干扰了爱，不爱吧，爱已经发生了。爱不是普通的感情，如果没有足以替代它的东西，爱就会永远在那里。爱一旦发生就永远存在，不管天翻地覆，你仍然感到它的存在。

感情这玩意儿一旦发生，麻花就来了。爱和恐惧搅在一起变成了矛盾。感情就是矛盾，矛盾什么呢？矛盾是施与受的不平衡。"我爱你"永远在等"我也爱你"的回应。殊不知不平衡是绝对的，于是矛盾继续存在。矛盾就是上帝炸锅里的油，没有矛盾，生活会平淡得连上帝都看不下去。

感情这玩意儿一旦发生，麻花就来了。人们确实能体会到在油锅里的滋味，因为所有的与感情有关的东西都会具备上述所言的各个因素。事实上世间几乎没有不和感情发生瓜葛的事情，小到钟情一种小吃，大到生离死别。我们除了爱就是恐惧，再不就是在它们中间矛盾着。最大的问题是它们之间有一个发生，另一个就必然跟上。

不光是感情，天下的事情都是如此。

从一开始，人们就在寻求破解之道。有人好像成了，似乎什么事情都能看得开，但你当街给了他一棒子，他仍然会发火；有人好像成了，似乎什么事情都不在乎，但你放火烧了他的房子，他仍然会发火。

于是有人进山修炼，不食人间烟火去了。

其实干粮就是干粮，它是给我们吃的。

如果我们放掉恐惧地去爱，这个爱就一定是你的，可我们在等待爱的回馈，等待就是恐惧的出场。

爱，无关乎厮守，那是人类给爱修建的一个两居室；爱也无关乎恐惧，怀有恐惧的爱已经不是爱了，那是恐惧披着爱的斗篷；爱就是与恐惧毫无瓜葛地站在那里，爱一旦知道了别的，就不是它自己了；爱虽然和恐惧扭在一起，但它就是要告诉你，扭在一起是为了经由恐惧照见自己。

当我们恐惧了，是这"干粮"在告诉你，回到爱，回到不需要任何回馈的爱。

感情这玩意儿又跟商品交换差不多。历史上再感人的故事无非是我爱了你不爱了，我爱了你不在了等。

感情这玩意儿是个千年麻花，能吃，但也应换个吃法，如果一千年以后还出现《红楼梦》，那说明我们没有进步。

感情这玩意儿其实是变戏法，恐惧的本质仍然是爱，恐惧让我们善待爱、回到爱、释放爱，同时又是紧缩的爱、孤独的爱、要死的爱。

🌀 莲

莲，一切都发生在下边，那个晦暗、泥泞、污浊的地方；

莲，一切都发生在下边，那个窒息、恐怖、无望的地方；

莲，一切都发生在下边，那个丑陋、肮脏、污秽的地方；

莲，一切都发生在下边，那个嫉妒、毁谤、伤害的地方；

……

莲，经历了我们能够形容出来的所有"不幸"，不然，哪里有超尘拔俗的卓越气质；

莲，容纳了世上所有最不像它的东西，不然，哪有雍容华贵的优雅风度；

莲，沐浴了凡人无法想象的污泥浊水，不然，哪来出水芙蓉的清莲之美；

莲，吸纳了亘古以来的日月精华和人文情怀，不然，何以让人们如缕不绝如痴如醉地吟诵。

从古至今，不管是文人骚客抑或贩夫走卒，不管是达官贵人抑或平头百姓，莲，都是他们入文、入诗、入画、入景、入心、入情的首选，甚至残荷亦能勾起他们悲天悯人的慈心悲肠，奈何一个"莲"字，道尽了中华民族悠长的历史情怀。

长期以来，我们曾经深陷苦难，而只有一个长期深陷苦难的民族，才能如此动人魂魄地讴歌那"莲"；也只有长期深陷苦难的民族，才能在他们的心里找到那"莲"；也只有长期深陷苦难的民族，才能浴火涅槃地成为那"莲"。

"出淤泥而不染，濯清涟而不妖，中通外直，不蔓不枝，香远益清，亭亭净植，可远观而不可亵玩焉"，这是著名的《爱莲说》，道尽莲的风姿。

如果你身陷艰难之世事，如果你面对大千世界不知所措，看看那枝亭亭净植的莲，它扎根于何处。

爱 情

爱情是婴儿降世的第一个梦，爱情是孩提断奶后的第一口粮，爱情是人生第一堂课，爱情是撒手人寰的最后一瞥。

爱情是心灵的永恒主题，灵魂流转，生生世世，它唯一不可避免的就是每每跌入爱河。

爱情是舌尖上的人生，美食百变，口味百般；爱情是强健的肌体遇上澎湃的热血，塑形出美轮美奂的精神健美；爱情是飞流直下三千尺的瀑布，遇上柔美的蓝天白云，构成世间最美的景致；爱情是心绪奔涌的诗人，遇上了它的梦中情人，流淌出笔下最美的文字；爱情是这个美丽的星球，向宇宙的未知生命传达的唯一能让他们读懂的语言。

爱情还可以是什么？爱情还可以是刚吃了一口辣椒，紧接着又喝了一口热水；爱情还可以是在伤口之上又撒了一把盐；爱情还可以是在惆怅的深处又生出更深的惆怅。

如果说人类真的有良师益友，真的有良辰美景，真的有风云变幻，真的有深仇大恨，那不是别的，那就是爱情。那唯一能够在我们的生活中破门而入，攻城略地，把所有模式打乱并重新安置的，还能是什么呢？

有时候，我们想要向爱情揖别，说："爱情啊，我不需要你，请你离开吧。"然而，瞬间你就发现，那是一个爱情在向另一个爱情揖别。

有时候，我们回顾毕生的经历，发现我们所有的寻找永远离不开的，就是那个东西。入世，无非爱情；出世，无非爱情；幸福无非爱情，不幸，亦无非爱情。即便到了天狼星上，你最想发现的，仍然是那个东西。

不要陷入，也不要回避爱情，要静静地欣赏爱情。我们可以爱这个，可以爱那个，但是你爱过爱吗？试试吧，那可能是唯一能够凌越于爱情之上的东西。

爱的"离家"

这个世界没有所谓的别人，任何人都不过是我们自己的镜像。

当我们对别人没有评判、没有抗拒、没有恐惧的时候，我们才会真正接纳自己。我们在别人身上看到的全是自己的影子，我们评判别人，又何尝不是评判自己？我们把自身投射到一切事物上面，这些形象就是我们的自画像，喜欢也罢，厌恶也罢，我们一直在评判自己。事实上评判已经固化成我们共同的"业力"，"业力"就是我们未经转化的评判。

例如"流氓"，这是我们对某一类人的定义，也是对我们自身之中某一部分的定义。当我们拿掉"流氓"这个评判后，我们会发现，他做的正是我们都有可能去做的事情。评判的实质就是让自己看到自己的某一部分。

只有爱能够完成对评判的转化。

所谓爱，不是一个在这边而不在那边的事情，爱是容纳所有事物的一个存在。它静静地任由事物流经而没有评判，它没有刻意压制恨，事实上，它不知道何为恨。这样的爱是没有任何条件的。爱既不能被量化，也不能被对象化，爱只是全然的关注，全然的允许，全然的流动，全然的存在。

我们常挂在嘴上的爱，有时候其实只是一种情绪，一种满足了自己意愿的情绪，这种爱随时会走。我们对自己也采用这种情绪，内疚、悔恨和评判随时能够夺走我们对自己的"爱"。

我们都在回家的路上，自我们"离家"开始，就抱怨自己找不到回家的路，我们的哭泣，就是对自己"迷路"的评判，我们没有几个人真正爱过自己。

很多文学作品都在讴歌爱情，那是一个把爱交托到一个男人或者一个女人身上的故事，没有另一方，这种爱就不存在了，我们将其称为爱情，不错，爱的情绪。

我们"离家"时，生命给我们的上路干粮只有爱，这个爱连着我们和生命，因为它太珍贵了，我们把它藏在心里，以至于忘了它，于是我们往外寻找，并自责丢了什么。

爱自己本来不是问题，却成了天大的问题，然而这正是一个伟大的设计，它让我们知道，我们从未离开过爱，可感觉上永远都没有爱；它让我们知道，不管发明了多少替代品，也抵不上那个真爱。杜甫说得对：家书抵万金。

不过，问题终于被提上日程了，我们终于发问：如何爱上自己。这是生命等了上万年的问题。我们爱了所有，就顺便爱了自己；我们爱了林中的小鸟，就爱了自己；我们爱了路边的小草，就爱了自己。我们不用死去活来地表达爱情，其实那只是我们想要获得同样被爱的把戏。

爱，不是个死去活来的事情，爱，只是允许、静观和发自内心的一体感。由此转弯，当我们不再追问如何爱自己的时候，我们就真正回家了。家是一个充满爱而不用到处寻找爱的地方，家里没有爱，因为她自身就是爱，家是没有任何一个对立物让她宣称自己是爱的地方。

🌀 自 爱

如果有人向你发起攻击，那是由于他在你身上发现了他自己的怨尤，你不过是一个借用物。

事实上，你越是美丽得令人心动，就越会招来他人在你身上照见自己的丑陋，于是唾沫星子欲将你淹死。外貌的美丽招来嫉妒，心灵的美丽招来诋毁。

真正的美丽，对嫉妒和诋毁必定无所知晓，除非他也曾嫉妒和诋毁过他人，因为人们不可能感知他们自身没有携带的东西，即便是心的"沉渣"，也能被准确地搅动。试想，小孩儿能感知嫉妒和诋毁吗？

因此，自爱的第一步就是借由外在的嫉妒和诋毁清理自身的嫉妒和诋毁。第二步就是清理嫉妒和诋毁相关的联盟，如恐惧、猜忌和索取等。第二步是自动完成的，只要我们认出藏于自己心底的嫉妒和诋毁，我们的心灵就会自动打扫其居所的各个角落，像吸尘器一样，吸走所有的"尘土"。

由此可见，第一步是多么重要，有人一辈子也没有迈出这一步。说到底，被雨水淋湿是因为自己底子潮。如果自己是一颗赤子之心，大雨滂沱又当如何？

自爱，就是回归赤子之心。这个道路也有其他说法，比如"空""在""善""光"等。

自爱有一个明显的特质：宽恕。确实，它曾经嫉妒，也曾运用纯熟。事实上，自爱是由情不自禁的嫉妒到情不自禁的宽恕的过程。也就是说，自爱不仅无惧大雨滂沱，它还喜欢在大雨滂沱里嬉戏。这是因为它深知，让嫉妒和诋毁失效是救人于水火的捷径，宽恕是生命挽救生命的桥梁。

让我们从一个旧有的情不自禁移步到这个新的情不自禁去吧。一则，这是我们早晚迈出的一步，晚迈不如早迈；二则，这是喜悦的一步，宽恕能够带给我们的是解脱；三则，宽恕是一件体面的事情，而被宽恕是一件不那么体面的事情。勇敢地推门出去，怀揣着真诚的宽恕之心，你必能纤尘不染地回家，回到生命的家。

🔊 爱是什么

爱，从不设限，从一块顽石到一个美女。

爱，从不世故，即便是每天看到同一只青蛙，它也能发现新的惊奇。

爱，不善言辞，只善行动，因为有时候人的言辞只是为了遮掩恐惧，就像"我爱你"背后的心思是怕失去你，或者干脆是出于礼貌。真正的爱只用行动表达自己，语言既多余又不准确。

爱，不紧抓任何东西，反而，它放飞任何东西，包括世人深以为然的金钱、权力等。因为它知道，给任何东西以自由，就是最深的爱，也是获得这些东西的途径。事实上，人类的很多文学作品都在描述同一个故事：人们如何因紧抓而失去。

爱，从不强人所难，包括试图扭转那些非爱的行为，因为它知道，一切都在爱的路上。

爱，是耐心的另一种表达，它等了上万年，人类才发明了"爱"这个观念，它可以再等上万年，让人类真正成为爱。

爱，喜欢藏在那些难以发现爱的地方让人们发现它。你照顾老人、孩子、家人，累得要死，你根本没有时间也没兴趣从中发现爱，你只想好好睡一觉。然而，你知道，老人、孩子、家人在你身上感受到了什么？他们感受到了爱，他们在你的爱中延续爱。

爱，就是爱自己的肉体，但它随时准备放下，因为它知道，肉体只是个幻象，爱才是唯一的实相。在肉体中，它的力量令人惊叹，离开肉体，它的决绝让人震撼。

爱，不知道哪个地方是藩篱，哪个地方是禁区，爱也从不小心翼翼地表达自己，它像烛光似的燃烧自己，细致地照亮每一处阴影，让一切在爱中原形毕露，以便让人们认出并移除那些阴影。

以"爱"之名

如果世间没有爱，就会天下大乱，但是有了爱，天下就太平了吗？

在我们这个时空维度里，什么事情都是一个历史范畴，也就是说过程性是任何事物和观念的基本属性，当然也包括爱。

在人类的进化过程中，我们目前的心智水平处于一个什么位置呢？应该大致处于幼儿时期。这不是我在胡编乱造，看看我们身边每天发生了多少不可理喻的事情，就知道我们现在的心智位置了，其中尤其是对爱的混乱。在爱的观念上越混乱，说明我们越幼稚。

那么，在这一时期，怎样让我们走在一条正确的爱途上呢？抚养过孩子的都知道，对一个幼儿来说，什么样的爱对他最重要，或者说用什么样的方式让他懂得爱，那就是让他感受到爱。如果孩子感受不到爱，他就不知道如何去爱别人，当然也不会爱自己，他一生都会用索取作为爱的替代品，因为他从不知爱为何物，那将是多么不幸的一生。

我们现在真正需要的是被爱感，被生命所爱。

这个爱是实实在在存在着的，我们感受它，它就在。当我们收到这份被爱感的时候，我们就会把这份爱转译成我们的行为；当我们收到这份被爱感的时候，我们就会启动别人的被爱感；当我们收到这份被爱感的时候，我们就成为爱。

那个时候，我们的言行就是爱的表达，我们的存在就是爱的存在，甚至当我们不存在了，我们的爱仍然存在，那么，我们就走出了幼儿期。

现在，很多的爱，不是真正意义上的爱，恰恰相反，是没有感受到被爱的那副样子。"我辛辛苦苦挣钱，供你接受教育，你为什么不听话，我多么爱你，关心你，我几乎放弃了我自己，你知道吗"，这是爱吗？这分明就是索爱。

很多人都会犯这样的错误，就是把爱当道理讲，但讲的又不全都是爱。

"我爱你，我爱你胜过爱自己一万倍"，有谁会相信这种经过乘法的爱呢？经过换算的爱，无论如何都已经不再是爱了，爱是无法被量化的，量化是人类计较之心在爱上的反映，事实上，是一种危险的"爱"，是一种强大的索爱。

爱是无言的，爱也不会被任何道理说清楚。

这个世界，以各种花样索取爱的比真正表达爱的多得多。

有人说，爱就是付出，错。在爱的字典里，根本就没有"付出"二字。付出是什么？付出是拿出自己的东西给别人。当爱在觉得自己是在付出的时候，它就已经不是爱了，不管成为付出的那个东西是辛苦、任劳任怨、情感抑或金钱等。爱，从不知何为付出。爱，就是一个自然的流动，一个没有流动对象的流动，它没有为什么而去爱的考量。爱超越了付出。

所有能被理性分析的，都是头脑的产物，不是心灵的产物，心灵是无以言说的。我们现在之所以对爱有那么多解释，基本上都是头脑在运作。

也许，当人们不再讨论什么是爱的时候，爱才充盈了这个世界；也许，当人们不再使用"爱"这个词汇的时候，爱才成为每一个人。

我们永远无法给予他人我们自己没有的东西，如果你很轻易地说出了"爱"，你最好先问问自己，你有吗？是的，你如果没有被爱感，你就没有那个爱，也不可能去真正爱任何一个人。

与爱最为吻合的一个观念就是"允许"，这个宇宙是爱与允许的舞蹈，允许是发动机，爱是燃料，于是，随着一声巨大的轰鸣，宇宙出现了。如果我们一直找不到爱，先找到允许试试吧。

🌀 两种爱

爱需要一谈再谈。

为什么？因为在很多场合下，爱已经沦为评判的工具：这不是爱、那不是爱；这才是爱、那才是爱；这里边没有爱、那里边没有爱；你要这么爱、你要那么爱。

本来我尚能平静度日，但评判的爱让我成为生活的累人。

爱沦为评判的工具，是因为人们把无数的条件加给了爱，而人们可怜的生活经验又致使这些条件是如此的粗糙和偏颇。

爱一旦有了条件，就不再是爱了。

爱有两个范畴。一是语意范畴。比如，我爱学习、我爱劳动、我爱你。

另一个范畴是心灵意义上的感受。

感受是我们最真实的心灵活动，即便自己也无法欺骗自己的感受。感受是心灵的语言。

每个人的本质都是爱。

当爱被投放到我们生活当中去的时候，它确实身处险境，因为它立马面临很多不是爱的东西，如果此时爱发生了评判，那么爱就被思想分解或者说是异化了，也就是说它已经不是心灵意义上的爱了，它被语义意义上的爱替换掉了。语义上的爱皆有不爱为其存在的依据，而心灵意义上的爱没有对立物。

我们的感受是一个全域系统，没有一种情况或情绪不在感受之中。我们的感受里不仅包括了一切舒心的东西，也包括了所有不舒心的东西；不仅包括了一切对的东西，也包括了所有不对的东西；不仅包括了一切美丽的东西，也包括了所有丑陋的东西。事实上，在感受的初始配置上根本没有舒心与不舒心、对与错、美丽与丑陋的区别，它随时以一方感受另一方。整个宇宙从里到外，就是一个不知道这个就无法知道那个，不知道那个就无法知道这个的复杂而简单的系统。

当心灵感受到了所谓愤怒时就确认了平和的在，当心灵感受到了所谓嫉妒时就确认了包容的在，当心灵感受到了所谓狭隘时就确认了宽阔的在，反之，亦然。感受是让我们用于选择而不是用于评判的，选择让我们走向更好的自己。

选择的灵性意义远远大于评判。爱，最大的实用价值就是通过感受选择站在爱一边。因此，爱从不耻笑、疏离、抨击、杀死非爱，而是以爱的身份祝福它。

爱的身份

生活中爱是被人们说"烂"了的一个词。

在通常的叙事语境里，爱的用意是最广泛的，一般人也不会深究其确切含义，事实上越是表达泛泛之义的地方，爱字出现得也就越多。比如，"亲爱的，你爱我吗""当然，我爱你""说说看，你怎么样爱我呢""我怎么样都爱你"……

在这里，爱是一个西装革履的绅士，它不会人见人爱，但也不会人见人厌，它在任何场合下都是得体且合理的。这就是目前爱字出现最多的地方，它谈不上敷衍，但绝不动人。这可以叫作爱的叙事身份或者心智身份。

爱的另一个身份是心灵身份。那是一种心灵的感受、体会或者知晓。在这个心灵环境里，爱其实是一种对这个爱的感恩、接受和臣服、爱与被爱的一体感。所有的觉醒，都必然经历此境。

爱，最为重要的是体验身份。不管我们在心智世界和心灵世界里感受到多少爱，行为的体验才是爱的终极表达。

爱是用来体验的，这就是为什么爱字一旦被说出口，人们本能的反应就是必须做出点什么，以实践这个爱的原因。比如，"我爱灾区人民"，我们的下一个行为就是想捐钱捐物，让自己去实践这个爱、体验这个爱、完成这个爱。如果我们说了，可没有行为表达，那肯定是爱的心智身份出场了。当然，不是所有的行为都是即时的，但凡是属于体验身份的爱，早晚都会有行为的出场。

世界就是一个爱的试验场。

其实体验身份的爱一般是不会说"爱"的，因为它自身就是爱，它所做的一切都是爱的表达，此时，语言就显得有点苍白。比如母亲默默地为即将远行的孩子整理行装，此时需要说爱吗？有时候，人们在实践爱、成为爱的时候，往往无须说爱。

说到底，人的一生，或许不为别的，只为体验爱并成为爱。

爱和时间

爱是时间里最站得住脚的东西。

因为爱是超越时间的。

所有可量化的东西都跟时间有关。比如文化、思想、观念、习俗、地域、事件等，这些东西无非表达了某种时间刻度。是的，时间是心智的法门，它是心智用来记住一个什么东西在什么地方和时间以什么状态存在着的标识。当然，我们也都可以找到它们的源头，或者给它们画上句号。

而我们知道爱是在什么时候发生的吗？它在什么时间或什么地方有什么不同吗？它有什么类型吗？它有轻重缓急吗？

这统统没有。

单凭它不被时间度量的特质，我就对爱佩服得五体投地。

什么东西都经不起时间的消磨，唯爱永存。

如果爱不受时间的统制，就说明它压根就不是时间的产物。我们能不能认为早在时间产生之前，爱就已经存在了，说彻底一点，爱就是无始以来唯一的东西呢？

当然，我们也可以说它不是爱，而是一个"在"。可我们怎么又偏偏给它起个名字叫爱呢？难道我们在本质上也是一个超越时间的东西吗？不然我们何以对它有特殊的感受？一拍即合一定是发生在两个完全一样的东西身上。

人是感受爱的生物。人以受限之身体验无限之爱。

概括起来，人类行为的目的都是为了得到爱、给出爱和创造爱。

我们是通过时间跟自己打交道，因为只有通过时间才能把爱凸现出来。

爱是我们在这个时空维度里最靠得住的抓手。

还有一个更疯狂的想法：如果我们跟爱是一回事，那么能不能说我们无处不在，而且从来都是如此呢？

跳出时间的藩篱，我们只能是。

🔊 爱的灵气

凡是被我们的心智表达出来的爱都不是真正意义上的爱，因为爱不属于心智活动。

我们可能会思念一个人、挂念一个人，这种牵挂感是心灵的语言，是心灵表达爱的方式。而当这个人在我们身边的时候，就没有那种牵挂感，因为心智之爱非常清楚，"在"就是条件。

心智之爱不是不好，而是它多多少少都是有条件的。比如我们爱一个人，心智的预设条件是希望我们所爱之人也爱我们，其中隐含着恐惧、焦虑甚至占有。比如我们爱我们的导师，心智的预设条件是导师的通透与澄明，其中隐含着值得爱的条件。比如我们爱天下人，心智的预设前提是众生平等。

心智之爱是人类伟大的情怀，是我们赖以照管日常生活的优质精神资源，是社会进步和文明发展的基础。

尽管心智之爱如此重要，应该说在它之上建构了我们所有的美丽，但是我仍然鼓足勇气地说，那不是真正意义上的爱。

因为，恐惧仍然笼罩着，心智之爱就是对恐惧的恐惧。

真正的爱是一种存在，是心智无法描述的一种心灵状态。如果有谁说能用文字表达这种心灵状态，那就已经是心智现象了。

正是在这个意义上，心智之爱是通向心灵之爱的阶梯，它让我们接受爱的教育、培养爱的情操、学会爱的表达。

全部的问题在于，不要把心智之爱当作终点站，不要止步于心智之爱，也正因如此，我才宁可说真正的爱不是心智活动。

婚姻是爱的浓缩。且看看我们的婚姻，婚前协议已经成为普遍，那么这个协议究竟是确保我们的爱呢，还是基于我们所恐惧的东西呢？我不反对婚前协议，因为人们通过这种方式维护生活秩序，如果秩序乱了，那将是更为难堪的后果。但事实上，在协议面前，爱显得如此靠不住，但它保证了一个"交易"的成功。交易是有规则的，爱则委身其中。

如果仔细思量我们就会发现，是心灵之爱托起人类的历史。如果真的没有心灵之爱，我们的心智之爱就会散落一地，任何协议和信仰都无法确保心智之爱的运作。

因为，我们是以心灵之爱的材料做成的，我们必须承认这一点。

我们不能做只活在爱的表层的生物，我们绝不是这样被创造的。

什么时候都别忘了心智之爱，它彬彬有礼、靓丽动人，我们要做的，只是用心灵之爱给它注入灵气。

📶 天 堂

我不敢肯定有地狱，但我能肯定有天堂，因为不然，善良的心将何以安放；

我不敢肯定有地狱，但我能肯定有天堂，因为不然，世间便无讲理的地方；

我不敢肯定有地狱，但我能肯定有天堂，因为不然，人类就真的陷入抓狂；

我不敢肯定有地狱，但我能肯定有天堂，因为不然，宇宙就存在设计硬伤。

为什么没有见过天堂的人会从心里相信，因为那是心唯一的追随；

为什么没有见过天堂的人会从心里相信，因为不相信心还能相信谁；

为什么没有见过天堂的人会从心里相信，因为心心相印已经让人们领略天堂的温存；

为什么没有见过天堂的人会从心里相信，因为生命在每个人心里安排了一场天堂的盛装舞会。

天堂不那么遥远，它在我们的一念之间；
天堂不那么遥远，它在我们的举动之间；
天堂不那么遥远，它在我们的谈吐之间；

天堂不那么遥远，它在我们的真伪之间。

人类走向天堂，是因为天堂即是原初的家；
人类走向天堂，是因为暗夜渴望朝霞；
人类走向天堂，是因为天堂允许外出；
人类走向天堂，是因为天使吹响了集结的喇叭。

没有理由让我们能够彻底遗忘天堂；
没有理由让生命忽略角落里的哀伤；
没有理由让人与人真正地彼此相忘；
没有理由让天堂竟然会失落于天堂。

让我们在人间营造天堂，因为那是生命的理想；
让我们在人间营造天堂，因为那是我们的愿望；
让我们在人间营造天堂，因为那是"众神"的诵唱；
让我们在人间营造天堂，因为那是星系的登场。

悲 痛

悲痛是爱的另一种表达，是一种至爱的痛，是把真切的爱覆盖到悲痛的对象身上。

悲痛是一种高贵的情感，它纯粹得只剩下爱，它用悲表达了与爱同等的深度和纯度。在某种特定环境下，纯粹的爱，也只能剩下悲。弘一大师绝笔"悲欣交集"之"悲"，即为悲悯众生，表现了大师的至悲与至爱。

悲痛和爱一样，是心灵的语言，它们沉淀在最深处，以回应能够达到同样深度的情感体验。

人们本能地不用悲痛来形容自己，而是用痛苦，是的，通常情况下，痛苦就足够用了。日常生活中，痛苦又大致被分成痛苦、很痛苦和巨大痛苦等量级，以表达痛苦的不同程度。而悲痛和爱一样，是不能被量化的，你不能说爱他一点点，或者这件事我有一点点悲痛。

但是，痛苦绝非与悲痛绝缘，而是同一门子亲戚，它们的不同是，痛苦反映个人事务，而悲痛往往反映众生事务。也就是说，悲痛是超越了个体经验的一种情感体验，在它的终极意义上，与爱是叠加的，只不过路径不同而已。当悲悯升起，爱随即就到。于是，我们从个体的痛苦中体验到了众生的痛苦，痛苦上升为悲痛，悲痛遇到了爱。

没有你，爱就不在

如今"爱"是很时髦的概念，但是我们并没有发明一套对"爱"的话语解说体系。是的，"爱"是一个终极概念，它只能自己"解释"自己，在它之下的语言都是苍白的。目前我们对"爱"的最接近于准确的解释是"爱就是爱"，仅此而已。

事实上，在我们二元世界的环境里，"爱"是无法用语言予以精确描述的，因为在本质上"爱"已经跳脱了二元世界。现存的任何一种语言都只能表达"爱"的二元意义，比如"无条件的爱"，所谓"条件"就是典型的二元性质的语言。那么"无条件"这个代表更高维度的概念是什么呢？我们即便心里明白，也没有任何语言能够说得清楚，因此我们只能用"无条件"这个替代物虚拟高维度的"无条件"状况。事实上，"无条件"这个概念在很多人那里仍然是一个有条件的模式，最通透的理解也只能是剔除了所有条件的那个东西，在我们的头脑里还是要有一个删除条件的按键。总之，我们无法直接进入"无条件"这个体系当中，因为在那个体系里根本就没有"条件"这个概念。这也从一个侧面说明了我们的局限，是的，对生命体验的局限。

爱是心灵的语言、爱是行为的语言、爱是终极的语言。是的，爱就是我们心灵的感受，爱就是我们无言的行动，爱就是我们最高的领悟。

是的，没有你，爱就不在。

爱等着你去"是"，爱等着你去"做"；爱等着你去"成为"，是的，爱等着你从内表达自己。从终极意义上说，生命也并不存在，生命只有在你用心灵和行为表达生命的时候才存在，确切地说，才被创造出来。

是的，没有你，生命就不在。

所有内在那个伟大的冲动，就是爱的语言，就是生命的存在。

❀ 惊艳的烦恼

一个没有烦恼的人有时候也是不幸的，因为他不知道什么叫没有烦恼。

我们这辈子应该感谢烦恼。由于烦恼，我们思考；由于烦恼，我们崇高；由于烦恼，我们创造；由于烦恼，我们觉悟。

想象一个没有烦恼的世界：人们每时每刻都处于狂喜之中，他们从早到晚都是一副惊喜的模样，他们也都是敞开的，互相之间有说不完的话，但是他们再也尝受不到一点不同，就连花花草草也都是觉醒的样子。

从现在起，留着你的烦恼吧，让它带着你到一个地方去发呆，沉思眼前这个琢磨不透的世界；从现在起，留着你的烦恼吧，让它带着你走进所有的关系里，掂量是你带给别人的烦恼多，还是别人带给自己的烦恼多；从现在起，留着你的烦恼吧，让它带着你进入自己，看看自己对这个世界到底有什么企图；从现在起，留着你的烦恼吧，让它带着你去发现是什么把你活成了现在的样子。

太初以前，宇宙不知烦恼为何物，那个时候除了喜悦还是喜悦、除了狂欢还是狂欢、除了一体还是一体，渐渐地，生灵们就没了兴致，再也没有一个理由让它们继续这种生活，因为一体不能成为一体的理由。

于是烦恼被创造了出来，所有与烦恼相对的事物找到了自己存在的理由。生灵们再次狂欢，并且变得智慧。

由于烦恼，这个世界显得如此生机勃勃；由于烦恼，这个世界的思想飞往宇宙深处；由于烦恼，人们爱得如此深沉；由于烦恼，人们对没有烦恼体味得如此透彻。

想想吧，没有烦恼，就没有我们的一切。看看我们周边，哪一个伟大的作品不是烦恼的蒸馏，哪一个惊天的美丽不是烦恼的梳妆，哪一个伟大的心念不是烦恼的滋养。

我们用错了对烦恼的态度。烦恼仅仅是让我们更加仔细地体察内心、品味生活和放下纠结，而我们却如此地厌恶它，意欲除之而后快。烦恼为什么除不掉呢？因为烦恼根本就不是能够除掉的东西，它不应该被抛弃，它只能被珍视，它是我们须臾不可离身的对内和对外的一副双面镜。想想看，一个没有烦恼的人会是什么样子?

有烦恼是有智慧的表现,有烦恼是心智健全的表现,有烦恼是情商高的表现。很多问题在于我们对待烦恼的态度。是的,不可否认,有人或被自己的烦恼整死了,但那不是烦恼的过错,是方法的过错。

谁说大师没有烦恼?恰恰相反,大师是拿捏烦恼的高手。没有烦恼,就成就不了任何大师。是的,烦恼是喜悦的门槛,没有烦恼,那一边就什么也没有;烦恼是天堂的门槛,没有烦恼,那一边就什么也没有;烦恼是没有烦恼的门槛,没有烦恼,那一边就什么也没有。

烦恼是世间送我们的礼物,它值得我们珍视;我们在多大程度上珍视烦恼,我们就在多大程度上结识了"神圣",而成为神圣的重大礼物。

为痛苦而喜悦

痛苦是正常人不可避免的体验,如果我们未曾为我们的痛苦而喜悦过,就浪费了一个宝贵的情感资源,是的,我们就白白地痛苦了。

世界上大部分的文学作品都是痛苦的产物,它们滋养了无数的灵魂。与其说读书使人智慧,不如说痛苦使人智慧。

痛苦不可辜负。它是由恐惧衍生出来的情绪,但它是一种美丽动人的情绪,它无望而失落,孤独而寂寥,有一种临风飘零的凄美感。这个时候,它的情绪倾向是内敛的,还没有发展到愤怒、疯狂,甚至报复,是一个生发智慧的地带。人们往往在这个时候走上寻找真理的道路,走上觉悟的道路,走上喜悦的道路。

没有痛苦的人是不存在的，但善于利用痛苦的人并不多，通常情况下，人们任由痛苦自生自灭。实际上自行消弭的痛苦不存在，它一定是在我们心里的某个角落蛰伏下来，在特定的心理环境下，它仍然会出来活动，并且老辣了许多，再也难觅那份凄美，变得具有攻击性了。

有痛苦不怕，怎么抒发都行，就是不要压抑。痛苦促使我们去沟通、交流、思考、阅读、写作、旅行，总之，我们要通过某些方式让痛苦得以缓解，并且找出痛苦的原因，达到心智与心灵的成长。而压抑永远让我们萎缩。

我们的教育是鄙视痛苦、拒斥痛苦、压抑痛苦，认为痛苦是软弱和无能的，这就是我们至今仍然保留着如此之多痛苦的原因。我们的教育是爱学习、爱他人、爱勇敢、爱高尚，这当然应该，但是我们首先要爱的是自己的痛苦。不会处理痛苦的人不是一个成熟的人，不会处理痛苦的社会不是一个成熟的社会。

不唯痛苦，我们心灵的所有负面都必须首先得到照料，这是喜悦之路。

忽略了谁

你有多长时间没有被感动过了？你有多长时间没有会心一笑了？你有多长时间没有倾听过了？

如果有，你一定是忽视了一个人：你自己。

是的，我们的自我可以扮演这一切，而目的就是为了遮蔽那个真正的我们自己，为此，它能够扮演得非常逼真。

自我和自己的感动、会心和倾听完全不一样，它们有着质的差别。自我是在双边关系上发生的感动、会心和倾听，而自己是在所有关系上发生的感动、会心和倾听。它们发生的场域不一样，深入的程度不一样，体验的向度也不一样。我们可以能够马上区别出这两种性质不同的经验。

自我并无对错，它仅仅是认为它非常能干，可以包揽我们所有的心灵事务，而我们自己也往往为了自己狭小的利益而放任它去做。"需要"是我们放任自我的第一道门槛。自我就是为实现我们的需要而不断壮大、胆大的。在我们的感动、会心和倾听里面，但凡有一丁点的"需要"，那都是自我的表演。自我的表演没有恶意，它也会让我们获得一些纯洁和高尚，但是非常草率、肤浅，它会淹没真正的感动、会心和倾听，以至于我们全部忘掉了它们。

生发于我们自己内心的感动、会心和倾听完全没有任何约定，它是突然降临的，又好像是等在那里。一首诗、一首歌，又或者一个孩子的笑声，都可以与你不期而遇。那种感动是给全部生命的，那种会心是给所有人的，那种倾听是收纳一切声音的。其后会产生对世界的宽恕和祝福，那种纯粹和高尚是忘我的，因为内心的体验没有自我的位置。

不用进庙、不用苦修，这全都不是生命的初始之意。

是的，生命仅仅是让我们带着觉知的一茶一饭。

📶 我的北方

我活在北方，
一个冰冷的地方。
在那里，

温度让所有的东西都知道什么叫凉，
当然也教给了它们什么叫暖。

在那里，
生活着耐寒的动植物，
它们共同的特点，
就是知道如何在严寒里把自己雪藏。

它们，
挖好了窝，
铺好了床，
开了扇窗，
不仅是为了过冬，
还为了迎接那第一缕阳光。

在北方，
所有的动植物，
都会在夏天里疯长，
因为它们知道，
留给它们的时间不长。

北方的树，
永远准备迎接降温，
在夏日里也披着厚厚的铠甲，
表皮晒烫还透着骨子里的冰凉。

北方的谷，
大都饱满肉厚，
它们从不急于成熟，
好让自己成为真正的粮。

北方的狼，
在恩赐的时光里忙着繁衍生息，
调教下一代，
以便让天命延续在荒凉之间。

北方的人，
粗犷而认命，
活着就是活着，
没有那么多世态炎凉。

北方的天，
冷酷无情，
冻死你的心都有，
在它面前，
你只能示弱。

然而，
我仍然，
我仍然活在北方，
尽管它几次差点要了我的命，
但是，

它终究让我知道了命的顽强。

如今，
大量北人南迁，
让北方更加荒凉。
但是，
我却发现了它倔强的孤芳。

北方，
从不需要欣赏，
也不留哀伤，
她只有一句话：
如果爱我，
就让我成为你温暖的新娘。

无可言说

言说的世界，
一半假，
一半强为之说。

为了吃喝，
也为了生活，
对了，
为了自由，
也为了"天国"，

我们不停地说。

语言，
不是垂直的天梯，
更不是恩宠的附着。

语言，
是我们的对视，
是我们的抚摸；
是我们的面具，
是我们的酒窝。

语言，
是我们的真理，
是我们的龌龊；
是我们的暖意，
是我们的冷漠。

语言，
是我们的艺术，
是我们的生活；
是我们的无语，
是我们的困惑。

语言，
就是"我"的无限铺张，

就是覆盖于地球表面的一层鼓噪的薄膜。

真相不是语言，
真相无以言说。

真相在我们的呼吸里，
真相在它对心的触摸。

呼吸是生命的模式，
只有它使我们离开语言仍能存活；
呼吸里驻着全部真相，
只有它让我们毋庸开口就能体验真正的解脱。

与其聆听教诲，
不如向呼吸请教；
与其踏遍青山，
不如发现呼吸的奇妙；
与其千言万语，
不如体悟呼吸的忠告。

所有的现象，
生死灭度，
潮起潮落，
唯一持有原状的只有呼吸，
和它携带的无以言说。

我们离开近在眼前的事实，
创造了那么多学说；
我们在呼吸之外又戴上了自创的呼吸机，
还说怎么遇上了令人窒息的生活。

语言是思维的外壳，
是我们临时的栈桥；
面对真实的世界，
语言必须失效。

语言有语言的作用，
失效亦有失效的功效；
当我们允许无以言说涌上心头，
当我们允许自己只在意呼吸的教导，
生命的言语即刻燃烧。

为了忘却的呼吁

此番大疫，
我们看到太多的离去，
每个离去都令人心碎，
每个离去都是无声的呼吁。

有些勇敢的人，
选择去做这个呼吁，
尽管他知道，

人们可能会渐渐地忘却，

但是没有这一次，

就没有了所有的呼吁。

忘却，

是因为我们止步于心痛；

忘却，

是因为我们又回到了安逸；

忘却，

是因为有人为你负重前行；

忘却，

是因为还没轮到你去呼吁。

想想他们对生命不能避免的撒手，

想想他们看着希望最后的离去，

看看他们对人生的最后一瞥，

看看他们眼中的忧郁。

所有的战争、攻伐，

都比不上一场大疫；

所有的推倒重来，

往往也是一个大疫。

可是它往往最容易让我们忘记，

人们似乎习惯于闭着眼睛迎接下一次与它的不期而遇。

如果说战争和冲突是人类价值观的对决，

瘟疫就是自然价值观与人类的对局。

战争和冲突总有胜负，
但在瘟疫里，
人类永远是可怜的蝼蚁。

在瘟疫里，
不要谈感情，
不要谈理想，
什么都不要谈，
只谈如何活下去。

人类所有的狂妄自大，
在瘟疫面前是如此的逼仄；
人类所有的金碧辉煌，
在瘟疫面前顷刻残垣断壁。

没错，
忽视了那个最不该忽视的东西，
我们的辉煌总会流露出几分猥琐；
忽视了那个最不该忽视的东西，
我们的温情总显得有几分卑鄙；
忽视了那个最不该忽视的东西，
我们不要假惺惺地活得很正义。

我们总想瞒天过海，

可哪一次都未能逃脱大自然的目光如炬；
我们总想得过且过，
可每一天都如同走向下一个大疫。

我们最好认真想一想那些最后的呼吁，
谁知道下一次是不是轮到你？

书林漫步

枫桥夜泊之遇

　　唐诗我读得并不多，但张继这首《枫桥夜泊》的诗读罢，使我久久不能释怀。不知道是什么力量，能让我与张继在十几个世纪之后的深夜横空相遇：月落乌啼霜满天，江枫渔火对愁眠。姑苏城外寒山寺，夜半钟声到客船。

　　唐代文人的两大桂冠：功名和诗名。这是所有文人的梦想，科举落第后的诗句往往很美，因为那个时候的心境最适合于用诗句表达。诚如明人洪应明所言："得意处谈天论地，俱是水底捞月；拂意时吞冰啮雪，才为火内栽莲。"他们也是幸运的，在那个以诗为文的时代，给了他们以特殊的方式抒发情感的可能。张继独卧客船，愁绪如同一壶酽茶，让他既困乏又清醒，他把寂寥的思绪覆盖到耳目所及之处，并把它们作为描摹心境的底色，让景物和声音成为个人空旷落寞的时代表达，成就了他那首千古绝唱。正因为是"火内栽莲"之作，他的诗句才能勾起世人心中同样的那份寂寥在任何的夜空相遇。我相信，在张继存世不多的作品中，此诗独为世人珍爱，也正说明了它的钟声引起了众人的共鸣。

中国古代的诗人群星灿烂，没有他们，历史的天空将是何等的暗淡。诗言志也，那如缕不绝地覆盖历史天空的诗，就是中国传统社会心智和心志的画卷，就是我们祖先心田耕耘的沃野。你高兴吗？你幸福吗？你困顿吗？你难过吗？翻开历史的诗集，你会惊诧地发现，他们全都替你体验过了，而且他们的体验远远比我们更深刻、更准确、更完美地发现了我们自己。

如果你还没有爱上你自己，读诗吧；如果你还没有爱上他人，读诗吧；如果你还没有体验爱，读诗吧；如果你还没有体验美，读诗吧。

唐诗华贵，它华贵到让我们视富贵如粪土，它华贵到能让我们发现自己的华贵。

一旦你有什么匮乏，去到那片星空，南山下、柴门外、卷帘里、宫墙内，那里有你想要的一切。

《史记》之爱

一部皇皇巨著，让中国站在了一个世界高地。

司马迁的《史记》是中国引用率最高的一部巨著，几乎每一段文字；它自身就是一部历史，因为它耸立在一个连绵两千多年史学的最前头；它已经成为中国人的精神图腾，它永远教给人们向自心发问：什么是真相。

中国没有"上帝"，但从来不缺"上帝"之爱，因为，没有爱的作品不会永垂不朽，更没有那种唯爱所独有的文化衍生能力。

那么，什么是《史记》之爱？《史记》之爱就是真相之爱。耶稣为了爱众生，被钉在十字架。几乎就在同时，一个中国的太史公受尽了比死刑还要可怕的刑罚，在生不如死中活了下来，他忍辱著述就是为了阐发真相，昭示那个对真相的深沉之爱。是的，他们爱的都是那个源头，那个信仰众生、信仰真相、信仰生命的爱。

我相信，一定是源头给了他们力量，一个赴死，一个赴活；我相信，一定是源头给了他们力量，一个创造了伟大的宗教，一个创造了伟大的史学；我相信，一定是源头给了他们力量，一个坚守在西方，一个屹立在中国。

中国史家对真相的坚持，有一半来自对司马迁的信任，有一半来自对司马迁的追随。这种信任和追随是实现史学之爱的左右心房。

中国人的信仰是真相，因为中国有伟大的《史记》；中国人的爱同样是真相，因为真相里含满着爱；中国人的宗教就是真相，因为真相里有中国人自己。

追求真相，是中国人最基础的思想要素和情感底蕴。在中国人的全部生活当中，追求真相成为他们推动历史车轮的力量，因为他们知道，源头就是真相，真相就是源头，那也是他们爱自己的唯一指靠。他们没有发明哲学去论证真相，他们没有到任何一个学问中去探求真相，因为，他们早就认准，真相就在自己的生活里。

在中国人那里，只要你是真相，你就是他们的朋友；只要你是真相，他们就两肋插刀；只要你是真相，他们就以你为信仰；只要你是真相，他们就追随你。

千万不要试探中国人的真相感，因为那会失去他们的信任；

千万不要怀疑中国人的真相感，那会使你站在一个巨人的对立面；千万不要低估中国人的真相感，因为在真相面前，它的力量将能够改变世界。

🛜 "神"

大体上，"神"可以分为两个系统：一是经验上的；二是文化上的。

经验上的"神"发生在个体身上，文化上的"神"发生在群体身上。

个体的体验实际上是一种心理活动，它的所有表现，心理学家有一整套解释性的学术语言。

卡尔·古斯塔夫·荣格是当代最伟大的心理学家之一，好像也是和"神"走得最近的那一位。他说："区分个体心灵与集体心灵是很困难的任务。因素之一是必须面对'人格面具'，即一个人的'面具'或'角色'。这也就是集体心灵中的某些被误认为属于个体的部分。进行分析时，这个人格会融入集体心灵之中，于是释出连串的幻想：神话式的思想与感受中所有的宝藏都被挖掘出来。"

心理学家一生都在致力于把个体经验与集体经验剥离开来，以便清晰地看见藏在人们心底的个体人格。

即便是我们预先对"神"有一个总体的描述，然而在个体的心理经验层面，人们对"神"的领悟也不总是和那个预先的描述完全一致。我们姑且可以这么认为：个体经验上的"神"是为个体的生命利益服务的。

至于文化上的"神"，凯伦·阿姆斯特朗在《神的历史》中说得很清楚："人类对神的概念有时空局限的历史性，因为不同族群在不同时期使用此同一概念所表达的意义略有差别。某一族群人类在某一代形成的一神概念，可能对其他族群的人毫无意义……假如神这个概念不具有这样的弹性，它便不可能存在至今，并成为人类最伟大的概念之一。"

由此可见，文化上的"神"并不直接和宗教画等号，它最先出现在族群当中，后来"新神学便悄悄扬弃它，且取而代之"，新神学最终形成世界三大宗教。我们姑且可以这么认为：文化上的"神"是为群体的生命利益服务的。

当然，个体的神性体验与群体的文化认同又有复杂的联系，事实上，个体总是凭借群体的文化符号表达其个别经验。

中国的"神"字是一个会意字，即雷电的威力，可以理解为带有意志的自然力。《论语·述而》说："子不语怪力乱神。"大概最接近于我们现在对神的完整释义的是《老子》开明宗义所言："道可道，非常道。"

由此我们可以分辨以下几个问题：

其一，个人的神性体验离不开历史的或现实的群体性文化含义。有宗教信仰和无宗教信仰、有此种宗教背景和有那种宗教背景的人，对个人神性体验的表达是不一样的。

其二，不管个体的神性体验如何带有宗教色彩，我们都不能用宗教意义覆盖其上，而应该使用统一的心理分析话语。毕竟，不同宗教背景的人都可能找到荣格。

其三，尊重个体的神性体验，尊重其体验的个体意义，但不能用一种个体经验套用在其他个体经验的解释上面。

其四，在大体上形成了统一的话语体系的群体体验的环境里，应该把这种话语体系视为一种文化现象，或亚文化现象，尽量使用在这个环境里每个人都能够知晓的概念。

其五，"神"是一个既古老又年轻的概念，它是如此的根本和究竟，注定它会随人类的进化而永远伴随我们。因此，我们现在对"神"的理解只反映21世纪上半叶的状况，并不代表22世纪的状况，更无法代表其后的状况。

对"神"的思考是那样令人着迷。

每个人都是自己的查拉图斯特拉

琐罗亚斯德教是古代波斯帝国的国教，尼采以这个古老宗教的创始人查拉图斯特拉隐喻自己的"教诲"有两重含义：一是表达自己对这个宗教推崇生命和创造的高度认同；二是反映了任何终极的思考，都必然超越以往的宗教和哲学的伟大成就，把自己的视野投向人的更深处、生命的更深处、神圣的更深处、宇宙的更深处。

其实，每个人都是自己的查拉图斯特拉，当然也是自己的尼采。

这是一个"更深处"的时代。

所有的教诲、所有的思考，都被我们翻晒出来了。从古到今，每一个念头都被掂量过，每一个行为都被重蹈过，每一个伟大都被尊崇过。所有的思想资源都摊在我们面前，所有的理想国都耸立在我们面前。

更深处里有什么？

这是一个空前飞跃的时代，因为所有的踏板前人都已经铺就；这是一个不得不思考的时代，因为所有的关系都会领你回到那个思想的起点；这是一个你不管怎么做都可能是对或错的时代，因为历史在等待着你最勇敢的回应。

是的，人们以各种方式扮演查拉图斯特拉和尼采。

超 越

肯·威尔伯是美国"后人本心理学"的重要思想家，他的一系列论著和思想实验都能振聋发聩，让我们照见真实的自己。

他说："从原子发展到分子，再从分子发展到细胞，再从细胞发展到生命有机体，这就是一个整体和全子都在逐步增加的层次序列，在这个序列中，每一个层次都超越并包含了它的较低层次。现在，让我再举一个思想实验的例子：如果你'破坏'了任何一种类型的全子，那么所有更高层次的全子都会遭到破坏。但是，较低层次的全子却不会遭到破坏……整体依赖部分存在，反之则不成立，这一简单规则无一例外。"

这几乎解决了我们的一个巨大困惑：超越之难。

现在我们把人的进化姑且比喻成高度为五层的建筑，它们分别是肉身之欲、价值观念、同理意识、合一体验、灵性之爱。当然，它们之间又可以细分为无数的阶梯式链接。这五个层次相互链接的条件是真实。比如没有真实的合一体验，灵性之爱就不存在。

我们经常滞留在价值观念的层级，偶尔也会闪现一些更高一层的全子，但是这些全子往往会被某种价值观念"鞭笞"成一地鸡毛。比如我们当下确实体验到了全然的喜悦和爱，但此时想起昨天被人偷走了钱包，下意识地把那个偷者从爱里排除掉，于是瞬间爱就变成一个有条件的东西，变成了一个价值体系里的观念。

我们不是不愿意相信任何人，只是因为只要是人，欲走出价值观念的藩篱，实在是太难了。

灵性导师告诫我们"没有评判"。没有评判，就是从价值观念的藩篱中走出，真正建立同理意识，体验合一，成为灵性之爱的途径。是的，在我们成长的道路上，价值观念是一个精妙绝伦的导师，它几乎全部告知了我们什么事情应该怎样去做。在这个阶段，我们学到了天大的本事，甚至有人在这个层面上已经封神了。

不管在山脚下我们学到了什么，如果我们要继续攀登，就应该向老师揖别，走向上面的那个老师。真的，我们肯定不止一个老师，在人类的价值观念形成之前，为了温饱，为了生存，我们曾长期地追随我们的第一个老师。

"没有评判"不是消弭价值观，不是不分是非。我们小时候很喜欢玩的一个玩具，等长大了，我们会记住这个玩具对自己的益智作用，但我们仅仅是把它放在一边，而不是评判它的局限。带着清明的没有评判，带着同情理解的没有评判，带着合一与爱的没有评判，这就是成长，这就是大师之道。

"没有评判"的一个主要前提是：这个世界上没有专属于我们个人的利益，没有专属于我们的价值群体的利益，也没有专属于我们的文明群体的利益。所有的超越都要迈过这一道坎，从个人到群体，从群体到更大的群体。

如果我们想要超越，就要俯视所有的肉身之欲和价值观体系，享受它们但又不是它们。肯·威尔伯告诫过我们："在这个序列中，每一个层次都超越并包含了它的较低层次。"也就是说，灵性之爱一点也不排斥人类所有的肉体之欲和价值观念，相反，它会更自由地纵身其中，那种没有评判、没有束缚的享有才是

真正意义上的享有，那种没有评判、没有束缚的自由才是真正
意义上的自由。

运载火箭要想纵身太空，就要启动第一宇宙速度，一个人
想要实现超越，就要经历价值观的剥离之痛。痛是神圣在和我
们打招呼。

没有一座山要你攀登

自从人类发现了自身的灵性之光，于是一个攀登开始了。
以宗教的方式、以文学的方式、以哲学的方式，对了，还有灵
性的方式。

其实，这都是人类在攀登自己。

每一本书、每一座庙，每一个教堂都是足迹。

如果我们想通过一个法门寻找一条路径，那么你就得成为
这个法门的知识承载者和知识的解读者，或许我们得去寻找一
位禅师或者一位上师。

然后人们发现，这是一个艰难的攀登，不是难在自身的"顽
劣"上面，而是难在知识的吸收和解读上面，以及自身在其中
的缠绕。

肯·威尔伯说："如果有人采用某种灵修法门，练习了十年
或者更久，你常常会看到，随着他们深入到灵性状态经验当中，
他们的思想越来越封闭，兴趣变得越来越狭窄，当他们沉浸于
空性、阿印、神性或圣灵的时候，并没有整合式框架来完善他
们的修习。结果就是，他们越来越与世界隔绝起来，这可能会
导致他们后退到琥珀色（作者勾勒的意识层次，由'红外线'
到'光明'共十二层，琥珀色居于第四层）或者原教旨主义或

者绝对主义。他们既是深刻的神秘主义者，同时又是狭窄的原教旨主义者。"

肯·威尔伯强调的是整合，也可以理解为超越。

一个法门一旦产生了超越，就整合了所有法门，于是，艰辛的攀登消失了，或者说攀登的艰辛消失了，人们就会处于一种喜悦的警觉之中，喜悦的警觉持续地合一、喜悦的警觉持续地整合，喜悦的警觉全然地恩典。

那么，整合是不是一定在绝境中才能到来呢？不是，有时候一生的绝境也未见得等来整合，我们需要对整合有一种警觉或者说希望。事实上整合的意识蕴含在种子里。一颗种子懂得的和大树一样多，但是如同种子的发芽成长需要阳光雨露一样，整合的意识需要被最初的困顿唤醒，是的，困顿就是唤醒的闹钟，唤醒你在适当时机进行真理的整合，走上一条宽阔的道路。没错，困顿就是整合的阳光和雨露。众多的法门正是等待着人们去整合，去认识一个更大的真理。任何一个法门都不可能穷尽真理，整合才是坦途，整合之后的意识才是真理的共同语言，才能被各种肤色、各种信仰的群体接受，才能成为共同的路。

整合不是要我们去遍读各种典籍，而是要我们去发现那个共同的东西，这个东西不在物外，而在内心，只要聆听，你总会听到，因为真理不是对每一个人说不同的话，而是对每一个人说共同的话。

因此，没有一座山要你攀登。

🔊 活出知识与思想

苏格拉底对于我始终是一个谜，以我的心智能力，似乎永远无法企及这位大师的内在。

我只是想，知识和思想的力量到底有多强大，才能把人变成"神"。

柏拉图在《对话录》中表现了一个完美的苏格拉底，但常识告诉我，完美是不存在的，尤其是不应该存在于人的身上，学生对老师的完美称颂更是不值得相信。是的，如果没有苏格拉底的殉道之举，我会永远保留我的怀疑，但是它发生了，历史似乎为了成全这位思想英雄，让他像一个真正的殉道者一样离去了。在对苏格拉底所有的记述中，给我印象最深的就是他手执毒酒，侃侃而谈，以近乎"神"的平静迎接死亡的景象。

是的，从此我找到了完美，事实上它是一种通透的生命表达，因为这种完美不能不这样表达，而苏格拉底却实现了它。

柏拉图曾经扫描了他那个时代的智者，他说："那些转向哲学的人当中（不是在年轻时为了增加教养而学一点哲学，然后就弃之不顾的人，而是在哲学中浸淫良久的那些人），大多数虽不能说变成了十足的坏蛋，但也变得相当古怪，而那些看来非常不错的……则变得百无一用。"一个人如果不能活出自己的学术真理，差不多就已经接近了古怪和无用。

尼采对学术化的哲学表现了极大的冷漠，他说："唯一可能的哲学评判，也是唯一能有所证明的哲学评判，就是试试看能否遵照它去生活，但大学中从来不教这一点，他们教导的只是用一些词语来批评另一些词语。"

以前我认为，苏格拉底完全把自己活成了他自己的知识与思想，他的殉道则表现了他对自己的知识和思想的确信，现在我不这么看了。苏格拉底用一种生活，确切地说，他用生命演绎了他的全部追问和他的知识与思想。

任何一个人，如果不是愚蠢到自己欺骗自己，终有一天会向自己发问：我们究竟活出了多少我们宣称的真理？

在人类的思想资源里面，不乏正义的知识和思想，也不乏爱的诠释与解读，而我们到底在多大的程度上活出了它们？这既是一个真问题，也是一个最需要认识到的问题，不然，思想永远就是一场骗局。

让我们看看苏格拉底最后是怎么说的："我欠了阿斯克勒庇俄斯一只鸡，记得替我还上这笔债。"

直到临终，苏格拉底也在为哲学的伟大命题"认识你自己"付诸实践。

而我们认识自己吗？

肉身的安置

如何安置肉身，是所有思想的永恒主题。

作为新道家学说的魏晋玄学，在魏初一度受到限制之后，于魏明帝时开始改观，道教与玄学合流并一路兴盛，经魏晋南北朝，形成主流大教。试想，如果你生活在那个时代，会不会"道貌岸然"？

葛洪是两晋时期著名的道教思想家，是外丹学和道教神学的奠基人。他在其著作《抱朴子内篇》里面比较系统地提出了玄道哲学。我们来看看他是如何用思想安置肉身的。

葛洪说："人欲地仙，当立三百善，欲天仙，立千二百善。"

什么意思呢？即"所以贵儒者，以其移风易俗，不唯揖让与盘旋也。所以尊道者，以其不言而化行，匪独养生之一事也"。葛洪虽然把道、儒分出了三六九等，但是他终究还是以儒触底，安置肉身，所谓"道者，儒之本也；儒者，道之末也"。道，高悬于宇宙根本法则之处，但是，人的吃喝拉撒则须由儒学统制。

在中国，接地气的活儿永远是儒家的事务，即便是佛学的传入，也没能接管这摊子事。

这里有一个分野，凡是形而上的，必有形而下的意图，佛、道亦然。但是在中国，早就有一个形而下的庞大而精致的"肉身"存在，那就是儒学。可以说，儒学承托得起任何古代形而上的观念体系。应该说，儒学制度化以后，肉身已被妥妥安置，并有足够的底气接纳任何形而上的思考，也就是说，任何形而上的状态，都能在儒学的基础上找到自己的根基，而儒学自身的纯粹思辨则不是主流。

说了半天，什么意思呢？

肉身的安置永远是最高意义上的"神学"。

也可以这么说，肉身是体验中的"神"。

所有的意义，如果不能以肉身表达，就一定被肉身的表达定义。

肉身是"神"。

中国古代社会的"神"往往都曾经是有血有肉的历史人物或者祖先，人们的所有形而上的追问，统统都可以到岳庙、关帝庙、妈祖庙或者祖庙里面去体悟。有人说，中国没有西方意义上的哲学，是的，但是中国可以用肉身定义任何形而上的观念，这就是中国传统文化在世界文明中的特殊意义。

中国没有"神学"？在中国，人人可以成"神"。

离开肉身的"神"并不存在，离开肉身意义的"神学"并不存在，离开肉身的安置，世界将不复存在。

🔊 第欧根尼畅想

我最欣赏的是第欧根尼，大概是自己连万分之一都沾不上边的缘故，因为那是一尊圣像。

当然，有很多关于他的传说，但这里不是考证的地方，是想象的地方。

哲学到底有多大的力量，能让一个人活得真正像人？

自由、无惧、苦修、犬儒、高傲、流浪、当众不雅、毫无顾忌、完美无缺、沙漠圣徒、疯了的苏格拉底等，只要你能想到的除繁缛礼仪之外的所有行为，几乎都能和第欧根尼扯上关系，而且他当众做给你看。

事实上，比这还要疯狂。据他自己说这是为了："向合唱团教练学习，他们会把音调定得略高一点，这样其他人就能唱准音调。"

罗马的智者西塞罗十分确切地说："因为这种行为丝毫不顾及他人，而没有这一点，一切正确和诚实的事都会荡然无存。"而奥古斯丁则不得不承认，第欧根尼是一种精神的化身，一个沙漠圣徒一般的人，为了追求超越的理性，以最高程度的自制过着物质的生活。

也许，世界上如果没有几个真正的"疯子"，我们当真不知道什么叫思想、哲学、行为、超越、毫无挂碍和直截了当的赤裸等。

有这么一位也就够了。绝大多数的哲学家和思想家还都穿着得体的衣服。作为普通人的我们，甚至根本不会去思考公元前四世纪那个"疯子"思考的问题。

不错，我将再一次质疑进化。因为在两千多年以后的今天，我们事实上并没有从第欧根尼那里有所进化，尤其是在绝对的诚实上面，反而，我们还多了几重包装。

不错，我将再一次质疑时间的存在。因为所有的流动都是环形的，当思想又遇上原初的那个东西。肉体是精神的仆役，再过八百年，思想还是喜欢直接表达它的那个载体。

按新时代的说法，尽管第欧根尼爱他的观念，爱他的行为，当然也爱他的身体，但是他很可能没有爱。

爱是唯一能够在精神上把第欧根尼思想进行分解的试剂。

如果第欧根尼发现了爱，他会怎样？不能想象，这简直是一个能叫人发疯的问题：我并没有发现一个完整的第欧根尼。

反正是畅想，第欧根尼也不会在意。

我只是嗟叹，有的人一点也没浪费自己的思想，而我们好像一辈子都在浪费。

诗 哲

中国的诗词和西方的哲学同样美，虽然它们的表达形式完全不同，但在思想和体验的深处，都抵达了同一个地方。中国的诗词有一种体验美，深入骨子里的唯美体验，顺便把哲理跃出。

试举几例：

> 如垄生木，木有异心。

如林鸣鸟，鸟有殊音。

如江游鱼，鱼有浮沉。

岩岩山高，湛湛水深。

事迹易见，理相难寻。

——《赠逸民》

作为梁朝皇帝，梁武帝萧衍或可与古罗马哲学皇帝马可·奥勒留媲美。大体上，他俩算得上同时代，萧衍比马可·奥勒留晚三四百年。马可·奥勒留留下了厚厚的一本《沉思录》，萧衍也留下了千赋百诗。

萧衍的《赠逸民》这首诗寥寥数语，就说尽了事物普遍性和特殊性的关系，把文学之美和哲学之美揉捏得恰到好处，令人叹为观止。

中岁颇好道，晚家南山陲。

兴来每独往，胜事空自知。

行到水穷处，坐看云起时。

偶然值林叟，谈笑无还期。

——《终南别业》

唐代诗人王维的《终南别业》一诗把一个隐居老者顺遂天性，舒展自如的豁达心态跃然纸上。如今"行到水穷处，坐看云起时"已经成为人们抒发回归本性，超然物外的心志名言，这种诗意的滋养，远比严谨的论述更要来得自然体贴，人们完全可以当即拿来用于自身。诗是生命体验的唯美形式。

闲来无事不从容，睡觉东窗日已红。

万物静观皆自得，四时佳兴与人同。

道通天地有形外，思入风云变态中。

富贵不淫贫贱乐，男儿到此是豪雄。

——《秋日偶成》

北宋理学大师程颢，做人竟如此豪雄。他提出"天者理也""只心便是天，尽之便知性""仁者浑然与物同体，义礼知信皆仁也"。《秋日偶成》一诗让我们形象地看到一位理学大师顶天立地、请命于心的伟大理想和实践。

一部中国诗词，俨然一部中国哲学史。

中国古代诗词确实是一座宝库，它直接披露了古人的心志与情怀，以及深邃、审美的哲学思考。

如果美有一种哲学意象，诗就是。

诗的国度

诗词是一种极其凝练的文字形式，由于严格的格律束缚和文字的极度限制，诗词必然是精神世界的高度概括，是生命历程的精确表达。

诗词是"神"的语言。

中国是一个曾经"以诗为文"的国度，大量的诗词遗存和文化故事，反映了我们这个民族的高贵心志和纯净的"神性"。

中国是一个"神"的国度。

王国维以其唯美的文学审视在《人间词话》里勾勒出了国人的"神性"。

且看物我两忘的精神境界：

"泪眼问花花不语，乱红飞过秋千去""可堪孤馆闭春寒，杜鹃声里斜阳暮"，此乃有我之境。"采菊东篱下，悠然见南山""寒波澹澹起，白鸟悠悠下"，此乃无我之境。人性生活和飘然物外的平衡感，既是古人处世的深奥之处，也是中国传统文化的高妙之处，是"神性"与人性的共舞。

再看古代小女子的初次幽会：

"花明月暗笼轻雾，今宵好向郎边去。刬袜步香阶，手提金缕鞋。画堂南畔见，一向偎人颤。奴为出来难，教君恣意怜。"妙龄佳人情窦初开的天真拘谨、活色生香的至情至性之美，跃然纸上，这简直就是"道法自然"的宇宙之音在人间的低吟。

再看气象与诗品：

李白《忆秦娥·箫声咽》曰："箫声咽，秦娥梦断秦楼月。秦楼月，年年柳色，灞陵伤别。乐游原上清秋节，咸阳古道音尘绝。音尘绝，西风残照，汉家陵阙。"尤以最后之"西风残照，汉家陵阙"，寥寥八字，道尽汉唐胸臆，令人唏嘘、令人扼腕、令人油然升起无限的悲壮与历史的沉思。

再看人生三境界：

"昨夜西风凋碧树。独上高楼，望尽天涯路"，此第一境界。"衣带渐宽终不悔，为伊消得人憔悴"，此第二境界。"众里寻他千百度，蓦然回首，那人却在，灯火阑珊处"，此第三境界。这三个境界，层层提升，步步深入。能够体味这三种境界的人，乃是古今之成大事业、大学问者。

再看诗词与风骨：

文天祥在《过零丁洋》中写道："辛苦遭逢起一经，干戈寥落四周星。山河破碎风飘絮，身世浮沉雨打萍。惶恐滩头说惶恐，零丁洋里叹零丁。人生自古谁无死？留取丹心照汗青。"从该诗看出诗人的高风亮节，真乃千古绝唱。文天祥不愧文中状元，亦不愧人中状元。"人生自古谁无死？留取丹心照汗青"已成历代以身殉国之士的座右铭。

看到了吗？有谁能把文字的韵律表达得如此完美，有谁能把款款心曲提炼得如此精纯，有谁能把天、地、人和文、史、哲如此优雅地熔为一炉？

诗词就是神来之笔。

谁说中国历史上没有宗教，我们每个人都是自己的宗教；谁说中国历史上没有信仰，我们每个人都是自己的信仰；谁说中国历史上没有"神"，我们每个人都是自己的"神"，因为我们即是"神"的国度。

文字的高度凝练和韵律的天合之感，是精神世界对万事万物的同频共振，是人类神识的表现，这在哪个国家都一样。真正滋养人类心灵的就是那些永恒的诗，因为那是"神性"的声音。

🔊 玫瑰和荆棘

所有的喧嚣都是寻找寂静。

寂静是源头，不管你怎么定义它；所有的喧嚣，无论心里的或嘴上的，皆以千万种形式回向寂静，回向源头。

因为只有喧嚣暗自知道寂静的底细。

鲁米有诗云：

　　偷走我睡眠的人，

用泪浸湿我的圣坛。

没有声音，

甚至没有呼吸，

在全然的静默中，

他在梦里抓住我，

扔我在水里，

在甘甜的水里。

现在玫瑰和荆棘是合一的。

还有芬芳，

使天堂重生。

　　这位生活在距今八百年前的波斯帝国诗人、哲学家，竟然寥寥数句，就揭露了寂静的底细，而且很有代入感，代入了喧嚣最彻头彻尾的愿望。

　　其实生活中的局促、窘迫、焦虑，是的，还有兴奋、喜欢、美妙都是不同的喧嚣，它们也都是为了回到寂静，但是无论何种体验都是单向的，都不是合体的，都不是"玫瑰"与"荆棘"的合一。

　　喧嚣是单向体验。

　　单向的体验就像爱和恐惧来回荡秋千，当我们在爱中的时候，也是我们最恐惧失去爱的时候，当我们处于恐惧的时候，就是我们最渴望爱的时候。

　　很少有人能在清醒的时候实现爱和恐惧的合体，而从容地抵达寂静之处。

　　诗人在现实中怎样不得而知，但对梦境里合一的描写简直奇妙无比。玫瑰不扎手，荆棘不伤人；水是甜的，还有芬芳；

不用金砖铺地，无须天门巍峨。这就够了，玫瑰和荆棘代表了两个单向的合体。

如果说梦是真相，梦的作用就是让我们在非梦的时候实现合体，在非梦里做梦。

喧嚣是喧嚣的道场。

于是引出了所有的思想。

肉体就是一个喧嚣的机器，血流、心跳、脑电波，拿个听诊器，能震耳欲聋。造化真的给了我们一个感受荆棘的躯体，又引导我们与玫瑰合一。

寂静的质地是爱，就像所有的喧嚣最终必然归结于寂静一样，不同面目的喧嚣最终也必然回归于爱。

事实上，凡是出演最剧烈的冲突，都是对终极目的的强烈呼吁。

鲁米的梦很美，让它留在梦里吧。

紧握玫瑰，走向荆棘。感受荆棘渴望爱的声音，感受荆棘远离爱的愁苦，感受柔软的玫瑰干裂成荆棘的过程。

玫瑰与荆棘。

自我意识

宇宙早已存在，真理早已存在，所有的存在早已存在于无限早。

那么，我们干什么来了？

大山碰不到这个问题，大海碰不到这个问题，地震碰不到这个问题，海啸碰不到这个问题，阳光碰不到这个问题，花草树木碰不到这个问题，土星和火星也碰不到这个问题，阿狗阿猫同样碰不到这个问题……

是的，只有人的"自我意识"才能碰到这个问题。

我相信，在最初这并不是一个问题，我们姑且称之为泛意识，在泛意识的状况下，人和其他生灵一样，仅仅是"在"。

发问出现在人类意识到了自己的"在"。

这是一颗种子冒了芽，是种子的发问。也就是说，这是我们必然产生的问题。"我们干什么来了？"作为"芽"，这个问题根本不是问题，你见过一棵树芽问过这样的问题吗？树芽只是来经验一棵树所要经验的一切。那么人的自我意识问："我们干什么来了？"引发了人类所有的社会现象。

自我意识其实就是让我们不仅经验而且能够感知到那个经验。自我意识是经验的高纬度表现，它不仅能够获得经验，而且能够感知经验、描述经验、欣赏经验。

泰戈尔散文诗云：

我的孩子，你问我："天堂在哪儿？"圣人告诉我们：天堂在生与死的界限之外，不受日日夜夜节奏的摇撼；它不属于这个世界的。

而你们的诗人知道：天堂对时间和空间怀抱着永恒的渴望，天堂始终奋力要在多产的尘土中诞生。我的孩子，天堂在你逗人喜爱的身体里、在你扑扑跳动的心里见诸实现。

大海在欢乐中击它的鼓，花儿踮起脚来吻你，因为天堂在尘土母亲的怀抱里、在你的身体里诞生。

人类的自我意识已经让泰戈尔描绘得如此美丽：自我意识

就是天堂在尘世的落脚之处，经验自己、经验万物、经验世界和宇宙，就是自我意识的天堂之旅。

悲 欢

纪伯伦在《先知》里有个短篇《论悲欢》曰：

> 你们的欢乐，正是你们揭去面具的悲伤。
>
> 供你汲取快乐的井，经常充满你们的泪水。
>
> 事情怎能不如此呢？
>
> 悲伤在你们心中刻的痕迹愈深，你们能容纳的欢乐便愈多。你们盛酒的杯子，不就是曾在陶工的窑中烧的那只杯子吗？
>
> 使你们心神愉悦的那把琴，不是刀刻的块木头吗？
>
> 当你沉浸在欢乐之中时，深究你的内心深处，就会发现曾是你的悲伤泉源的，实际上是你的欢乐所在。
>
> 当你沉浸在悲伤之中时，重新审视你的心境，就会发现曾是你欢乐泉源的，实际上又成了你的悲伤所在。

我读懂了，悲欢本为一体，且相依相随，轮番演绎。

这和世上的教诲大相径庭，老师们都说，要高兴、要快乐、要喜悦，不要跟随你的悲伤。

是的，有谁愿意悲伤呢？

可世上仍有那么多的悲伤。

并且好像愈是拒绝悲伤，悲伤愈是持续。

快乐反而有时候倒是稍纵即逝。

　　纪伯伦是对的，我们不如领受、接纳、欣赏悲伤吧。它愿意待多久就待多久，待一辈子也行，反正这个东西是赶不走的，或者干脆就把人生当成是悲伤的吧，这样反而会感觉悲伤少一点。

　　人类用了上万年的时光来对付悲伤，可悲伤越来越大放异彩，看看那些文学名著，其中若没有悲伤忧郁的心境，根本就失去了作品的灵魂。

　　悲伤是我们最伟大的文学，悲伤是我们最珍贵的财富。

　　越是有良心、有善心、有爱心，就越是容易悲伤。

　　悲伤是一个恩典。

　　在悲伤和快乐之间，我宁可选择悲伤。经由悲伤，让我们对深陷困苦者施以援手；经由悲伤，让我们对快乐珍惜如金。

　　拥有真正的悲伤，才拥有真正的快乐。

　　悲伤，是爱的另一种呈现。在悲伤中，爱得以淬炼；在悲伤中，爱得以升华；在悲伤中，爱得以照见什么不是爱；在悲伤中，爱得以成为真正的爱。

　　别抗拒悲伤，它在告诉我们真正的喜悦在哪里。

❧ 容许每个心灵走它自己的路

　　当代著名物理学家戴维·玻姆在他的《整体性与隐缠序》一书中阐述了他的观点：在宇宙与意识的各个显层面上，依据"差异的相似－相似的差异"法则形成种种显析序，进而呈现出各种相对稳定的显结构，但它们只在各个有限的经验域内才是真实的；在更深更广的各个隐层面上，显析序将消解于隐背景的隐缠序中，呈现出万事万物之整体性；内涵更深的显析序将在隐背景中浮现出来，从而形成崭新的、概括力更强的显结构，然而，新的显析序必将消解于更深层的隐缠序之中。宇宙、意识以及它的整体，就是在这种"卷入－展出"的完整运动中演化着，这个过程永不会完结。

在形而上的意义上，物理的发现就是意识的发现，物理学的逻辑就是意识的逻辑，物理世界就是意识世界。

玻姆的发现，准确地指出了我们意识世界的位置：我们的意识世界是从一个内涵较浅的隐背景中浮现出来，现在我们确实处在一个内涵较深刻的显析序的显结构中，而我们也正在一个"有限的经验域内""真实"地经验它。是的，这就是我们目前的物理世界和意识世界的"现实"。在我们身上，是一个永无止境的显析序与隐缠序的"卷入－展出"交替出现的"完整运动"。

玻姆物理学对我们的启示是：意识的演化是没有止境的，犹如无穷无尽的涟漪；依我们目前对意识世界的理解，我们现在处于这个涟漪的初端；人类的意识只有在经验中才是真实的；人类的意识是有局限的，这和意识所处之显析序的位置有关；我们的意识正逐渐地消解于更深层的隐缠序里；一个内涵更深的显析序正在孕育浮现之中。

物理学简直是太爽了，有时候它真的比心灵大师的逻辑更有说服力。

我除了完全臣服于玻姆物理学的科学意义外，还有一个深刻的心灵感受：容许每个心灵走它自己的路。

我们的意识世界是每个心灵的选择，它自愿投入这个伟大的意识演化过程。我们虽然处于同一个显析序中，但是每个个体心灵的经验是不一样的。没有个体的经验，就没有我们意识整体的浮现和演化。

是的，这个世界好像只有一个真理：容许每个心灵。我们几乎完全没有理由再去评判甚至否定个体的经验，事实上，我们自己尚不知其他个体是如何容许了自己。

一直以来，我们在物理学严整的科学论证面前无话可说，但是在指摘个体的时候却是有那么多要说的话。这可能就是我们科技发达而心灵滞后的原因吧。

目前，疫情正掠过世界上每一个人的心灵。我们集体意识的浮现和个体意识的闪烁在物理世界和心灵世界表达着它们的演化。这是一个撞击意识之门的事件，是在一个共同主题之下心灵显析序状态的表演。

每个人必须回答同一个问题，每个人必须在这个回答里自我体验。

是的，这就是宇宙的容许，是我们集体意识发生深刻演化的表征。